Ole Hansen

Hendriksen und der Tote aus der Elbe

Ole Hansen veröffentlichte bei dotbooks bereits die folgenden Romane:

Die Jeremias-Voss-Reihe:
»Jeremias Voss und die Tote vom Fischmarkt. Der erste Fall«
»Jeremias Voss und der tote Hengst. Der zweite Fall«
»Jeremias Voss und die Spur ins Nichts. Der dritte Fall«
»Jeremias Voss und die unschuldige Hure. Der vierte Fall«
»Jeremias Voss und der Wettlauf mit dem Tod. Der fünfte Fall«
»Jeremias Voss und der Tote in der Wand. Der sechste Fall«
»Jeremias Voss und der Mörder im Schatten. Der siebte Fall«
»Jeremias Voss und die schwarze Spur. Der achte Fall«
»Jeremias Voss und die Leichen im Eiskeller. Der neunte Fall«
»Jeremias Voss und der Tote im Fleet. Der zehnte Fall«

Die Marten-Hendriksen-Reihe:
»Hendriksen und der mörderische Zufall. Der erste Fall«
»Hendriksen und der Tote aus der Elbe. Der zweite Fall«

Wenn Ihnen dieses Buch gefallen hat, empfehlen wir Ihnen gerne weitere Titel aus unserem Programm. Schicken Sie einfach eine eMail mit dem Stichwort »*PRINT: Hendriksen 2*« an: lesetipp@dotbooks.de

Wir nutzen Ihre an uns übermittelten Daten nur, um Ihre Anfrage beantworten zu können – danach werden sie ohne Auswertung, Weitergabe an Dritte oder zeitliche Verzögerung gelöscht.

Über den Autor:
Ole Hansen, geboren in Wedel, ist das Pseudonym des Autors Dr. Dr. (COU) Herbert W. Rhein. Er trat nach einer Ausbildung zum Feinmechaniker in die Bundeswehr ein. Dort diente er 30 Jahre als Luftwaffenoffizier und arbeitete unter anderem als Lehrer und Vertreter des Verteidigungsministers in den USA. Neben seiner Tätigkeit als Soldat studierte er Chinesisch, Arabisch und das Schreiben. Nachdem er aus dem aktiven Dienst als Oberstleutnant ausschied, widmete er sich ganz seiner Tätigkeit als Autor. Dabei faszinierte ihn vor allem die Forensik – ein Themengebiet, in dem er durch intensive Studien zum ausgewiesenen Experten wurde. Heute wohnt der Autor in Oldenburg an der Ostsee.

Ole Hansen

Hendriksen und der Tote aus der Elbe

Der zweite Fall

dotbooks.

Druckausgabe 2019

Copyright © der Originalausgabe 2019 dotbooks GmbH, München
Alle Rechte vorbehalten. Das Werk darf – auch teilweise –
nur mit Genehmigung des Verlages wiedergegeben werden.
Redaktion: Ralf Reiter
Umschlaggestaltung: Nele Schütz Design unter Verwendung
von shutterstock/Ruzlan Gusov und shutterstock/sweasy
Printed in the EU

ISBN 978-3-96148-534-5

Kapitel 1

Pünktlich mit Beginn der Ebbe legte die *Elbe 5* von ihrem Liegeplatz am Grasbrookhafen ab. Sie war ein alter Schlepper, der nur noch für Materialtransporte auf der Elbe und für leichte Bergungsarbeiten im Küstenbereich eingesetzt wurde, und gehörte der Bergungsfirma Otto Stöver & Sohn mit Sitz am Dalmannkai in Hamburg.

Das Wetter war schön, und die Fahrt elbabwärts hätte wie eine Urlaubsreise sein können, wenn nicht ein scharfer Nordwestwind geblasen hätte. So war das Wasser kabbelig, und die Gischt der gegen den Bug des Schleppers schlagenden Wellen spritzte bis an die Scheiben des Führerhauses. Im Freien konnte man sich nur im Windschatten aufhalten. Hier stand Sepp Brandl, den Kragen seiner Wetterjacke hochgeschlagen. Er war der Dauerraucher der Crew. Seine Shagpfeife ging so gut wie nie aus, und da er ein fürchterliches Kraut rauchte, hatte die restliche Mannschaft ihn der Kombüse verwiesen.

Zur Besatzung gehörten drei Mann. Sven Ohlsen, ein Schwede, war der Steuermann und Schiffsingenieur, Ulf Matthiensen war der Maschinist und gleichzeitig Mädchen für alles an Bord, und Heino Vorsorge war Matrose und Koch. Die anderen Männer an Bord – Sepp Brandl, Erwin Kempers und Tim Friesland – waren Passagiere. Sie gehörten zur Besatzung der *Elbe 4*, einem Bergungsschiff, das in der Elbe bei der Insel Pagensand ein auf Grund gelaufenes und leckgeschlagenes Küstenmotorschiff bergen sollte. Sie waren vor einer Woche nach Hamburg gekommen, um einen Generator zu beschaffen und den auf dem Bergungsschiff ausgefallenen zu ersetzen. Ohne ihn konnte das Küstenmotorschiff nicht wieder flott gemacht werden.

Kurze Zeit, nachdem sie den Hafen verlassen hatten, stampfte der Schlepper an den St.-Pauli-Landungsbrücken vorbei. Die aus Pontons bestehenden Anleger waren durch neun Brücken mit dem Land verbunden. Früher waren von hier die Passagierdampfer in alle Welt gefahren, heute war es die Heimat von Barkassen. Auch der Windjammer *Rickmer Rickmers* und der ehemalige Schüttgutfrachter *Cap San Diego* haben hier ihre letzte Ruhestätte gefunden.

Die Fahrt ging vorbei an dem an Steuerbord liegenden Süllberg bei Blankenese, dem einstigen Seeräubernest vor den Toren der Hansestadt.

Als sie die Schiffsbegrüßungsanlage in Wedel-Schulau an Steuerbord passierten, wurde gerade die *Christophe Colon* mit der französischen Nationalhymne verabschiedet. Über Lautsprecher wurden die Schaulustigen darüber informiert, dass der Containerfrachter 365 Meter lang und über 51 Meter breit war und 13.800 Container laden konnte. Zurzeit hatte er jedoch nur viertausend an Bord, da er sonst wegen seines Tiefgangs den Hamburger Hafen nicht hätte anlaufen können. Die restliche Fracht sollte er in Rotterdam an Bord nehmen.

Pünktlich um sechs Uhr dreißig drehte die *Elbe 5* gegenüber von Stadersand bei und legte an der Backbordseite der

Elbe 4 an. Sie wurden vom Kapitän des Bergungsschiffes, Jens Brookmann, freudig begrüßt. Er war froh, dass der Ersatzgenerator endlich angekommen war und die Besatzung mit der Bergung des Küstenmotorschiffes fortfahren konnte. Die Zeit drängte, denn jeder Tag, der erfolglos verging, kostete das Bergungsunternehmen eine Menge Geld.

Während die Besatzung der *Elbe 4* auf das Ersatzteil wartete, waren der Kapitän und Seemann Tim Wedeking auf dem Bergungsschiff geblieben. Tagsüber hatten sie sich die Wache geteilt. Während einer auf dem Schiff blieb, konnte der andere mit dem Schlauchboot der *Elbe 4* auf der Schwinge, einem der vielen Nebenflüsse der Elbe, nach Stade fahren. Das Schlauchboot lag jetzt vertäut an der Backbordseite des Bergungsschiffes. Sobald der Generator an Bord der *Elbe 4* gehievt worden war, stieg Tim Wedeking ins Schlauchboot und nahm Kurs auf das im Schlick feststeckende Küstenmotorschiff, um dort irgendetwas vorzubereiten. Die *Elbe 5* legte wieder ab und fuhr Richtung Hamburg.

»Ick hol uns mol een Bier«, sagte Sepp Brandl, der Niederbayer an Bord, und ging unter Deck.

Sekunden später zerriss eine Explosion die *Elbe 4*. Eine Stichflamme schoss meterhoch in den Himmel. Die Detonation war so gewaltig, dass sie das gesamte Deckhaus aus den Schweißnähten riss und in die Luft schleuderte. Der Rumpf war in mehrere Teile zerrissen. Das trübe Elbwasser überspülte die Reste der *Elbe 4* in wenigen Minuten. Von den Menschen an Bord wurden später nur Einzelteile aus dem Wasser geborgen.

Der Kapitän der *Elbe 5* wendete sofort und war wenige

Minuten später am Ort der Tragödie, doch helfen konnte er nicht mehr.

Auch auf seinem Schlepper hatte die Druckwelle alles, was nicht befestigt war, über Bord gerissen. Zum Glück befanden sich zum Zeitpunkt der Explosion keine Besatzungsmitglieder auf dem Deck.

Der einzige Überlebende der *Elbe 4* war Tim Wedeking. Hätte er sich nicht geistesgegenwärtig ins Wasser geworfen, wäre er wohl auch ums Leben gekommen, denn das Schlauchboot fanden Rettungsmannschaften einige hundert Meter entfernt zerfetzt auf Pagensand. Er selbst konnte sich schwerverletzt schwimmend auf die Insel retten.

Drei Tage später erschien ein mittelgroßer, kräftig gebauter Mann in der Hamburger Agentur für Vertrauliche Ermittlungen. Dörte, die Sekretärin, schätzte ihn auf Mitte bis Ende dreißig. Er trug Designer-Jeans und Jacke. Sein Gesicht war mit Bartstoppeln übersät, und um die Augen hatte er dunkle Ringe. Insgesamt machte er einen müden und abgespannten Eindruck.

»Guten Morgen, mein Name ist Onno Stöver. Ich möchte Herrn Dr. Hendriksen sprechen«, sagte er so bestimmend, dass Dörte zum Telefon griff.

»Marten, hier ist ein Herr Onno Stöver, der dich unbedingt sprechen möchte. Er hat allerdings keinen Termin.«

»Wie heißt er? Was will er?«, fragte Hendriksen ungehalten. Er hatte kaum hingehört, denn er war in einen Artikel der Fachzeitschrift für Rechtsmediziner vertieft.

Der Besucher kannte offenbar die Agentur, denn er ging zielstrebig auf Hendriksens Büro zu und öffnete ohne anzuklopfen die Tür. Bevor er eintrat, wandte er sich an Dörte. »Ich sag es ihm selber.«

»Aber ...«

Dörte brach ab, denn der Besucher war schon in Hendriksens Büro verschwunden und hatte die Tür hinter sich geschlossen.

Hendriksen wollte ärgerlich auffahren, doch als er aufsah, wandelte sich seine Stimmung schlagartig.

»Du!«

»Moin, Marten, kennst du meinen Namen nicht mehr? Einen schönen Freund habe ich.«

»Mensch, Onno! Entschuldige, ich habe Dörte nur mit halbem Ohr zugehört. War in einen Artikel über die Wichtigkeit von Insekten bei Leichenfunden vertieft. Was treibt dich her? Du siehst ja aus, als hättest du mehrere Nächte hintereinander durchgesumpft.«

Hendriksen war um den Schreibtisch herumgekommen und schüttelte seinem Freund die Hand. Sie kannten sich seit der Universität. Zusammen hatten sie an einem Lehrgang für Freeclimber teilgenommen und ihre Begeisterung für diesen Sport entdeckt. So manche Steilwand hatten sie seitdem erklommen. Aber seit Onno die Bergungsfirma von seinem Vater übernommen hatte, gehörten solche gefährlichen Unternehmungen der Vergangenheit an.

»Du kommst der Sache sehr nahe, nur ich habe nicht gesumpft, sondern mich um die verdammte Tragödie auf der Elbe gekümmert. Ich kann dir sagen, es ist schon ein Scheißspiel, wenn du den Familien erklären musst, dass sie keinen Ernährer mehr haben. Diese Aufgabe wünsche ich meinem schlimmsten Feind nicht.«

»Entschuldige meine flapsige Bemerkung. Sie war wirklich nicht angebracht«, antwortete Hendriksen reumütig. »Komm, setz dich. Möchtest du einen Kaffee?«

»Sehr gerne, möglichst stark und schwarz. Ich kann ein Aufputschmittel gebrauchen.«

Hendriksen öffnete die Tür zum Empfangsbüro. »Dörte, wärst du so lieb und brühst einen extra starken Kaffee für unseren Gast auf und für mich einen Pfefferminztee?«

»Kommt sofort.«

Wenig später erschien sie mit einem Tablett, auf dem zwei dampfende Becher und ein Milchkännchen standen. Sie stellte den Kaffee vor Onno Stöver hin.

»Der Kaffee ist sehr stark. Ich habe Ihnen deshalb etwas Sahne mitgebracht.«

Onno nippte vorsichtig an dem heißen Kaffee. »Sehr gut, genau das, was ich jetzt brauche. Haben Sie vielen Dank.«

Dörte reichte Hendriksen den Becher mit seinem Lieblingsgetränk und ging wieder.

Onno nahm einen Schluck, schloss die Augen, streckte seine Beine aus und sagte nach ein paar Sekunden des Schweigens: »Das tut gut. Ob du es glaubst oder nicht, dies sind die ersten Augenblicke seit der Katastrophe, in denen ich zur Ruhe komme.«

»Entspann dich. Wir haben Zeit. Ich möchte dir ganz persönlich mein Mitgefühl ausdrücken. Wenn ich dir irgendwie helfen kann, sage es.«

»Danke, Marten. Dein Mitgefühl hast du mir ja schon in deiner E-Mail ausgesprochen. Ich habe mich sehr über deine aufbauenden Worte gefreut.« Onno machte eine Pause, bevor er weitersprach. »Ich bin tatsächlich gekommen, um deine so großzügig angebotene Hilfe anzunehmen.«

»Lass den Quatsch. Wozu sind Freunde denn da? Also, sag mir, wie ich dir helfen kann.«

»Gleich.« Onno griff in die Tasche, zog sein Smartphone heraus und schaltete es aus. »So, jetzt können wir nicht mehr gestört werden. So nützlich diese Dinger auch sind, sie können auch zur Qual werden. Ich bin nicht gekommen, um dir die Ohren vollzujammern, sondern ich möchte dich als vertraulichen Ermittler engagieren.«

»Okay, was soll ich tun?«

»Ich möchte, dass du die Schiffskatastrophe untersuchst und die Ursache findest, die zum Tod von vier Menschen geführt hat.«

Hendriksen schwieg einige Augenblicke nachdenklich. »Macht das nicht schon die Wasserschutzpolizei, die Kriminalpolizei und wer sonst noch alles dafür zuständig ist?«

»Eben, Marten, das ist genau der Punkt, der mir Sorgen bereitet. Es sind zu viele Köche, die in dem Brei herumrühren, und ich befürchte, dass sich die Untersuchung durch Kompetenzgerangel unnötig in die Länge zieht. Ich fühle mich jedoch den Familien der Opfer verpflichtet, ihnen so schnell wie möglich Klarheit über die Ursachen, die zum Tod ihrer Angehörigen führten, zu verschaffen. Außerdem brauche ich auch Klarheit für die Versicherung. Die werden jede Zahlung verweigern, solange auch nur das kleinste Fragezeichen irgendwo auftauchen könnte. Solange die Versicherung nicht zahlt, habe ich keine Mittel, um den Verlust wenigstens finanziell etwas abzufedern.«

»Verstehe, Onno. Erhoffe dir aber von mir keine Wunder. Die Aufgabe, die du mir stellst, ist gewaltig.«

»Ich weiß, Marten, ich weiß, aber ich kenne niemand anderen als dich, der sie lösen könnte.«

»Danke für die Lorbeeren. Dann wollen wir mal ans Eingemachte gehen. Ich bin mit dem Fall nur aus dem Fernsehen und der Zeitung vertraut.«

»Damit weißt du fast genauso viel wie ich.«

»Weiß man schon, wodurch es zur Explosion gekommen ist?«

»Die Wasserschutzpolizei ist der Überzeugung, dass es eine Gasexplosion war. Um solche Gewalt zu entfachen, hätte es sonst zig Kilogramm Sprengstoff bedurft, und das wäre der Besatzung aufgefallen. Doch wodurch es wirklich zu dieser Detonation gekommen ist, kann bis jetzt keiner mit Sicherheit sagen.«

»Was ist deine Meinung?«

»Im Grunde bin ich genauso hilflos wie die Polizei. Es gibt mehrere Möglichkeiten. Schließlich haben wir an Bord eine Menge Sauerstoffflaschen für die Taucher, Gasflaschen für den Betrieb der Küche und anderer Geräte. Öle, Treibstoffe, Farben, Fette und so weiter. Es wäre möglich, dass irgendein Putzlappen durch Unachtsamkeit Feuer gefangen und dadurch die Katastrophe ausgelöst hat.«

»Erscheint mir unwahrscheinlich«, sagte Hendriksen mit einem bedenklichen Kopfschütteln.

»Alles ist unwahrscheinlich, und doch ist es passiert.«

»Was sagt denn der Mann, der überlebt hat?«

»Du meinst Tim Wedeking? Der sagt nichts. Der steht noch unter Schock. Außerdem ist er schwer verletzt und nicht vernehmungsfähig. Die Ärzte haben ihn ruhiggestellt.«

»Ist doch eigenartig, dass er ausgerechnet zum Zeitpunkt der Explosion nicht an Bord war.«

»Ja und nein. Sicher gibt es einen plausiblen Grund, warum er mit dem Schlauchboot unterwegs war. Solange er keine Aussage machen kann, hat es keinen Sinn, über sein Handeln zu spekulieren.«

Hendriksen dachte eine Weile nach. Schließlich sagte er: »Du hast natürlich recht. Was für ein Mensch ist er denn?«

»Wie Nordfriesen so sind. Schweigsam und zuverlässig. Ich habe ihn nur so erlebt.«

»Mit anderen Worten, du hältst ihn für vertrauenswürdig.«

»Unbedingt. Allein die Vorstellung, er könnte etwas mit der Explosion zu tun haben, bei der seine Kameraden, mit denen er jahrelang zusammengearbeitet hat, ums Leben gekommen sind, ist absurd.«

Beide diskutierten noch eine Weile über die Tragödie, ohne aber der Ursache nur einen Millimeter näher zu kommen.

Zwei Stunden später brach Onno Stöver auf.

Kapitel 2

Marten Hendriksen stieg fröhlich, eine Jazz Tune vor sich hin pfeifend, auf sein Biki, ein Mountainbike, das ihn über fünftausend Euro gekostet hatte und das er deshalb wie seinen Augapfel hütete und überall hin mitnahm.

Der Telefonanruf, den er gerade erhalten hatte, war Ursache für seine gute Stimmung. Vor seiner Agentur für Vertrauliche Ermittlungen stieg er ab, löste drei Flügelmuttern, klappte das Rad zusammen und ging die fünf Stufen zur Agentur hoch. Biki trug er in der Hand.

Die Agentur lag in einer Jugendstilvilla am Mittelweg 85 in Hamburg-Rotherbaum. Er betrat das Foyer, von dem eine Treppe in die Tiefgarage, eine Treppe in die Wohnung im ersten Stock und eine Tür in Dörte Hausers Büro abgingen. In der Wohnung im ersten Stock wohnte Lizzi, seine Assistentin.

»Einen fröhlichen guten Morgen«, begrüßte er Dörte und einen kleinen rundlichen Mann, der auf einem der Stühle im Wartebereich Platz genommen hatte.

»Guten Morgen, Marten«, antwortete Dörte und deutete auf den Herrn. »Das ist Herr Hansen vom *Hamburger Tageblatt*.«

Hendriksen sah seine Bürofachkraft fragend an. »Habe ich etwas verschwitzt? Habe ich einen Termin mit Herrn Hansen?«

»Nein, haben Sie nicht«, antwortete Hansen, bevor Dörte etwas sagen konnte. »Ich war gerade in der Gegend und dachte, ich nutze mal die Gelegenheit, um mit Ihnen zu sprechen. Ich hoffe, Sie haben etwas Zeit für mich.«

»Hab ich die?« Die Frage galt Dörte.

»Du hast.«

Hendriksen legte Wert darauf, dass sich das Team untereinander duzte – um den Zusammenhalt zu stärken.

»Dann kommen Sie bitte mit in mein Büro. Kaffee?«

»Sehr gerne.«

»Dörte?«

»Kommt sofort, Marten. Für dich wie immer?«

»Natürlich.«

Er betrat sein Büro, stellte Biki an die Wand neben der Tür, deutete auf den Besuchersessel und nahm selbst in seinem Chefsessel Platz. Da er von kleiner, schmächtiger Statur war, ging er darin fast verloren.

»Was kann ich für Sie tun?«

»Ich möchte mich zunächst vorstellen, Herr Doktor Hendriksen. Ich bin Knut Hansen, Reporter bei erwähnter Zeitung. Ich war längere Zeit für mein Blatt im Libanon und bin erst vor ein paar Tagen zurückgekehrt, um meinen alten Job wieder aufzunehmen.«

»Sind Sie der Hansen, mit dem Herr Voss zusammengearbeitet hat?«

»Genau der. Da Herr Voss die Agentur inzwischen an Sie übergeben hat, wollte ich vorschlagen, dass wir beide auf der gleichen Basis, wie Jeremias Voss und ich es getan haben, zusammenarbeiten.«

»Ich weiß. Herr Voss hat mich darüber unterrichtet und

auch gesagt, dass die Zusammenarbeit in vielen Fällen zu beider Zufriedenheit war. Ich habe also nichts dagegen. Mit einer Ausnahme.«

»Und die wäre?«

Hendriksen wurde unterbrochen, weil Dörte Hauser den Kaffee und den Pfefferminztee hereinbrachte. Sofort erfüllte ein würziger Duft nach frischer Minze den Raum. Hendriksen sog ihn genussvoll ein, Hansen rümpfte die Nase.

Nach dem ersten Schluck antwortete Hendriksen auf Hansens Frage: »Was ich meine, ist Ihre notorische Unpünktlichkeit. Herr Voss hat mir erzählt, dass ihn das immer wieder geärgert hat. Ich, Herr Hansen, bin eine Frohnatur, die sich nicht gerne ärgert. Das bedeutet, wenn Sie diesen Makel abstellen, sind wir im Geschäft, wenn nicht, dann war's das.«

Hansen grinste schuldbewusst. »Ich werde mich bemühen, diesen Makel, wie Sie es nennen, abzustellen. Ich muss jedoch hinzufügen, dass sich das mit meinem Beruf nicht immer vereinbaren lässt.«

»Das verstehe ich. Da Sie sicher im Besitz eines Handys sind, lassen sich die Übertretungen bei einigem guten Willen bestimmt auf ein Minimum beschränken.«

»Okay, ich werde mich bemühen. Sind wir im Geschäft?«

»Wir sind.«

Hansen erhob sich und streckte Hendriksen die Hand hin. »Das war alles, was ich heute Morgen von Ihnen wollte. Auf gute Zusammenarbeit.«

»Und Pünktlichkeit.«

Hansen lachte und verließ mit einem »Moin« das Büro.

Dörte steckte den Kopf herein. »Du warst aber grob zu Herrn Hansen. So kenne ich dich gar nicht.«

Hendriksen lächelte. »Jeremias hat mich vor ihm gewarnt. Er meinte, ich solle ihm nicht den kleinen Finger reichen, sonst nimmt er die ganze Hand. Besser gleich Härte zeigen, sonst denkt er noch, er könne mich um selbigen Finger wickeln.«

»Nach deinen Worten wird er das ganz bestimmt nicht versuchen.«

»Ich hoffe es. Du hast da einen Zettel in der Hand. Ist der für mich?«

»Ja, ein Rechtsanwalt Markus Semmler hat angerufen. Du möchtest ihn zurückrufen, und dann möchte eine Frau, eine Marietta Vanderfries, dich sprechen. Sie bittet um einen Termin.«

»Wer ist das?«

»Sie ist die Repräsentantin der Ohm-Kröger-Rückversicherungsgesellschaft-AG in Johannesburg.«

»Nanu, hat sie gesagt, was sie will?«

»Nein, das wollte sie mit dir persönlich besprechen. Sie meinte nur, es sei dringend.«

»Hat sie eine Zeit genannt, die ihr passen würde?«

»Sie richtet sich vollkommen nach dir, hat sie gesagt.«

»Na gut, liegt heute für mich etwas Bestimmtes an?«

»Nein, es gibt keine Termine.«

»Okay, dann bestell Frau Vanderflies für drei Uhr heute Nachmittag.«

»Vanderfries.«

»Sag ich doch.«

»Nein, du hast Vanderflies gesagt. Sie heißt aber Vanderfries – mit einem r.«

»Okay, verstanden.«

Hendriksen notierte sich den Namen sicherheitshalber in seiner Kladde. Namen zu behalten, war nicht seine Stärke.

Dann wählte er die Telefonnummer, die ihm Dörte auf einen Zettel geschrieben hatte.

»Rechtsanwaltskanzlei Markus Semmler«, meldete sich eine weibliche Stimme.

»Ich bin Dr. Hendriksen. Herr Semmler hat in meinem Büro angerufen und um Rückruf gebeten.«

»Eine Sekunde bitte, ich stelle Sie durch.«

Hendriksen hörte es klingeln. Gleich darauf meldete sich eine sonore Stimme.

»Guten Morgen, Dr. Hendriksen. Ich bedanke mich, dass Sie so schnell zurückrufen. Ich darf mich zunächst vorstellen. Ich …«

»Nicht nötig«, unterbrach ihn Hendriksen. »Ich weiß, wer Sie sind. Sie sind Anwalt der Armen und Reichen und haben ab und zu mit meinem Vorgänger Jeremias Voss zusammengearbeitet. Um was geht es?«

»Ich sehe, Sie sind bestens informiert. Dann kann ich gleich zur Sache kommen. Inwieweit sind Sie mit dem Raubmord an Juwelier De Boer vertraut?«

»Ich weiß nur das, was die Presse darüber berichtete.«

»Dann wissen Sie sicherlich, dass die Polizei den Angestellten Björn Backhaus verdächtigt, seinen Chef ermordet und eingelagerten Schmuck gestohlen zu haben. Dass er verschwunden ist, macht ihn in den Augen der Polizei besonders verdächtig.«

»Ist in groben Zügen bekannt. Auch, dass er verschwunden ist und die Polizei nach ihm fahndet.«

»Korrekt. Ich bin von der Ehefrau von Herrn Backhaus beauftragt, ihren Mann zu verteidigen. Sie ist davon überzeugt, dass er zu einer solchen Tat nicht fähig ist. Um ihn zu verteidigen, muss er jedoch erst einmal gefunden und angeklagt werden.«

»So weit kann ich Ihnen folgen. Was aber habe ich damit zu tun?«

»Ich möchte Sie beauftragen, Herrn Backhaus zu finden und Hintergrundmaterial zu sammeln. Wenn er tatsächlich unschuldig ist, dann brauche ich Fakten, auf denen ich meine Verteidigung aufbauen kann. Die Polizei wird sich nur um belastendes Material kümmern, befürchte ich.«

»Ich nehme an, Sie sind sich bewusst, dass ich, wenn ich den Auftrag annehme, auf verlorenem Posten stehe. Wenn die Polizei ihn mit allen zur Verfügung stehenden Mitteln nicht findet, dann habe ich als Einzelner null Chancen, ihn zu entdecken, oder sehen Sie das anders?«

»In der Tat, das tue ich, verehrter Dr. Hendriksen. Denn Sie sind als Zivilperson flexibler als die Polizei. Mit Ihnen wird man eher reden als mit den Beamten, aber das brauche ich Ihnen ja nicht zu sagen.«

»Na gut, ich werde es mir überlegen.«

»Mehr erwarte ich nach unserem Gespräch auch nicht. Jetzt kommt aber noch ein Pferdefuß. Die Backhaus' sind keine reichen Leute. Sie werden Ihr gewöhnliches Honorar nicht bezahlen können. Wenn Sie zusagen sollten, dann wäre es mehr ein soziales Engagement als eine Quelle des Reichtums.«

»Danke für den Hinweis. Sie hören von mir innerhalb der nächsten Tage.«

Nachdem Hendriksen sich verabschiedet hatte, legte er auf.

»Dörte, such mir bitte alles heraus, was du im Internet über den Überfall auf das Juweliergeschäft De Boer und den Mord an dessen Besitzer findest, und druck es bitte aus«, rief er ins Vorzimmer hinüber.

»Geht sofort los.«

Hendriksen brühte sich einen weiteren Becher Pfefferminztee auf, lehnte sich in seinem komfortablen Sessel zurück, legte die Füße auf den Schreibtisch und sann über das Angebot von Rechtsanwalt Semmler nach. Je länger er sich damit beschäftigte, desto überzeugter war er, nicht mit der Polizei konkurrieren zu können. Es wäre deshalb nur seriös, den Auftrag abzulehnen. Die andere Seite der Medaille war, dass er, wenn er den Auftrag annehmen würde, etwas bei dem Rechtsanwalt gut hätte, und dies wiederum konnte er zum Wohl von Klienten einfordern. Ein Gedanke, den er bei der Bewertung des Angebots berücksichtigen sollte.

Um halb zwölf gab er das Thema auf, weil sich seine Gedanken nur noch im Kreise drehten. Er stand mit einem entschlossenen Ruck auf und ging zu Dörte hinüber.

»Lass alles stehen und liegen, wir gehen essen. Ich lade dich ein.«

Dörte sah ihn verblüfft an. »Was ist denn mit dir los?«

»Wieso?«

»Du bist doch sonst nicht so spontan.«

»Ich muss mit dir reden.«

»Habe ich etwas angestellt?« Sie blickte ihm ängstlich in die Augen.

»Unsinn! Wie kommst du auf solche Ideen? Alles ist bestens. Ich will mit dir über das Angebot von Rechtsanwalt Semmler reden. Ich möchte wissen, was du darüber denkst.«

Dörte wurde vor Freude rot im Gesicht. Es war das erste Mal, dass ihr Chef sich für ihre Meinung zu einem Fall interessierte.

Da sonniges Herbstwetter herrschte, gingen sie zu Fuß zu einem italienischen Restaurant in der Nähe. Hendriksen bestellte sich eine große Pizza Calzone und eine Karaffe Hauswein mit zwei Gläsern. Dörte nahm eine Portion Spaghetti Carbonara und die Tagessuppe.

Nach dem Essen bestellte Hendriksen Cappuccino für sich und Dörte. Als das dampfende Getränk vor ihnen stand, kam er auf Semmlers Angebot zu sprechen.

»Wie sehen unsere Finanzen aus, Dörte? Können wir es uns erlauben, für kein oder nur ein symbolisches Honorar zu arbeiten?«

»Unsere Finanzlage ist solide. Von daher könnten wir alle längere Zeit Ferien machen.« Dörte nahm einen Kugelschreiber aus ihrer Handtasche und notierte ein paar Zahlen auf ihre Serviette. »Drei Monate könnten wir ohne Einnahmen locker überstehen, ohne das Anlagevermögen angreifen zu müssen. Warum fragst du?«

»Weil Semmlers Angebot uns kein nennenswertes Honorar verspricht. Wenn ich es annehme, dann tue ich es primär, um ihn für uns zu verpflichten – eine Hand wäscht die andere.«

»Vom Finanziellen her können wir es uns leisten, auch über die eben erwähnten drei Monate hinaus.«

»Gut zu wissen. Wie sieht es mit dem Material aus, das du

über den Raubmord an Juwelier De Boer herausfinden solltest? Bist du fündig geworden?«

Dörte lachte. »Fündig ist gut. Es ist so viel, dass, wenn ich alles ausdruckte, der Drucker heißlaufen würde. Ich bin dazu übergegangen, nur die wesentlichen Artikel auszudrucken.«

»Sehr gut, aber denk daran: Für mich sind besonders die kleinen, nebensächlich erscheinenden Details wichtig. Verliere das bei der Auswahl nicht aus den Augen.«

»Keine Sorge, ich weiß ja inzwischen, worauf du Wert legst.«

»Okay, nun erzähl, was dir aufgefallen ist. Tu so, als wenn ich noch nichts davon gelesen hätte.«

Dörte dachte einige Augenblicke nach. Offenbar versuchte sie ihre Gedanken zu ordnen. »Also gut, ich werd's versuchen. Der Einbruch fand in der Nacht vom vierzehnten auf den fünfzehnten um zwei Uhr morgens statt. Den Zeitpunkt hat die Polizei anhand einer zerbrochenen Armbanduhr festgelegt. Er wurde später durch den Rechtsmediziner bestätigt. Allerdings nicht genau, denn der legt den Todeszeitpunkt zwischen ein Uhr dreißig und zwei Uhr dreißig fest.«

»Die kaputte Uhr gehörte dem Opfer?«

»Ja, sie gehörte dem Besitzer des Juweliergeschäfts, Ferdinand De Boer.«

»Erzähl weiter.«

»Die Polizei nimmt an, dass es einen Kampf gab, bei dem das Uhrenglas zerschlagen wurde und die Zeiger stehen blieben. Allerdings waren im Laden und auch sonst in den Räumlichkeiten keine Kampfspuren zu sehen. Entdeckt wurde der Überfall erst am nächsten Morgen, als eine Angestellte die Tür zum Laden aufschloss und die eingeschlagenen Vitrinen sah. Der gesamte wertvolle Schmuck war aus den Auslagen entfernt worden. Die Angestellte hatte daraufhin die Polizei benachrichtigt, die dann im Keller De Boer fand. Er lag mit eingeschlagenem Kopf vor der offenen Tür des Panzerschranks.«

»Gibt es Informationen, wann die Angestellte am Tatort eintraf und wann sie die Tat der Polizei meldete?«

»Ja, sie traf um acht Uhr dreißig ein, und die Meldung ging um acht Uhr fünfunddreißig bei der Polizei ein.«

»Kennt man den Namen der Angestellten?«

»Ja, laut *Hamburger Tageblatt* heißt sie Friesbauer.«

»Ist ihr Wohnort angegeben?«

»Ich habe nichts gefunden.«

»Weswegen verdächtigt die Polizei Backhaus?«

»Das ist für mich noch unklar. Im Internet habe ich unterschiedliche Berichte gefunden. Bei Facebook steht ein Artikel, in dem behauptet wird, er könne nicht der Täter sein. Die Begründung für diese Behauptung ist sehr konfus. Ich bin da nicht so richtig durchgestiegen. Ich habe den Eindruck, der Text wurde von der Ehefrau oder von jemandem geschrieben, der De Boer sehr nahe gestanden haben muss.«

»Und die Polizei, worauf stützt die ihren Verdacht?«

»Im Wesentlichen auf drei Gründe. Der Safe konnte nur mit seiner Hilfe geöffnet werden. Es bedurfte zweier Personen, um ihn zu öffnen. Die eine Person war De Boer und die andere sein Prokurist Backhaus. Außerdem konnte die Tür zum Raum, in dem der Safe stand, ebenfalls nur von

Backhaus und De Boer gemeinsam geöffnet werden. Beide mussten ihre Daumenabdrücke auf einen Bildschirm abgeben. Und schließlich ist Backhaus seit dem Mord an De Boer verschwunden.«

»Starke Gründe. Was sagt die Ehefrau dazu? Sie muss doch gemerkt haben, wenn ihr Mann mitten in der Nacht aus dem Haus gegangen ist.«

»Hat sie angeblich nicht. Sie hat ausgesagt, er wäre an dem Abend vor dem Einbruch nicht nach Hause gekommen. Frau De Boer sagte übrigens das Gleiche von ihrem Mann.«

»Weiß man, was geraubt wurde?«

»Nur durch die Versicherung. De Boer hat von allen Schmuckstücken Fotografien an die Versicherung geschickt. Nach ihren Angaben wurde der Wert der Juwelen auf eine Dreiviertelmillion geschätzt.«

»Danke, jetzt habe ich erst einmal ein wenig Hintergrundwissen. Und nun konzentriere dich auf Ferdinand De Boer und Björn Backhaus. Ich möchte alles über sie wissen, was du im Internet finden kannst. Vor allem interessieren mich ihr Privatleben, ihre gesellschaftlichen Kontakte, Freizeitaktivitäten und solche Dinge. Wenn ich den Auftrag annehme, dann muss ich mit den Menschen sprechen, für die die Polizei sich nicht interessiert.«

»Willst du denn den Auftrag annehmen?«

Kapitel 3

»Frau Vanderfries«, sagte Dörte und gab die Tür zu Hendriksens Büro frei.

Die Frau, die eintrat, erregte sofort seine Neugier. Sie war kaum größer als er – was ihm sofort angenehm war –, trug ein schlichtes graues Kostüm und dazu eine klassische hellgraue Bluse. Handtasche und Schuhe waren auf die Farbe des Geschäftsoutfits abgestimmt, genauso wie das Make-up. Was ihn jedoch besonders ansprach, war ihr Gesicht. Der Teint war gebräunt, nicht von der Sonne, sondern von Geburt her. Die Augen waren groß und schwarz. Der etwas zu breite Mund und die krausen Haare wiesen auf einen afrikanischen Hintergrund hin. Als ehemaliger Rechtsmediziner tippte er auf eine DNA-Mischung aus Europa, Indien und Afrika.

»Marietta Vanderfries, von der Ohm-Kröger-Versicherungsgesellschaft-AG in Johannesburg. Ich bin die Vertreterin der Gesellschaft für den gesamten nordeuropäischen Raum«, stellte sie sich vor.

Hendriksen war bei ihrem Eintreten hinter seinem Schreibtisch hervorgetreten und bot ihr die Hand zum Gruß.

»Dr. Hendriksen, Geschäftsführer der Hamburger Agentur für Vertrauliche Ermittlungen«, sagte er mit einer höflichen Verbeugung. »Ich bin erfreut, Ihre Bekanntschaft zu machen. Bitte nehmen Sie Platz.«

Er zog den Besucherstuhl zurecht, so dass sich die Besucherin bequem setzen konnte.

Frau Vanderfries bedankte sich mit einem Lächeln, das Hendriksen charmant fand. Sie war ihm auf Anhieb sympathisch.

»Darf ich Ihnen eine Erfrischung anbieten? Kaffee, Mineralwasser oder lieber etwas Alkoholisches?«

»Für Alkohol ist es zu früh. Wenn Sie haben, nehme ich gerne einen Tee.«

Dörte, die im Türrahmen stehen geblieben war, schüttelte den Kopf. »Es tut mir leid, Frau Vanderfries, wir haben nur Pfefferminztee.«

»Wunderbar, den nehme ich gerne.«

Wenig später erschien Dörte mit zwei dampfenden Bechern und einem Schälchen Zucker.

»Mein Lieblingsgetränk«, sagte Hendriksen.

Nachdem sich Frau Vanderfries eine Löffelspitze Zucker eingerührt hatte, sagte er: »Nun bin ich gespannt, was Sie von mir wollen. Sie werden sicher verstehen, dass ich neugierig bin. Holländisch klingender Name, Generalrepräsentantin für Nordeuropa, Versicherung mit Sitz in Johannesburg in Südafrika – da gehen einem schon verschiedene Gedanken durch den Kopf.«

Frau Vanderfries lachte. Es war ein warmes, dezentes Lachen, das sich in ihren Augen widerspiegelte.

»Ich will Sie nicht auf die Folter spannen. Kann ich davon ausgehen, dass Sie von dem Überfall auf den Juwelier De Boer gehört haben?«

»Natürlich, die Presse hat ja lang und breit darüber berichtet.«

»Sie hat nur eine Kleinigkeit nicht erwähnt. In dem Safe lagen lupenreine Diamanten im Wert von umgerechnet fünfzehn Millionen Euro. Diese Diamanten waren bei unserer Gesellschaft versichert. Sie können sich vorstellen, wie sich die Vorstände die Haare raufen.«

»Dasch ja een Ding.« Hendriksen hatte diesen plattdeutschen Ausdruck der Verwunderung von Hermann übernommen.

»So kann man es auch ausdrücken«, sagte Frau Vanderfries mit einem Lächeln. Sie wurde sofort wieder ernst. »Unsere Gesellschaft möchte Sie engagieren, die Diamanten wiederzubeschaffen. Selbstverständlich zahlen wir zu Ihrem Honorar alle Unkosten. Sollten Sie den Verbleib der Diamanten ermitteln, erhalten Sie eine Prämie von dreißigtausend Euro. Gelingt es Ihnen, die Diamanten wiederzubeschaffen, so erhalten Sie zehn Prozent der Versicherungssumme.« Frau Vanderfries machte eine Pause, um Hendriksen Zeit zum Überlegen zu geben, bevor sie fragte: »Würden Sie den Auftrag unter diesen Bedingungen übernehmen?«

Hendriksen versuchte seine Verblüffung hinter einer freundlichen Miene zu verbergen. Der in Aussicht gestellte Verdienst hatte ihm den Atem verschlagen.

Er fragte: »Was geschieht, wenn ich nur einen Teil der Diamanten sicherstellen kann?«

»Dann erhalten Sie als Finderlohn zehn Prozent von der Versicherungssumme, die auf den Anteil der sichergestellten Diamanten entfallen würde.«

Hendriksen hatte sich wieder gefangen. »Ihr Angebot ist sehr verführerisch, doch bevor ich es annehme, müssen ein paar Punkte geklärt werden. Der für mich wesentliche ist: Ich arbeite vollkommen selbständig, das heißt, ich nehme zwar Anregungen und Hinweise entgegen, aber ich lehne jede Anweisung ab. Nehme ich den Auftrag an, hat Ihre Gesellschaft nur einen Beobachterstatus. Einmal wöchentlich erstatte ich an eine Person Ihrer Wahl einen mündlichen Sachstandsbericht. Diesen Zeitraum halte ich allerdings flexibel, da unterschiedliche Entwicklungen andere Zeiträume erforderlich machen können. Nach jedem Lagebericht kann sich Ihre Gesellschaft entscheiden, ob ich weitermachen soll oder nicht.«

»Angenommen«, antwortete Frau Vanderfries, ohne zu überlegen. »Die Person, an die Sie die Lageberichte geben müssten, bin übrigens ich.«

Getrampel auf der Treppe zum Obergeschoss unterband Hendriksens Antwort. Wenig später ertönte ein ähnlicher Krach auf der Treppe von der Wohnung im ersten Stock zu Hendriksens Büro. Dann wurde die Tür aufgerissen. Ein fröhliches Gesicht voller Sommersprossen und einem roten Haarschopf erschien in der Tür.

»Moin, Marten, ich bin … oh – du hast Besuch. Bin schon weg.«

»Halt!«, rief Hendriksen. »Nicht so schnell. Gut, dass du da bist. Ich möchte dich unserer möglichen Auftraggeberin, Frau Vanderfries, vorstellen. Frau Vanderfries, die stürmische Dame ist Lizzi Lambert, meine Mitarbeiterin. Lizzi, Frau Vanderfries ist die Repräsentantin der Ohm-Krüger-Versicherungs-AG aus Johannesburg.«

Die beiden Frauen nickten sich freundlich zu.

»Du bist gerade richtig gekommen«, sagte Hendriksen zu

Lizzi. »Nimm dir einen Stuhl und setz dich, sofern Frau Vanderfries einverstanden ist.«

»Selbstverständlich bin ich einverstanden. Allerdings dachte ich, ich hätte Sie schon für den Auftrag gewonnen.«

Hendriksen lächelte. »Im Grunde schon, nur habe ich noch einen Sack Fragen, die ich vor einer endgültigen Entscheidung gerne gestellt hätte.«

»Dann schießen Sie los.«

»Was mich am meisten interessiert, ist, wie Sie auf uns gekommen sind.«

»Ihr Ruf ist bis nach Südafrika gedrungen.« Frau Vanderfries unterstützte die Worte mit einem Lächeln. »Das war ein Scherz, entschuldigen Sie. Im Ernst, auch wenn wir, ich meine die Versicherungsgesellschaften, uns untereinander bekriegen und versuchen, uns gegenseitig die Kunden abzujagen, arbeiten wir auf der anderen Seite wiederum zusammen. Vor allem, wenn es darum geht, Versicherungsbetrüger zu entlarven. In unserem Fall fragten wir bei Versicherungsgesellschaften in Hamburg an, welche Privatdetektei qualifiziert sei, in unserer Sache zu ermitteln. Wir erhielten unisono die Antwort: Ihre Agentur.«

»Danke, damit haben Sie meine Frage erschöpfend beantwortet.« Hendriksen verneigte sich dankend. »Jetzt zum Geschäftlichen. Wieso wurden die Diamanten bei einem Juwelier eingelagert und nicht bei einer Bank?«

»Dazu kann ich offiziell nichts sagen. Das ist eine Frage, die Sie an die South African Mining Company richten müssen.«

»Sicher. Ich nehme jedoch an, das hat Ihre Gesellschaft bereits getan.«

»Hat sie. Die Antwort war nicht sonderlich überzeugend. Nach Angaben der Mining Company hat sie De Boer schon öfter als Zwischenlager benutzt und bislang nur gute Erfahrungen mit ihm gemacht. Unter uns gesagt, denke ich, dass hier ein Geschäft unter Umgehung des Fiskus abgewickelt werden sollte. Aber das habe ich nie gesagt.«

»Für wen waren die Diamanten bestimmt?«

»Für einen russischen Geschäftsmann in Moskau. Sie sollten von einem Kurier bei De Boer abgeholt werden.«

Lizzi, die bislang geschwiegen hatte, fragte: »Wer wusste von dem Deal und von der Einlagerung bei De Boer?«

»Wiederum nach Auskunft der Mining Company der Direktor des Vertriebs sowie zwei langjährige Mitarbeiter der Company, dann der Kurier natürlich sowie De Bocr und der Kunde. Wen der Kunde eingeweiht hat, konnten wir bislang nicht feststellen, da wir auf unsere Anfrage noch keine Antwort erhalten haben.«

»Wie lange sollten die Diamanten bei De Boer lagern?«

»Nur eine Nacht. Sie wurden abends um acht Uhr angeliefert und sollten am nächsten Morgen um zehn Uhr abgeholt werden.«

Hendriksen schwieg eine Weile und dachte nach. Dann fragte er Lizzi: »Was denkst du?«

Die antwortete spontan: »Das Gleiche wie du.«

»Damit ist die Sache beschlossen«, sagte Hendriksen. »Wir übernehmen den Auftrag. Dass wir erfolgreich sein werden, kann ich Ihnen jedoch nicht versprechen.«

»Das versteht sich von selbst. Wenn Sie weitere Fragen haben oder Unterstützung brauchen, wenden Sie sich bitte an mich. Wie Sie auf meiner Geschäftskarte sehen, habe ich mein Büro im Chilehaus. Am besten erreichen Sie mich in der Frühe von acht bis zehn Uhr oder zwischen sechzehn und achtzehn Uhr. In wichtigen Fällen benutzen Sie bitte meine Mobiltelefonnummer. Ich verabschiede mich jetzt, damit Sie Zeit haben, den Fall noch heute zu lösen.«

Hendriksen grinste. »Wollen Sie nicht gleich darauf warten?«, antwortete er und fügte hinzu: »Sollen wir Ihnen ein Taxi rufen?«

»Nicht nötig, vielen Dank. Mein Chauffeur wartet draußen auf mich.«

Hendriksen begleitete Frau Vanderfries bis vor die Tür und wartete, bis sie in einen Mercedes 300 E eingestiegen war.

Als er ins Büro zurückkam, empfing ihn Lizzi mit den Worten: »Das ist ja ein Hammer.«

»Treffender hätte ich es auch nicht ausdrücken können.«

»Und was willst du jetzt tun?«

»Jetzt werde ich Rechtsanwalt Semmler anrufen und für morgen einen Termin verabreden.«

»Willst du diesen Auftrag auch annehmen?«

»Ja, will ich.«

»Bist du verrückt? Wir können doch unmöglich noch einen Auftrag bearbeiten. Schon dieser dürfte unsere Kapazität überfordern.«

»Denk nach, und sei nicht so pessimistisch. Semmlers Auftrag ist doch nur ein Abfallprodukt von dem der Vanderfries. Wenn mich auch noch die Versicherung beauftragen sollte, den Schmuck wiederzufinden, dann werde ich auch das tun. Wäre letztlich alles nur eine einzige Aufgabe.«

Hendriksen berichtete Lizzi von Semmlers Wünschen.

Da er quasi ein Teil des Auftrags der Versicherungsgesellschaft war, war es nicht weiter dramatisch, umsonst für ihn zu arbeiten. Hendriksen hoffte vielmehr, ihn in seine Ermittlungen mit einbeziehen zu können.

Er griff zum Telefon und vereinbarte mit Semmlers Sekretärin einen Termin für den nächsten Tag.

»So, Lizzi, jetzt werde ich Dörte noch die Änderungen zu unserem Standardvertrag diktieren, und dann machen wir Feierabend und überlegen uns über Nacht, wie wir diese Diamanten wiederbeschaffen.«

Kapitel 4

Am nächsten Morgen betrat Hendriksen, das zusammengeklappte Biki unter dem Arm, die Agentur.

»Moin zusammen.«

»Tee?«, fragte Dörte.

»Welch eine Frage.«

Er ging in sein Büro, lehnte Biki gegen die Wand hinter dem Schreibtisch und kam zurück ins Empfangszimmer.

Dörte reichte ihm seinen Becher, aus dem der würzige Duft von Pfefferminzblättern stieg. Lizzi und Dörte tranken Kaffee.

Hendriksen setzte sich auf Dörtes Schreibtisch und ließ die Beine baumeln.

»So, da wir an diesem sonnigen Morgen so gemütlich beisammen sitzen, kommt die Frage aller Fragen: Wie packen wir unsere Aufgaben am besten an?«

»Ich habe nicht die leiseste Ahnung«, sagte Lizzi. »Es tut mir leid, es sagen zu müssen, Marten, aber du hast dich völlig übernommen.«

»So eine pessimistische Einstellung an einem so schönen Morgen. Ich bin schockiert, Lizzi. Oder was sagst du, Dörte?«

»Ich halte mich da raus, Chef, ich bin nur die Tippse.«

»Im Ernst, Marten. Wie sollen wir drei Fälle gleichzeitig aufklären?«

»Im Grunde sind es nur zwei, Lizzi. Die Suche nach Björn Backhaus ist nur ein Nebenschauplatz, wie ich dir gestern schon erklärte.«

»Okay, zugegeben. Trotzdem erfordert auch er Manpower. Dass wir das so mal eben nebenbei lösen, daran glaubst du doch selbst nicht.«

Hendriksen sah seine Mitarbeiterin grienend an. »Du wirst es nicht für möglich halten, aber ich gebe dir Recht.«

»Also, das glaub ich jetzt nicht!«

»So ist es aber. Und weil ich deine mutlose Einstellung voraussah, habe ich eine Aushilfskraft engagiert.« Hendriksen sah auf die Uhr. »Eigentlich müsste sie schon hier sein.«

Beide Frauen sahen ihn erstaunt an.

»Wen … kenne ich ihn?«, fragte Lizzi neugierig.

»Es ist eine Sie, und ich denke, du kennst sie.«

»Wer ist es? Sag schon«, drängte Lizzi.

»Sei nicht so neugierig. Du wirst es schon sehen. Ich komme auf meine Frage zurück. Wie packen wir es an?«

»Du musst schon sagen, wo wir anfangen wollen!«

»Drückeberger! Also gut. Wir werden folgendermaßen vorgehen: Du, Lizzi, wirst dich zunächst um den Raubmord kümmern. Befrage das Umfeld, fang bei der Angestellten an, die De Boer aufgefunden hat, sieh dich bei den Nachbarn um und versuche herauszufinden, ob sich an den Tagen vor dem Raub etwas Ungewöhnliches ereignet hat.«

»Okay, schon klar. Und was machst du?«

»Ich werde mich mit dem explodierten Bergungsschiff beschäftigen und habe die Absicht, die Neue danach selbständig an dem Fall arbeiten zu lassen. Wir treffen uns abends um siebzehn Uhr hier, um unsere Ergebnisse auszutauschen. Wenn ein persönliches Treffen nicht möglich ist, dann sind die Ergebnisse in Stichworten an Dörte durchzugeben. Sie ist unsere Informationszentrale.«

»Alles klar.«

»Gut, dann kannst du schon mit deiner Arbeit beginnen.«

»Das glaubst du doch selbst nicht. Ich bewege mich keinen Millimeter, ohne vorher die Neue gesehen zu haben.«

»Dies, Lizzi, ist keine gute Idee«, sagte Hendriksen mit einem Lächeln auf den Lippen, aber in einem Ton, der keine Widerrede duldete. »Wir sollten so schnell wie möglich an Informationen kommen, die auf die Diamanten hindeuten. Auch sollten wir nicht vergessen, dass noch andere hinter den Diamanten her sein können. Ich denke dabei an den Russen, der möglicherweise schon einen Teil oder den ganzen Kaufpreis bezahlt hat und den Verlust sicher nicht einfach hinnehmen wird. Also sei entsprechend vorsichtig bei dem, was du tust. Und komm in die Puschen. Wir müssen immer als Erste am Ball sein.«

Lizzi zog eine Schnute. Sie erwiderte nichts, sondern ging zur Treppe, um sich eine Jacke aus ihrer Wohnung zu holen. Sie hatte die Tür zum Obergeschoss noch nicht erreicht, als sie das Knarren der Eingangstür vernahm. Sofort war sie wieder im Empfangszimmer, wo auch Dörte neugierig auf die Tür zu ihrem Büro starrte. Nur Hendriksen trank gelassen seinen Pfefferminztee aus.

Die Tür ging auf, und Tina Engels trat ein. Hinter sich her zog sie einen Rollkoffer.

»Du!«, rief Lizzi, eilte auf sie zu und riss sie in ihre Arme. »Willst du etwa in diesem Irrenhaus arbeiten?«

»Hallo, Lizzi, schön, dich wiederzusehen«, antwortete

Tina, nachdem sie sich sanft aus der Umarmung gelöst hatte. »Zuerst muss ich mich mal bei meinem neuen Boss melden.« Sie ließ den Koffer los und sah Hendriksen mit einem Lächeln an, aus dem deutlich abzulesen war, dass sie Gefühle für ihn hegte. Hendriksens Lächeln sprach die gleiche Sprache.

Dörte sah verblüfft von einem zum anderen, sagte jedoch nichts.

»Melde mich verspätet zur Stelle. Steckte auf der Autobahn in mehreren Staus.«

»Danke, Tina, du kannst nicht ermessen, wie erfreut und erleichtert ich bin, dich zu sehen.« Er wandte sich an Dörte. »Dörte, ich möchte dich mit Frau Kriminalhauptkommissarin Tina Engels bekanntmachen.« Und zu Tina gewandt: »Tina, das ist die Stütze unserer Agentur, Frau Dörte Hauser. Sie ist für alle administrativen Aufgaben, einschließlich der Finanzen, verantwortlich.«

Dörte hatte sich erhoben und hielt Tina die Hand hin. »Ich freue mich, Sie kennenzulernen, Frau Kriminalhauptkommissarin. Bitte nennen Sie mich Dörte und sagen Sie Du zu mir.«

Tina ergriff die Hand und schüttelte sie. »Ganz meinerseits. Ich heiße Tina.«

Hendriksen klatschte in die Hände. »So, meine Damen, nachdem wir uns alle kennengelernt haben, geht's an die Arbeit. Tina, du kommst mit mir, damit ich dich in die laufenden Arbeiten und unseren Betrieb einweise. Möchtest du einen Kaffee?«

»Sehr gerne. Etwas ausgedörrt bin ich schon.«

Hendriksen ging zur Pantryküche, um eine Tasse für Tina einzuschenken.

»Lass man, Marten, der Kaffee ist alle. Ich setz neuen auf und bring ihn euch.«

»Danke«, sagte Tina, »das ist sehr liebenswürdig von dir. Wenn du mir zeigst, wie die Maschine funktioniert, kann ich mir auch selbst einen zubereiten.«

»Lass man. Geh du lieber mit dem Chef. Er sieht schon jetzt ganz unruhig aus.«

Hendriksen hielt Tina die Tür auf, zog ihr den Besucherstuhl zurecht und blieb neben dem Stuhl stehen. Als Tina sich gesetzt hatte, beugte er sich über sie und gab ihr einen Kuss.

»Wat mutt, dat mutt, wie die Hamburger sagen.« Er ging hinter den Schreibtisch und nahm in seinem Sessel Platz. »Nun erzähl mal. Wie ist es dir seit unserem letzten Treffen ergangen?«

»Durchwachsen, Marten, durchwachsen mit Tendenz nach unten.«

»Nanu, was ist denn passiert?«

»Eigentlich nichts. Nur war die Beförderung, die ich dank deiner Hinweise bekommen habe und die mir die Leitung der Görlitzer Kriminalpolizei einbrachte, nicht das, was ich mir erhofft hatte.«

»Wenn ich das verstehen soll, dann musst du mir es schon genauer erklären. Als wir uns nach der Gerichtsverhandlung verabschiedeten, warst du doch ganz aus dem Häuschen.«

»Damals schon, doch da wusste ich noch nicht, dass der Posten ein reiner Schreibtischjob ist. Von Ermittlungstätigkeit keine Spur, und gerade deswegen bin ich zur Polizei gegangen.«

»Du Ärmste. Du tust mir aufrichtig leid, und das meine ich nicht ironisch. Ich kann dich gut verstehen. Als mich die ›Leichenallergie‹ zwang, meinen Beruf als Rechtsmediziner aufzugeben, stand ich vor der Frage, was tun? Ein Bürojob war für mich undenkbar, und sich den ganzen Tag als Arzt mit den Leiden meiner Mitmenschen auseinanderzusetzen, war auch nicht mein Ding. Und so stieg ich bei Jeremias Voss als Privatermittler ein. Besser hätte ich es nicht treffen können, denn genau das *ist* mein Ding – ich bin happy.«

»Du Glücklicher. Ich beneide dich. Nicht nur kannst du tun, was dir Spaß macht, sondern du wirst auch noch angemessen dafür bezahlt.«

»So ist es. Geld ist zwar nicht das Wichtigste, aber lohnen sollte sich die Arbeit schon. Jetzt zu der Frage, die mich brennend interessiert: Wie lange hast du Urlaub bekommen?«

»Drei Wochen, mehr war nicht herauszuholen. Meine Vorgesetzten waren auch so schon pikiert. Ich habe sicher ein rotes Sternchen in der Personalakte bekommen.«

»Mit meiner Bitte, mir bei den Ermittlungen auszuhelfen, wollte ich natürlich keine beruflichen Nachteile heraufbeschwören.«

»Mach dir darüber keinen Kopf. Ich spiele sowieso mit dem Gedanken zu kündigen. Ich will nicht hinter dem Schreibtisch versauern, und mit jedem weiteren Karriereschritt wird es schlimmer.« Tina schwieg einige Augenblicke, bevor sie zögernd fortfuhr. »Ich will ganz ehrlich zu dir sein. Als ich dein Angebot erhielt, habe ich das als Fingerzeig des Schicksals gesehen. Ich will in diesen drei Wochen herausfinden, wie mir die Arbeit als Privatermittlerin gefällt. Wenn ja, kündige ich und steige auf diesen Beruf um.«

Hendriksen sah sie mit großen Augen an. »Ich stelle dich sofort ein«, rief er begeistert. »Wir würden ein super Team abgeben.«

»Sei nicht so voreilig. Sind drei Personen für deine Agentur nicht zu viel?«

»Wo denkst du hin? Arbeit gibt es genug, und mit jedem erfolgreich abgeschlossenen Auftrag wird es mehr. Außerdem habe ich Sorge, dass mich Lizzi verlassen könnte. Wie du weißt, ist sie mit der Schlossbesitzerin von Bolkow liiert. Zurzeit fährt sie alle vierzehn Tage dorthin. Ich befürchte, es wird nicht mehr lange dauern, dann ist ihr die Fahrerei zu viel und sie kündigt.«

»Dein Angebot klingt vielversprechend, doch wir sollten nichts überstürzen und unabhängig von unseren persönlichen Gefühlen prüfen, ob ich für den Job geeignet bin. Du darfst nicht vergessen, dass ich Polizistin bin und als solche Recht und Gesetz vertrete.«

»Ist mir schon klar. Hast du übrigens eine Wohnung gefunden? Ich wollte dich bei mir unterbringen, aber das wolltest du ja nicht.«

Tina lächelte ihn schelmisch an. »Zu viel Nähe zum Chef ist nie gut. Lizzi hatte mir einmal angeboten, ich könnte jederzeit bei ihr unterkommen. Mal sehen, ob das Angebot noch gilt.«

»Davon kannst du ausgehen. Wenn du einverstanden bist, sollten wir uns jetzt auf die Arbeit konzentrieren.«

»Liebend gerne.«

Während der nächsten Stunde erklärte er Tina, wie die

Agentur arbeitete und welche Aufträge bearbeitet werden mussten.

»Grundsätzlich informieren wir uns täglich gegenseitig über den Sachstand unserer Ermittlungen. Wir erreichen damit, dass jeder an jedem Auftrag ohne lange Einweisung arbeiten kann. Natürlich ist der tägliche Austausch nicht immer möglich. In diesen Fällen ist – du hast es vorhin bereits gehört – Dörte die Ansprechpartnerin. Sollte es auch nicht möglich sein, sie zu informieren, muss der Datenaustausch so schnell wie möglich nachgeholt werden. Ich gebe dir nachher noch ein Handy, das du ständig bei dir tragen musst. Es enthält einen zusätzlichen Chip, über den wir dich auch orten können, wenn das Handy ausgeschaltet oder die Batterie leer ist.«

»Was mich am meisten interessiert, ist, welche Aufgabe du für mich vorgesehen hast.«

»Ich möchte mit dir zunächst den Fall des explodierten Bergungsschiffes bearbeiten.«

Kapitel 5

Lizzi fuhr zu den Colonnaden. Da es wenig Sinn hatte, mit dem Auto in die Innenstadt zu fahren, nahm sie die öffentlichen Verkehrsmittel, stieg am Dammtorbahnhof aus, ging durch die Unterführung der Bahntrasse, überquerte den Stephansplatz und ging von dort zu den Colonnaden.

Das Juweliergeschäft De Boer lag auf der linken Straßenseite etwa in der Mitte des überdachten Bürgersteigs. Die drei Schaufenster waren mit weißem Tuch verhängt. An der Tür hing ein Schild mit der Aufschrift *Vorübergehend geschlossen*.

Lizzi wollte die Tür öffnen, doch sie war verschlossen. Sie erblickte durch das Glasfenster zwei Frauen im Verkaufsraum und klopfte kräftig gegen die Tür. Beide Frauen drehten sich in ihre Richtung. Die ältere der beiden schüttelte den Kopf und deutete auf das Schild an der Tür. Sie drehte sich um und sprach weiter mit der jüngeren.

Lizzi ließ sich davon nicht abhalten und schlug wieder gegen die Tür. Die Ältere wendete sich erneut um, schüttelte wieder den Kopf, diesmal energischer. Ihrer Miene konnte Lizzi entnehmen, dass sie über die Störung ungehalten war.

Lizzi deutete mit einem Finger auf das Türschloss und machte mit der Hand eine Bewegung, die unmissverständlich darauf hinwies, dass aufgeschlossen werden sollte. Gleichzeitig hielt sie einen Ausweis, der sie als Privatdetektivin legitimierte, an die Scheibe. Da die Frau den Ausweis auf die Entfernung nicht lesen konnte, war sie gezwungen, zur Tür zu kommen. Es könnte ja ein Polizeiausweis sein.

Lizzi steckte den Ausweis schnell wieder ein. Die Frau sollte nicht durch die Scheibe lesen können, dass sie eine private Ermittlerin war. Sie hätte dann höchstwahrscheinlich die Tür nicht aufgeschlossen. So aber drehte sie den Schlüssel und stieß verärgert die Tür auf. Lizzi musste schnell einen Schritt zurücktreten, um nicht getroffen zu werden.

»Kann uns die Polizei nicht endlich in Ruhe lassen?«, fuhr die Frau sie an. »Wir haben x-mal gesagt, was wir wissen, und wenn Sie noch so oft fragen, Sie werden nur die gleichen Antworten bekommen. Ich …« Plötzlich hielt sie inne und starrte Lizzi an. »Sie sind gar nicht von der Polizei, oder?«

»Nein, ich bin …«

»Presse?«, unterbrach die Frau rigoros.

»Auch nicht. Wenn Sie mir einen Augenblick Zeit geben, um mich vorzustellen, dann können wir Ihren sicherlich berechtigten Ärger schnell dämpfen.«

»Wer sind Sie? Zeigen Sie mal Ihren Ausweis.«

Lizzi zog den Ausweis aus der Tasche. Sie ahnte, was jetzt kommen würde.

»Eine Privatdetektivin!«, rief die Frau voller Abscheu. »Auch das noch!«

Sie wollte die Tür mit einem Ruck schließen, doch Lizzi hatte das kommen gesehen und schnell ihren Fuß davor gestellt.

Wie bei den meisten von Natur aus rothaarigen Menschen gehörten Langmut und Geduld nicht zu Lizzis Stärken. Deshalb fuhr sie die ältere Frau mit erhobener Stimme an: »Jetzt halten Sie endlich mal den Mund! Ich bin nicht hier, weil ich mich an Ihrem freundlichen Wesen erfreuen will, sondern weil ich eine Beauftragte der Ohm-Kröger-Versicherungsgesellschaft-AG bin, der Gesellschaft, die die bei Ihnen eingelagerten Waren versichert hat. Wenn Sie nicht wollen, dass Sie auf einem Schaden von etlichen Millionen Euro sitzen bleiben, dann sollten Sie besser mit mir zusammenarbeiten.«

»Was reden Sie denn da für einen Unsinn? Unsere Versicherung ist die Altonaer Direkt und nicht die Ohm … dingsda. Und mit der sind bereits alle Einzelheiten geregelt.«

Lizzi sah sie betont mitleidig an. »Werte Frau.« Sie machte eine demonstrative Pause, da sich die Dame noch immer nicht vorgestellt hatte. »Sie scheinen über das Ausmaß des Schadens nicht informiert zu sein. Ich nehme an, die Altonaer Direkt ist nur für den gestohlenen Schmuck verantwortlich und nicht für das, was im Safe lag.«

»Im Safe lag nichts.«

»Jetzt nicht mehr, denn der Inhalt wurde gestohlen. Doch wollen wir das wirklich hier auf der Straße besprechen, wo jeder mithören kann?«

Zögernd öffnete die Frau die Tür und ließ Lizzi eintreten.

»Darf ich fragen, wer Sie sind?«

»Ich bin Frau De Boer, die Ehefrau des Ermordeten.«

»Erfreut, Sie kennenzulernen«, sagte Lizzi unverbindlich. »Mein Name ist Elisabeth Lambert. Ich arbeite für die Hamburger Agentur für Vertrauliche Ermittlungen, wie Sie meinem Ausweis entnommen haben. Unsere Agentur wurde von der genannten Versicherung beauftragt, die Diamanten, die Ihr Ehemann im Safe eingeschlossen hatte, wiederzubeschaffen. Wenn Sie an meinen Worten zweifeln, rufen Sie bitte diese Nummer an und lassen sich meinen Auftrag bestätigen.«

Lizzi reichte Frau De Boer die Geschäftskarte, die Frau Vanderfries in Hendriksens Büro zurückgelassen hatte.

Frau De Boer ging zum Telefon und wählte die Nummer, die auf der Geschäftskarte stand. Lizzi hörte, wie sie sich den Auftrag bestätigen ließ. Als sie den Hörer aufgelegt hatte, wandte sie sich wieder an Lizzi, gab die Geschäftskarte zurück und entschuldigte sich für ihr grobes Verhalten.

»Sie können sich nicht vorstellen, wie lästig es ist, immer wieder die gleichen Fragen zu beantworten. Am nervtötendsten sind die Reporter, die sich wie Aasgeier auf die Beute stürzen. Als Sie so nachhaltig auf die Tür einhämmerten, dachte ich, Sie gehören auch zu denen.«

»Ich kann Sie gut verstehen. Wir müssen fast immer das ausbaden, was die Reporter anrichten.«

»Was kann ich nun für Sie tun?«

»Sollten wir nicht besser in Ihr Büro gehen?«

Frau De Boer sah Lizzi verwundert an und sagte dann: »Vielleicht haben Sie recht. Kommen Sie mit.«

Sie öffnete die Tür, die vom Verkaufsraum aus in den hinteren Teil des Geschäfts führte, und ließ Lizzi den Vortritt.

»Gleich die nächste Tür rechts.«

Lizzi öffnete die Tür und betrat ein futuristisch eingerichtetes Büro. Die Wände waren in hellem Grau gehalten, und die Möbel bestanden aus auf Hochglanz poliertem Holz. Lizzi konnte sich gut vorstellen, dass teurer Schmuck in so einer Atmosphäre optimal präsentiert werden konnte. Es gab nichts, was den potenziellen Käufer ablenkte, keine Bilder an den Wänden, keine Figuren auf kleinen Tischen, keine gemütliche Sitzecke. Trotz der kargen Ausstattung wirkte das Büro nicht kalt. Es hatte auf Lizzi eine Wirkung, die sie nicht beschreiben konnte, aber als angenehm empfand.

»Bitte nehmen Sie Platz.« Frau De Boer deutete auf einen schwarzen Ledersessel vor dem polierten Schreibtisch. Sie selbst setzte sich dahinter. »Darf ich Ihnen eine Erfrischung anbieten?«

Lizzi lehnte dankend ab.

»Dann erklären Sie mir bitte, was es mit den Diamanten auf sich hat, denn von diesem Geschäft weiß ich nichts, obwohl ich Teilhaberin an den Juweliergeschäften meines Mannes bin.«

»Ihren Worten entnehme ich, dass Sie mehr als nur dieses eine Geschäft haben?«

»O ja, wir haben noch Filialen auf Sylt, in Berlin, München, Köln, Frankfurt und Baden-Baden. Hamburg ist jedoch unser Stammhaus. Kommen wir auf die Diamanten zurück. Sind Sie sicher, dass Sie sich nicht irren?«

»Was soll ich dazu sagen? Ich war nicht dabei, als die Diamanten eingelagert wurden. Ich gehe jedoch davon aus, dass es stimmt, denn sonst würde uns die Versicherung nicht beauftragen, die Diamanten wiederzubeschaffen. Außerdem ist es laut Versicherung nicht das erste Mal, dass mit Ihrem Mann ähnliche Geschäfte abgewickelt wurden.

Der Safe wurde wegen seiner Sicherheit als Zwischenlager für Waren von hohem Wert benutzt.«

Auch ohne dass Frau De Boer etwas sagte, sah Lizzi ihr an, dass sie gerade aus allen Wolken fiel. Sie schien von Geschäften dieser Art nichts gewusst zu haben. Um sie zu beruhigen und auf andere Gedanken zu bringen, sagte sie: »Ich will Sie nicht weiter mit Fragen dazu belästigen. Etwas interessiert mich jedoch. Vielleicht können Sie mir dabei weiterhelfen. Bitte versuchen Sie sich an den Tag des Überfalls zu erinnern. Hat sich Ihr Mann anders als sonst verhalten? War er irgendwie unruhig, nervös beim Frühstück, hat er sich beklagt, schlecht geschlafen zu haben, war er anders als gewöhnlich? Bitte versuchen Sie sich zu erinnern. Jede Kleinigkeit – so unwichtig sie Ihnen erscheinen mag – kann von Bedeutung sein.«

Frau De Boer dachte eine Weile nach, bevor sie den Kopf schüttelte. »Diese Fragen hat mir die Polizei auch gestellt. Mir ist an meinem Mann nichts aufgefallen, was in diese Richtung deutet. Das einzig Ungewöhnliche war seine heitere Stimmung.«

»Wie darf ich das verstehen?«

»Das ist schwer zu beschreiben. Er war in einer gelockerten Stimmung. Sonst saß er meistens schweigsam beim Frühstückstisch, war in Gedanken bereits im Geschäft. An diesem Tag hatte ich das Gefühl, dass er sein Frühstück bewusst aß. Als er ging, umarmte er mich. Das war außergewöhnlich, denn sonst tat er das nicht.«

»Verstehe.«

»Ich hatte das Gefühl, er tat es aus einem Bedürfnis heraus. Ich spürte Herzlichkeit in dieser Geste.«

»Ich danke Ihnen für Ihre Geduld und die Bereitwilligkeit, einen weiteren lästigen Besucher zu empfangen. Wenn es Ihnen nichts ausmacht, dann würde ich mir gerne den Tatort ansehen.«

»Sicher, aber ich komme nicht mit. Ich will nicht sehen, wo man meinen Mann umgebracht hat. Ich werde Sonja bitten, Sie zu begleiten.« Ohne auf eine Antwort zu warten, drückte sie auf einen Knopf. »Sonja, würden Sie bitte ins Büro kommen?«

»Komme«, erklang eine Frauenstimme.

Lizzi blickte sich verwundert um. Auf dem Schreibtisch stand kein Telefon, auch Mikrofon oder Lautsprecher hatte sie nicht gesehen. Frau De Boer musste ihre Verwunderung bemerkt haben, doch sie tat nichts, um Lizzi aufzuklären.

Es klopfte an die Tür, und auf Frau De Boers »Herein« trat die Frau, die Lizzi im Verkaufsraum gesehen hatte, ein.

»Sonja, Frau Lambert möchte den Keller besichtigen. Würden Sie sie bitte begleiten.«

»Selbstverständlich.«

Lizzi erhob sich. »Vielen Dank, dass Sie mir Ihre Zeit gewidmet haben«, sagte sie gespreizt. Warum sie sich so verhielt, konnte sie selbst nicht sagen. Wahrscheinlich ärgerte sie sich unbewusst immer noch über den aggressiven Empfang.

Sonja hielt ihr die Tür auf. »Links herum, bitte«, forderte sie Lizzi auf.

Sie gingen einen mit dicker Teppichware ausgelegten Flur entlang. Am Ende befand sich eine Tür mit einem Sicherheitsschloss. Sie war nicht verschlossen. Dahinter führte eine Treppe ins Kellergeschoss. Ihre Schritte wurden auch hier von der Auslegeware gedämpft. Lizzi hatte das Gefühl, als würde sie auf Moos laufen.

Sonja ging voran und stieß eine nur angelehnte Tür auf. Rechts daneben befand sich ein Monitor.

»Normalerweise können wir hier nicht durch«, sagte Sonja. »Nur Herr De Boer und Herr Backhaus können die Tür öffnen.«

»Heißt das, beide konnten den Tresorraum betreten?«

»Nicht einzeln, nur gemeinsam. Es war eine Sicherheitsmaßnahme, die sich Herr De Boer ausgedacht hatte.«

Lizzi bemerkte, dass Sonja sich zwingen musste, den Raum zu betreten, denn am Boden vor dem Safe waren noch die mit Kreide nachgezeichneten Umrisse des Ermordeten zu sehen. Die Blutlache am Kopfende war eingetrocknet, aber noch nicht entfernt worden.

An der Stirnseite des Raumes war ein Safe eingebaut, gesichert durch zwei Kombinationsschlösser. Jetzt stand die Tür offen. Die Fächer dahinter waren leer.

»Wer kennt die Kombinationen?«, wollte Lizzi wissen.

»Ich weiß nur, dass Herr De Boer und Herr Backhaus immer gemeinsam in den Keller gingen. Ich nehme daher an, dass jeder eine Kombination hatte.«

Lizzi nickte zum Zeichen, dass sie verstanden hatte. Sie sah sich in dem Raum um. Außer einem einfachen Tisch und zwei Holzstühlen gab es nichts weiter zu sehen.

»Was für ein Mensch war Ihr Chef? Mochten Sie ihn?«

Sonja druckste herum.

»Ist was?«

»Können wir nicht nach oben gehen, wenn Sie hier unten nichts weiter sehen wollen? Mir ist dieser Ort unheimlich.«

»Natürlich, entschuldigen Sie, dass ich nicht daran gedacht habe. Gibt es hier einen Ort, wo ich mit Ihnen ohne lästige Zuhörer sprechen kann?«

»Sie wollen mich allein sprechen?«, wiederholte Sonja erstaunt die Frage. »Ich weiß doch von nichts.«

»Um ganz ehrlich zu sein, benötige ich Hintergrundinformationen. Das ist vertraulich. Sprechen Sie nicht darüber. Kann ich mich darauf verlassen?«

Sie hatte die Methode, jemanden unter dem Siegel der Verschwiegenheit ins Vertrauen zu ziehen, von Hendriksen gelernt. Er behauptete, so beim Gesprächspartner Neugierde und ein Gefühl von Wichtigkeit zu wecken, zwei Eigenschaften, die die meisten Menschen zum Sprechen verleiteten.

Bei Sonja wirkte die Methode. Sie antwortete in dem gleichen gedämpften Tonfall, in dem Lizzi gesprochen hatte.

»Wenn Sie noch eine Stunde Zeit haben, dann können wir uns im Café Chérie treffen. Es liegt ganz in der Nähe am …«

»Ich weiß, wo es ist. Bin daran vorbeigegangen. Ich werde dort auf Sie warten.«

Die beiden Frauen stiegen zusammen die Treppe hoch. Im Verkaufsraum verabschiedete Lizzi sich von Frau De Boer.

Sonja betrat wie angekündigt eine Stunde später das Café. Sie musste Lizzi schon durch eines der großen, fast bis zum Boden reichenden Fenster gesehen haben, denn sie kam direkt auf sie zu.

»Darf ich?«, fragte sie höflich und zeigte dabei auf ein verschnörkeltes Eisengestell mit gepolsterter Sitzfläche.

Obwohl die Frage unsinnig war – denn schließlich wollte Lizzi sich mit ihr ja unterhalten –, gefiel ihr die höfliche Geste.

»Bitte nehmen Sie Platz«, antwortete sie mit einem charmanten Lächeln. »Was möchten Sie? Ich lade Sie selbstverständlich ein.«

»Ich könnte ein Glas Sekt vertragen. Mein Kreislauf scheint etwas down zu sein.«

Lizzi winkte die Bedienung heran und bestellte zwei Gläser Sekt. Nachdem serviert worden war, ergriff Lizzi ihr Glas und prostete Sonja zu.

»Auf Ihren Kreislauf. Möge er wieder in Schwung kommen.«

Sonja lachte. »So schlimm ist es nun auch wieder nicht. Ich hätte eine Bitte. Können wir uns nicht duzen? Das förmliche Sie klingt für mich so befremdlich. Wir sind doch beide etwa gleich alt.«

»Gerne. Ich heiße Elisabeth, aber alle nennen mich nur Lizzi.«

»Prost, Lizzi.«

Die beiden Frauen stießen miteinander an.

»Was wolltest du von mir wissen?«

Sonja schien jemand zu sein, der nicht viel von allgemeiner Konversation hielt. Vielleicht war sie aber auch nur neugierig.

»Ich bin daran interessiert, wie die Personen, mit denen du arbeitest, so sind. Ich meine, charakterlich. War De Boer ein angenehmer Chef?«

»Ein sehr angenehmer. Er war immer freundlich, interessierte sich für unsere Bedürfnisse, vergaß nie einen Geburtstag und schenkte mir immer eine Kleinigkeit.«

Sonja hatte, während sie sprach, rosige Wangen bekommen. Sie machte fast den Eindruck, in ihn verliebt gewesen zu sein.

»Hast du während der Tage vor dem Raubüberfall irgendwelche Veränderungen an ihm festgestellt? War er nervöser oder aggressiver oder so etwas?«

»Nein«, sagte Sonja spontan. »Er war wie immer. Fragte mich sogar, ob ich meine Gardinen schon aufgehängt habe. Ich habe nämlich eine neue Wohnung bezogen und muss wohl mal erwähnt haben, dass ich noch Gardinen kaufen müsste. Aber so war er, immer aufmerksam.«

»Also keine Veränderungen?«

Sonja schüttelte den Kopf. »Er war wie immer.«

»Okay, was für ein Mensch war Backhaus?«

Sonja dachte einige Augenblicke nach. »Er war auch nett, oder besser gesagt, er war höflich, aber immer distanziert und sehr formell.« Wieder überlegte sie eine Weile, bevor sie fortfuhr: »Ich kann über ihn nichts Negatives sagen.«

»Schon gut. Es geht mir nicht darum, nur Nachteiliges zu hören. Mich interessiert, wie er als Mensch war. Wie sind De Boer und Backhaus miteinander ausgekommen? Gab es zwischen ihnen mal Streit, vor allem in den letzten Tagen?«

»Nein, nie. Die beiden waren Freunde. Ich habe nie gehört, dass es zwischen ihnen Unstimmigkeiten gab. Das passierte schon eher zwischen den beiden Männern und Frau De Boer.«

»Worum ging es dabei?«

»Keine Ahnung. Ich habe nur laute Stimmen aus dem Büro, in dem du gerade warst, gehört.«

»Kamen solche Streitereien öfter vor?«

Sonja lächelte. »Meistens, wenn die Männer besonders freundlich zu mir gewesen waren.«

»War Frau De Boer eifersüchtig?«

»Manchmal hatte ich schon den Eindruck.«

»Hatte sie dafür einen Grund?«

»Nicht den geringsten. Ich habe einen Verlobten und kein Interesse an alten Männern.«

»Hast du ihr das mal gesagt oder angedeutet?«

»Wo denkst du hin? Sie hatte mich auch so schon auf dem Kieker.«

»Was meinst du damit?«

»Wenn sie im Geschäft war, hatte sie ständig etwas an mir auszusetzen. Mal war ihr meine Kleidung zu salopp, dann wieder zu altbacken. Eigentlich konnte ich machen, was ich wollte, sie hatte immer etwas zu meckern. Wenn die Männer mich nicht in Schutz genommen hätten, wäre ich schon längst nicht mehr hier.«

»Hat sich nach dem Überfall etwas geändert? Ich meine, weil du noch hier bist?«

»Ja, aber nur, weil sie mich braucht, denn ich habe mehr Ahnung als sie von dem praktischen Geschäft und auch von dem Wert der Ware, die uns noch verblieben ist.«

»Wie geht es mit dem Juweliergeschäft weiter? Hat die Versicherung schon angekündigt, wann sie den Schaden ersetzt?«

»Keine Ahnung. Interessiert mich auch nicht. Ich gehe nicht mehr zurück. Morgen melde ich mich krank. Dann nehme ich meinen Jahresurlaub, und zwischendurch kündige ich.«

»Weiß Frau De Boer, dass du weg willst?«

»Nein, sie hat keinen blassen Schimmer und wird aus allen Wolken fallen. Hoffentlich fällt sie dabei hart auf ihren Hintern.«

»Eine ganz andere Frage: Frau De Boer hat mir gesagt, dass sie Teilhaberin an dem Geschäft ihres Mannes ist, aber keinen Zugang zum Safe hat. Kann das stimmen? Es kommt mir unwahrscheinlich vor.«

»Das hat sie dir gesagt?«, fragte Sonja verwundert.

»Ja, hat sie.«

»Natürlich hatte sie Zugang. Soweit ich von Herrn De Boer weiß, kannte sie die gleiche Safenummer, die auch Herr Backhaus kannte.«

»Bist du dir sicher?«

»Klar, immer wenn Backhaus auf Urlaub oder auf Geschäftsreise war, musste sie mit in den Keller, damit ihr Mann den Safe öffnen konnte.«

»Das ergibt Sinn«, sagte Lizzi. Sie war zufrieden, eine glaubhafte Antwort auf ihre Zweifel bekommen zu haben. Alles andere schien ihr zu abwegig. Geschäftspartnerin und keinen Zugang zum Safe, war in ihren Augen ein Unding. Aber warum hatte Frau De Boer bei einer Sache, die leicht nachprüfbar war, gelogen?

Kapitel 6

Nachdem Hendriksen seine Einführung in die anstehenden Aufträge und die Arbeitsweise der Agentur beendet hatte, sah er Tina lächelnd an.

»Ich nehme an, du hast alles verstanden und bist bereit, mit den Ermittlungen anzufangen.«

»Da war nicht viel zu verstehen«, sagte sie, mit einem Lächeln, in dem ein Hauch von Ironie steckte. »Was deine Aufträge angeht, hast du null Informationen und keine Idee, wie du die Nachforschungen angehen willst. Trotz deiner eloquenten Rede stehst du mit leeren Händen da. Wir von der Polizei haben wenigstens eine klare Ausgangslage und können in der Regel aus den rechtsmedizinischen und forensischen Untersuchungen erste Erkenntnisse ableiten. Meistens zeichnen sich daraus vielversprechende Spuren ab. Bleibt die Frage, wie du die Sache angehen willst.«

Hendriksens Lächeln hatte sich in ein Grinsen verwandelt. »Du hast den Nagel auf den Kopf getroffen. Aber gerade weil wir nichts haben, können wir unserer Fantasie freien Lauf lassen. Anders ausgedrückt: Wir stochern zunächst willkürlich in dem berühmten Heuhaufen herum und sehen, ob irgendwo etwas quiekt. Diesem Geräusch folgen wir dann, und – voilà – die Lösung liegt vor uns.«

»Und wie muss ich mir im konkreten Fall das Stochern vorstellen?«

»Ganz einfach. Lizzi ist bereits dabei, beim Juwelier die Lage zu sondieren, und wir beide machen uns auf den Weg, um zu erfahren, was Rechtsanwalt Semmler zu sagen hat. Ich gehe mal davon aus, dass du mitkommst, oder willst du dich lieber von der Reise ausruhen?«

»Spinnst du? Natürlich komme ich mit.« Ihr charmantes Lächeln und der weiche Blick nahmen den Worten die Spitze.

»Dann los. Du ziehst dir besser eine Windjacke über. Der Wind hat aufgefrischt, wie du an der Birke draußen sehen kannst. Laut Wetterbericht soll es heute Abend Sturm mit Windstärke zehn geben. Außerdem ist Hochwasser angesagt.«

Noch während Hendriksen sprach, hatte Tina ihre Reisetasche auf seinen Schreibtisch gestellt und eine Wetterjacke hervorgezogen.

»Ich habe mir schon gedacht, dass bei euch Sauwetter herrscht, und da ich nicht wieder in deiner Unterwäsche herumlaufen möchte, habe ich mir meine eigenen Sachen mitgebracht.«

Hendriksen musste lachen, denn Tina spielte auf ihr Kennenlernen an. Im strömenden Regen hatte sie damals bis auf die Haut durchnässt vor seinem Van gestanden und um Einlass gebeten. Ihr Wagen hatte zwei platte Reifen, und das Handy war zu ihrem Leidwesen entladen. Damit sie sich nicht erkältete, hatte Hendriksen ihr trockene Unterwäsche und Oberbekleidung angeboten. Aus dieser feuchten Begegnung hatte sich eine innige Freundschaft entwickelt, die das Potenzial zu einem noch tiefer gehenden Verhältnis hatte. Bislang waren allerdings beide davor zurückgeschreckt, Tina, weil sie sich eine Karriere bei der Polizei erhoffte, und Hendriksen, weil er seine ehemalige Freundin, die ihn mit ihrer klammernden Eifersucht verfolgt hatte, noch nicht gänzlich aus dem Gedächtnis verbannt hatte.

»Dörte, bestell bitte ein Taxi und melde uns bei Rechtsanwalt Semmler an. Sag ihm, wir sind in einer halben Stunde bei ihm. Frag seine Sekretärin nicht, ob er Zeit hat, sondern sag ihm einfach, dass wir kommen. Schließlich will er etwas von uns.«

»Okay.«

Tina sah ihn fragend an. »Mit dem Taxi? Ist das nicht ein wenig aufwendig? Wir können doch mein Auto nehmen.«

»Das Taxi ist notwendig. Du kennst die Wetterverhältnisse hier nicht. Semmlers Büro liegt in der Nähe der Elbe. Die Parkmöglichkeiten liegen alle in dem Bereich, der bei Sturmflut überflutet wird. Außerdem bezahlt die südafrikanische Versicherung das Taxi.«

»Die Versicherung? Ich denke, wir suchen den Rechtsanwalt auf, weil wir über den verschwundenen Prokuristen sprechen wollen, oder habe ich da etwas falsch verstanden?«

»Hängt alles miteinander zusammen. Sei nicht so pingelig. Komm!«

»Taxi kommt«, rief Dörte.

»Danke, wir sind auf dem Weg.«

Die Kanzlei von Semmler lag am Baumwall in einem modernen Glaskasten.

Tina und Hendriksen stiegen vor dem Eingangsportal aus. Auf der Bronzetafel, auf der die Geschäfte, Ärzte und

Kanzleien, die hier ihren Sitz hatten, verzeichnet waren, informierte sich Hendriksen, wo genau Semmlers Büro lag. Dann ging er mit Tina zum Fahrstuhl und fuhr in den fünften Stock. Die Kanzlei lag in der Mitte eines Flurs, der durch das ganze Gebäude zu verlaufen schien.

Hendriksen klopfte kurz an und trat ohne auf eine Antwort zu warten in ein modern eingerichtetes Büro. Tina folgte ihm. Drei Frauen saßen vor Bildschirmen und hämmerten auf die Tastaturen ein. Hendriksen wandte sich an die Frau, die als erste hochgeschaut hatte.

»Guten Tag, die Damen, mein Name ist Hendriksen – Dr. Hendriksen. Ich möchte Herrn Semmler sprechen. Meine Sekretärin hat uns angekündigt.«

Die Sekretärin erwiderte seinen Gruß mit professioneller Höflichkeit.

»Würden Sie sich bitte einen Augenblick setzen? Herr Semmler wird Sie gleich empfangen. Er hat im Augenblick noch einen Klienten bei sich.«

Beide nahmen auf der Sitzgruppe, auf die die Frau gedeutet hatte, Platz.

»Darf ich Ihnen einen Kaffee anbieten?«, fragte die Sekretärin.

Hendriksen sah Tina an. Die schüttelte den Kopf.

»Nein, danke, sehr freundlich von Ihnen. Ich gehe davon aus, dass wir nicht lange warten müssen.«

Er erhielt darauf keine Antwort, denn in diesem Moment ging eine Tür auf und zwei Männer traten heraus. Der eine war groß und stark, der andere klein und schmächtig. Die sonore Stimme, mit der er den Großen verabschiedete, passte so gar nicht zu seiner Statur. Als der Große in Richtung Ausgang ging, kam der Schmächtige auf sie zu.

»Herr Dr. Hendriksen, nehme ich an?«

»Richtig, und dies ist Frau Engels, meine Mitarbeiterin.«

»Sehr angenehm.« Der Rechtsanwalt reichte zunächst Tina die Hand und dann Hendriksen. »Bitte kommen Sie in mein Büro.«

Er ging voraus und hielt die Tür für die Besucher auf. Hendriksen ließ Tina den Vortritt.

Das Büro war genauso modern eingerichtet wie das Vorzimmer. Anstelle eines Schreibtisches gab es eine Glasplatte, die auf zwei verchromten Metallböcken ruhte. Die Sitzgruppe sah ähnlich aus wie die im Sekretariat – Plastikschale als Sitz und Metallgeflecht als Stütze. An den Wänden hingen Bilder, die nichts anderes als verschiedene Farbkombinationen zeigten. Die beiden einzigen konventionellen Einrichtungsgegenstände waren ein Safe und ein mit weiß gefärbtem Leder überzogener Sessel, der hinter der Glasplatte stand.

»Bitte nehmen Sie Platz.« Semmler deutete auf die beiden Plastiksessel vor der Glasplatte. »Ich bin Ihnen sehr dankbar, dass Sie mich bei der Suche nach dem Prokuristen unterstützen. Ich habe leider in solchen Dingen keine Erfahrung.«

»Auch wenn es indiskret erscheinen mag, es würde mich schon interessieren, was Sie veranlasst hat, so selbstlos der Bitte von Frau Backhaus nachzukommen.«

Semmler schwieg eine Weile. Offenbar überlegte er, wie er Hendriksen am besten antworten sollte.

»Ich fühlte mich moralisch dazu verpflichtet. Die Semmlers sind seit drei Generationen die Anwälte der De Boers. Schon mein Großvater nahm ihre Interessen wahr. Als Syndikus des Juweliers hatte ich viel mit Herrn Backhaus zu tun. Als mich Frau Backhaus bat, ihren verschwundenen Mann zu suchen, konnte ich schon aus moralischen Gründen nicht Nein sagen, obwohl ich keine Ahnung hatte, wie ich es in der Praxis anstellen sollte.«

»Ich verstehe«, meinte Hendriksen, um dieses Thema nicht weiter zu vertiefen. »Kommen wir zur Sache. Was können Sie mir über Backhaus' Verschwinden sagen?«

»Noch eins möchte ich vorweg erwähnen. Auch wenn in diesem speziellen Fall außer Spesen kein Honorar für Sie drin ist, so möchte ich betonen, dass ich häufig einen Privatdetektiv benötige, um Sachverhalte zu ermitteln. Sie können versichert sein, ich werde dabei an Sie denken. In diesem Fall umsonst zu arbeiten, soll auf mittelfristige Sicht Ihr Schaden nicht sein.«

»Danke für das Angebot. Obwohl die Tätigkeiten nahezu identisch sind, bevorzugen wir anstelle von ›Privatdetektiv‹ die Bezeichnung ›vertrauliche Ermittler‹.«

»Entschuldigen Sie, ich wollte Sie nicht kränken. Darf ich Ihnen eine Erfrischung anbieten – Kaffee, Tee, Mineralwasser oder lieber etwas Stärkeres?«

»Für mich nichts, vielen Dank«, antwortete Hendriksen.

»Ich danke ebenfalls«, schloss sich Tina an.

»Ich denke, es ist jetzt höchste Zeit, dass wir uns mit dem Fall Backhaus beschäftigen«, drängte Hendriksen. »Was können Sie uns über sein Verschwinden sagen?«

»Im Grunde kaum etwas. Nach Angaben der Ehefrau hat ihr Mann das Haus wie immer um halb acht Uhr verlassen, um ins Geschäft zu fahren. Danach hat sie nichts mehr von ihm gehört oder gesehen. Und das ist auch schon alles, was ich weiß.«

»Sie haben doch sicherlich mit Frau Backhaus über ihren Mann gesprochen. War sein Verhalten anders als an anderen Tagen?«

»Es stimmt, ich habe sie danach gefragt, aber sie sagte, dass er an diesem Morgen genauso war wie sonst.«

»Wie hat Frau Backhaus das Verschwinden ihres Mannes aufgenommen?«

»Sie macht sich Sorgen um ihn, was verständlich ist. Ansonsten machte sie einen gefassten Eindruck.«

»Sie sagten, Sie sind der Syndikus für De Boers Juweliergeschäft. Sind Sie in diesem Zusammenhang auch mit den Sicherheitsmaßnahmen vertraut?«

»Ja, Herr De Boer und ich haben sie zusammen erarbeitet. Wir wollten sicherstellen, dass alle technischen, aber vor allem auch rechtlichen Voraussetzungen für die Lagerung von Wertgegenständen erfüllt würden. Es hat bislang auch gut funktioniert und für De Boer eine zusätzliche Einnahmequelle geschaffen. Ich sollte jedoch eins richtigstellen. Ich hätte anstatt Syndikus besser juristischer Berater sagen sollen, denn ich habe nicht nur für diese Firma gearbeitet, sondern berate noch etliche andere Unternehmen. Und noch etwas: De Boers Juweliergeschäft unterhält mehrere Filialen.«

»Verstehe, doch das beantwortet nur indirekt meine Frage.«

»Entschuldigen Sie, ich wollte Ihnen nicht ausweichen. Die Antwort ist: Ja, ich kenne alle Sicherheitsmaßnahmen.«

»Wer hat alles Zugang zum Safe?«

Der Rechtsanwalt schwieg. Nach einigen Augenblicken des Überlegens sagte er: »Diese Frage kann ich nicht ohne vorherige Rücksprache mit Frau De Boer beantworten.«

»Ist es richtig, dass Frau De Boer die Haupterbin ist?«

»Kein Kommentar.«

»Es existiert aber ein Testament.«

»Ja, es wurde von mir aufgesetzt und befindet sich bei mir im Safe.«

»Gibt es außer Frau De Boer noch andere Erben?«

Semmler grinste. »Ein schöner Versuch. Egal ob ich mit Ja oder Nein antworte, ich würde damit bestätigen, dass Frau De Boer Haupterbin ist, was ich ausdrücklich nicht tue.«

»Okay, lassen wir die Frage bis zur Testamentseröffnung offen. Was können Sie mir über Herrn Backhaus sagen?«

Wieder nahm sich Semmler Zeit, bevor er antwortete. »Björn, ich meine Björn Backhaus, ist ein aufrechter Mensch – gradlinig, ehrlich, zuverlässig. Auf sein Wort kann man bauen. In De Boers Geschäft ist er der Macher, während De Boer einen Hang zu Träumereien hatte. De Boer ließ ihm weitgehend freie Hand. Das war seiner Frau ein Dorn im Auge und immer wieder Anlass zu Streit zwischen den beiden. Doch in diesem Punkt blieb er hart, obwohl er sonst eher nachgiebig war. Björn hat diese Schwäche seines Chefs nie ausgenutzt. Das war auch ein Grund, warum beide harmonisch miteinander zusammenarbeiteten. Freunde im tieferen Sinne waren sie nicht, aber ein verlässliches Team. Es kam nicht von ungefähr, dass De Boer ihm die zweite Kombination zum Safe und den Zweitschlüssel zum Tresorraum gab. Mist! Nun habe ich Ihnen eine Information gegeben, die ich Ihnen nicht geben wollte. Bitte betrachten Sie das als vertraulich.«

»Das ist selbstverständlich. Aber da wir es nun schon wissen, können Sie uns auch in den Rest einweihen. Wer hatte Zugang zum Tresorraum und dem Safe?«

Für einige Augenblicke zierte sich Semmler, dann sagte er: »Es sind nur drei Personen. Herr De Boer, seine Ehefrau und Herr Backhaus.«

»Soweit ich informiert bin, mussten immer zwei Personen anwesend sein, um in den Tresorraum zu gelangen und den Safe zu öffnen. Ist es nicht ungewöhnlich, dass der Eigentümer nicht selbständig an den Safe kommen konnte?«

»Natürlich wäre das, wie Sie richtig bemerken, eigentümlich. Nur so war es im Fall De Boer nicht. In meiner Kanzlei befindet sich ein versiegelter Umschlag, in dem sich der Zweitschlüssel für den Tresorraum und die Kombination für das zweite Kombinationsschloss des Safes befinden. Genauso verhält es sich mit dem Erstschlüssel und der Zahlenkombination für das erste Kombinationsschloss. Der erste Umschlag durfte nur Herrn De Boer ausgehändigt werden, der zweite war als Sicherheitsmaßnahme gedacht, falls De Boer der Schlüssel mal verloren gehen sollte. Auch dieses Kuvert durfte nur an ihn persönlich oder im Falle seines Todes an den rechtmäßigen Erben übergeben werden.«

»Das bedeutet, auch Sie hätten Zugang zu Tresorraum und Safe gehabt?«

Semmler verzog unwillig die Lippen. Hendriksens Unterstellung hatte ihn offensichtlich verärgert.

»Wenn Sie so wollen – ja«, gab er zu.

Tina, die die ganze Zeit über geschwiegen hatte, ergriff unvermittelt das Wort. Offenbar wollte sie einen Streit, der sich zwischen den Männern anzubahnen schien, im Keim ersticken.

»Halten Sie es für möglich, dass Herr Backhaus mit dem oder den Einbrechern gemeinsame Sache gemacht haben könnte? Sein Verschwinden lässt diesen Schluss zu.«

»Das ist undenkbar!«, fuhr Semmler auf. »So etwas hätte Björn niemals gemacht – völlig ausgeschlossen. Er ist ein Ehrenmann.«

»Das mag sein«, meinte Tina. »Doch die Tatsache, dass es keine Einbruchsspuren gibt, weder an der Tür zum Tresorraum noch am Safe, drängt einem diesen Schluss förmlich auf. Es gab doch keine Spuren, oder irre ich mich?«

»Sie irren sich nicht. Trotzdem halte ich Björns Beteiligung an dem Raub für ausgeschlossen.«

»Danke, Herr Semmler, das beantwortet meine Frage.«

Sie ließ nicht erkennen, ob sie mit dem Rechtsanwalt übereinstimmte oder nicht.

»Noch eine Frage, dann sind Sie uns los. Gibt es einen Ort außerhalb seines Hauses, wo sich Herr Backhaus aufhalten könnte? Ich denke an ein Ferienhaus, eine Ferienwohnung, eine Segelyacht oder etwas Ähnliches«, fragte Hendriksen.

Semmler schüttelte den Kopf. »Nicht dass ich wüsste.« Er hielt inne und schien zu überlegen. »Er hat mal davon gesprochen, dass seine Frau von ihrer Tante ein Bauernhaus geerbt hat und dass er darüber nicht glücklich war, denn das Haus war halb verfallen und es würde ein Vermögen kosten, es wieder herzurichten.«

»Wo liegt das Haus?«

»Irgendwo in der Haseldorfer Marsch, soweit ich mich erinnere. Seine Frau weiß darüber sicher besser Bescheid.«

»Vielen Dank für Ihre Geduld«, sagte Hendriksen während er sich erhob. »Falls noch mehr Fragen auftreten, werden wir uns melden.«

»Jederzeit gern, nur leider befürchte ich, dass ich Ihnen wenig helfen kann.«

Auch Semmler hatte sich erhoben. Er bot beiden die Hand zum Abschied und geleitete sie aus seinem Büro.

»Und?«, fragte Hendriksen, als sie im Fahrstuhl nach unten in die Eingangshalle fuhren.

»Was und?«

»Wie fandest du ihn?«

»Er hat eine sexy Stimme, und er ist so kuschelig klein.«

Hendriksen verdrehte die Augen. »Das ist das Letzte, was ich wissen wollte.«

Tina boxte ihn liebevoll in die Seite. »Ich weiß, aber es stimmt. Richtig verführerisch.«

»Soll ich jetzt eifersüchtig sein?«

»Wäre schön.«

»Nun mal im Ernst.«

Tina kam nicht dazu, die Frage zu beantworten, denn der Fahrstuhl hielt und sie stiegen aus. Automatisch richteten sie ihre Blicke auf die breiten Glasscheiben. Regen peitschte von Sturmböen getrieben dagegen. Selbst unter dem überdachten Eingang erreichten die Wassermassen die Tür.

Tina musste bei dem Anblick des Sauwetters lachen. Hendriksen sah sie verständnislos an.

Tina deutete nach draußen. »*Unser* Wetter. Wir scheinen Unwetter anzuziehen.«

Hendriksen stimmte lächelnd zu.

»Und was machen wir nun?«, wollte Tina wissen.

Hendriksen holte sein Smartphone hervor und bestellte ein Taxi.

»Eigentlich hatte ich vor, zum Bergungsunternehmen Stöver und Sohn zu fahren, um dich vorzustellen, damit sie dich bei den Ermittlungen unterstützen. Doch das Unternehmen hat seinen Sitz am Dalmannkai, und bei diesem Wetter dorthin zu fahren, halte ich für wenig sinnvoll. Wir werden stattdessen zu meinem Boot fahren. Ich muss überprüfen, ob es sicher vertäut ist. Ich kann dir dabei gleich mein Domizil vorführen. Was hältst du von dem Vorschlag?«

»Eine gute Idee«, antwortete Tina, um mit einem Lächeln hinzuzufügen: »Wenn wir auf die Besichtigung des Schlafzimmers, oder wie immer du es bezeichnest, verzichten.«

»Hast du Angst, ich könnte dich verführen?«

Tina gab keine Antwort, denn inzwischen war das Taxi eingetroffen. Es hielt unter dem Vordach direkt vor der Eingangstür. Der Fahrer stieß von innen die Tür zum Rücksitz auf, so dass Tina und Hendriksen direkt hineinspringen konnten.

Hendriksen nannte dem Taxifahrer die Adresse, lehnte sich zurück und ergriff Tinas Hand, die er bis zu seinem Boot nicht mehr losließ. Tina machte keine Anstalten, sie ihm zu entziehen.

Kapitel 7

Der Wettergott hatte ein Einsehen mit ihnen, denn als sie den Zugang zu Hendriksens Boot erreichten, zerriss der Sturm die Wolkendecke. Ein Sonnenstrahl ließ sich blicken, vor allem aber hörte der Regen auf.

Hendriksen reichte dem Fahrer einen Zwanzig-Euro-Schein, sprang aus dem Taxi und hielt Tina die Tür auf.

»Los, lass uns laufen. Wer weiß, wie lange Petrus uns wohlgesonnen ist.«

Hendriksen sprintete voran, Tina folgte. Als er den Holzsteg zum Anleger erreichte, rief er: »Vorsichtig! Der Steg ist glitschig.«

An der Gangway zum Ponton, an dem sein Boot vertäut lag, musste er sich am Geländer festklammern, sonst hätte ihn eine Böe ins Wasser drücken können. Tina, die mit den Besonderheiten des Hamburger Wetters bei Sturm nicht vertraut war, konnte er gerade noch am Arm packen und so verhindern, dass sie ins Wasser rutschte.

Der Ponton war seine neueste Errungenschaft. Hermann hatte ihm den Tipp gegeben. Er hatte das Ponton, das verschrottet werden sollte, buchstäblich an Land gezogen und Hendriksen dafür interessiert. Bis dieser es jedoch als Anleger für sein Hausboot verwenden durfte, musste er sich ein halbes Jahr lang mit den verschiedenen Behörden herumschlagen.

Als die Böe vorüber war, sprang er an Bord und sicherte Tina, während sie ihm folgte.

Das Boot schlingerte in dem aufgewühlten Wasser. Sich an der Reling festhaltend, schlitterten sie zum Steuerhaus. Hendriksen schloss auf und hielt die Tür fest, damit Tina eintreten konnte.

»Geh schon mal nach unten in den Salon. Ich komme gleich nach. Will sicherheitshalber die Festmacherleinen überprüfen.«

Trotz des wieder einsetzenden Regens ging er erst zum Bug und dann zum Heck. Die Taue saßen sicher an den Klampen des Pontons. Jemand hatte zwei zusätzliche Leinen gespannt. Hendriksen war sich sicher, dass das nur Hermann gewesen sein konnte, denn er kümmerte sich, wenn Hendriksen nicht in Hamburg war, um das Boot.

Auch die Fender an der Steuerbordseite saßen richtig. Sie sollten verhindern, dass weder Boot noch Ponton beschädigt wurden, falls eine starke Böe das Boot dagegen drückte.

Durchnässt kletterte er ins Führerhaus. Ein Blick auf den Windmesser zeigte ihm, dass Windstärke acht herrschte, und das Barometer fiel immer noch. Wenn es ganz schlimm kam, konnte der Sturm Orkanstärke erreichen. Auch wenn sein Boot in der relativ schmalen Bille lag, würde es durch die kreuz und quer laufenden Wellen heftig schlingern.

Hendriksen zog seine nasse Kleidung aus, allerdings nur so weit es der Anstand erlaubte. Mit den tropfenden Sachen auf dem Arm stieg er die Stufen zum Salon hinunter. Tina stand vor der Pantryküche und betrachtete die Kochutensilien. Als sie ihn hörte, drehte sie sich um und fing an zu lachen. Sie hielt sich jedoch gleich die Hand vor den Mund.

»Entschuldige, Marten, ich wollte mich nicht über dich lustig machen. Aber dich so zu sehen, wie ich bei unserer ersten Begegnung auf dem Parkplatz an der Autobahn aussah, da kam es einfach über mich.«

»Tu dir keinen Zwang an. Wie heißt es doch? Wer den Schaden hat, braucht für den Spott nicht zu sorgen«, antwortete Hendriksen gespielt gekränkt.

»Wenn ich es richtig bedenke, dann stand ich jedoch nicht in T-Shirt und Unterhose vor dir, als ich an die Tür deines Vans klopfte. Ich …«

Eine Böe rüttelte an dem Boot und verhinderte, dass Tina weitersprach. Sie musste sich darauf konzentrieren, nicht die Balance zu verlieren.

»Da kannst du mal sehen, wie sich alles im Leben weiterentwickelt. Bin gespannt, in welchem Aufzug wir uns beim nächsten Mal treffen«, antwortete Hendriksen.

»Du solltest zusehen, dass du ins Badezimmer kommst, sonst entsteht in deinem Salon bald ein See.«

Offenbar befürchtete Tina, aus den Anzüglichkeiten könnte sich etwas entwickeln, und wechselte deshalb das Thema.

Hendriksen war feinfühlig genug, darauf einzugehen.

»Du hast recht«, sagte er und verschwand in Richtung Badezimmer.

Als er wenig später in einen Jogginganzug gekleidet erschien, roch es schon im Gang nach frisch aufgebrühtem Pfefferminztee. Tina saß auf der Couch und hielt einen Becher Tee mit den Händen umschlossen. Ein zweiter Becher stand auf dem Tisch vor dem Sessel. Mit einem feinen Lächeln registrierte er auch diesen Hinweis, Abstand zu halten.

Geschickt die Schlingerbewegungen des Bootes mit den Beinen abfangend, ging er zu dem angedeuteten Platz und setzte sich.

»Genau richtig«, sagte er, als er einen Schluck genommen hatte.

»Ich habe gar nicht gewusst, dass du ein Gourmetkoch bist.« Tina sah bedeutungsvoll in Richtung Kombüse.

Hendriksen lächelte. »Wenn du das aus der Luxusausstattung der Küche schließt, dann muss ich dich enttäuschen. Ich habe die ganze Einrichtung von meinem Vorgänger übernommen. Ich weiß bei der Hälfte davon nicht einmal, wozu man sie benötigt. Mir reicht ein Topf und eine Bratpfanne. Alles, was darüber hinausgeht, kann friedlich in den Regalen schlummern. Wenn du etwas davon gebrauchen kannst, nimm es mit. Es würde mich freuen, denn es wären ein paar Staubfänger weniger.«

Tina schüttelte verständnislos den Kopf. »Hast du denn keine Freude an gutem Essen?«

»Doch, sehr, nur nicht, wenn ich es selbst zubereiten muss, was mir im Übrigen auch nicht gelingen würde.«

Dann erzählte er ihr, wie er zu diesem Boot gekommen war und dass er sich zuerst nicht hatte vorstellen können, auf einem Schiff zu leben, das bei jedem Sturm hin und her schaukelte. Ursprünglich hatte er es nur als vorübergehendes Quartier angesehen, bis er eine angemessene Wohnung gefunden hätte, wobei angemessen ›bezahlbar‹ bedeutete. Doch solche Wohnungen waren in Hamburg dünn gesät, und wenn eine auf dem Markt kam, dann stürzten sich die potenziellen Mieter in Massen darauf. Nach einem Monat hatte er es satt, sich in die Schlangestehenden einzureihen.

Sein Verzicht war insofern nicht tragisch, da er mehr und mehr Gefallen an dem Leben an Bord fand. Wer hatte schon den Vorzug, an der frischen Luft zu wohnen, eine riesige Terrasse auf dem Oberdeck zu besitzen und dafür eine jährliche Liegeplatzgebühr zu zahlen, die etwa drei Monatsmieten entsprach?

Sein mit Anekdoten geschmückter Bericht brachte Tina immer wieder zum Lachen. Die scheinbar lockere Unterhaltung konnte jedoch nicht darüber hinwegtäuschen, dass es zwischen beiden knisterte. Es war, als wäre die Luft elektrisch geladen und als würde es nur eines Funken bedürfen, um die Energie in einer Explosion zu entladen. Der Funke blitzte in Form einer heftigen Bö auf. Sie hätte nicht viel ausgerichtet, wenn nicht beide in diesem Moment gestanden hätten, Tina, um auf die Toilette zu gehen, und Hendriksen, um für jeden ein Bier zu holen. Das Boot begann so heftig zu schwanken, dass Tina die Balance verlor und gestürzt wäre, wäre Hendriksen ihr nicht zur Hilfe gesprungen. Um sie zu halten und selbst nicht aus dem Gleichgewicht zu kommen, drückte er sie fest an sich. Durch die Jacke seines Jogginganzugs spürte er ihre festen Brüste …

Als er am nächsten Morgen aufwachte, hatte er das Gefühl, jemand hätte ihn durch den Fleischwolf gedreht. Sein Rücken fühlte sich fast so an, als hätte er einen Hexenschuss. Er drehte sich um – der Platz neben ihm war leer. Verwirrt richtete er den Oberkörper auf, um ihn gleich wieder mit einem Stöhnen zurücksinken zu lassen. Tina sah er nirgends. Eine nicht definierbare Unruhe ergriff ihn, und er quälte sich aus dem Bett. Nach einigen gymnastischen Übungen sah er sich nach dem Jogginganzug um, den er, wie er sich erinnerte, einfach auf den Boden geworfen hatte. Er konnte ihn nicht finden. Noch nicht Herr seiner Gedanken, stolperte er ins Badezimmer. Über dem Handtuchhalter hing anstelle seines Badehandtuchs weibliche Unterwäsche. Lächelnd stieg er in die Duschkabine. Tina war also nicht verschwunden, wie er noch vor einigen Augenblicken befürchtet hatte. Nachdem er sich ausgiebig heiß und kalt geduscht hatte, fühlte er sich besser. Die Beschwerden im Kreuz machten sich kaum noch bemerkbar. Als er wieder im Schlafraum stand und sich aus dem Kleiderschrank frische Kleidung holte, hörte er Stimmen aus dem Salon.

»Guten Morgen, Langschläfer«, begrüßte ihn Tina. Sie schien auch geduscht zu haben, denn ihre Haare waren feucht. Sie trug seinen Jogginganzug und trank Kaffee. Ihr gegenüber saß Hermann, der Boss der Rentnergang, die schon für Jeremias Voss, den Besitzer der Detektivagentur, gearbeitet hatte. Hermann hatte einen Stuhl ohne Armlehne gewählt. In die anderen hätte er seine kräftige Gestalt nicht quetschen können. Die Kaffeetasse verschwand vollständig in seinen muskulösen Händen.

»Moin, Chef«, begrüßte er Hendriksen. »Ick hab Brötchen, Wurst und Käse mitbracht, damit du mal wat aners als dein Körnerfutter zwischen de Zähne bekommst.« Er deutete dabei auf den reichlich gedeckten Tisch.

»Morgen zusammen«, begrüßte Hendriksen seine Gäste. »Was machst du denn hier, außer uns zur Völlerei zu verführen?«

»Ick wüllt nach dien Boot kieken. Mal kieken, ob alles noch klor is.«

Wie gewöhnlich benutzte Hermann eine Mischung aus Platt- und Hochdeutsch. Für Hinnerk und Kuddel, die beiden anderen Mitglieder der Rentnergang, die nur Plattdeutsch konnten, war Hochdeutsch ein Zeichen von Bildung und Autorität.

»Danke, Hermann, für deine Sorge ums Boot, und danke auch, dass du zusätzliche Taue gespannt hast. Ich war heute Nacht selbst dreimal draußen und habe Ponton und Boot inspiziert. Das ist auch der Grund, warum ich so lange geschlafen habe.«

»Da neech für.«

Tina lachte. »Glaub ihm das bloß nicht. Ich war diejenige, die darunter leiden musste, wenn er von draußen durchnässt und durchkühlt zurückkam. Nicht nur, dass ich ihn wärmen musste …«

»Tina! Das gehört nun wirklich nicht hierher.«

»Wieso?«, fragte sie mit unschuldigem Augenaufschlag. »Hermann ist doch sicher schon aufgeklärt.«

»Habt ihr noch Kaffee für mich?« Hendriksen wollte das Thema nicht vertiefen und setzte sich mit an den Tisch. »Wie sieht es draußen aus? Hat der Orkan sehr gewütet?«, fragte er Hermann.

»Dat kannst wohl seggen. Üverall het dat Bäume utrecken. Op U- und S-Bahn, dor künnst lange drop luern.«

»Hermann, sprich Hochdeutsch, wenn wir dich verstehen sollen.«

»Klor, Chef. Wat ick meine, is, überall hat es Bäume ausgerissen, und die U- und S-Bahn haben große Verspätung, un de Bille is übergelaufen«, sagte Hermann gespreizt.

»Geht doch, Hermann.«

Hendriksen schnitt ein Brötchen auf, strich dick Butter darauf und belegte es mit Mettwurst, um anschließend mit Genuss hineinzubeißen.

Eine Weile genossen die drei schweigend das Frühstück. Schließlich beendete Tina die Stille.

»Ich weiß ja nicht, was ihr heute Morgen vorhabt, aber ich muss zur Agentur, um mir frische Sachen anzuziehen. Übrigens hat Lizzi bereits angerufen und gefragt, ob wir im Sturm verloren gegangen sind oder heute noch ins Büro kommen. Ich habe ihr gesagt, wir wären in etwa einer Stunde dort. Ich hoffe, ich habe ihr nichts Falsches gesagt.« Sie sah Hendriksen fragend an.

»Völlig in Ordnung«, antwortete der mit vollem Mund. »Wir müssen uns sowieso zusammensetzen und planen, wie wir als Nächstes vorgehen wollen.«

»Kann ick wat mocken – eh, wollte sagen, kann ich was helfen?«

Hendriksen dachte einen Augenblick nach. »In der Tat, du kannst. Hör dich mal im Hafen um, was man von der Bergungsfirma Otto Stöver und Sohn hält. Besonders interessiert mich, was man über das Unglück und über die umgekommene Mannschaft sagt.«

»Geit klor. Ick nehme Hinnerk und Kuddel mit. Wenn es Snacks, eh, Gerüchte gibt, dann hör wi davon.«

»Sehr gut. Vielleicht könntest du noch etwas hier bleiben. Wir müssten bald Ebbe haben. Ich würde das Boot nicht gerne allein lassen, wenn der Wasserstand sinkt.«

»Geit klor. Ick bliev hier und pass op. Ebbe heff wi in einer halben Stunde.«

»Danke, Hermann. Wir machen uns jetzt fertig und verschwinden. Können wir es dir überlassen, hier Klarschiff zu machen?«

»Jo, dat mock ick, aver dat mit dem Weggehen, dat ward nichts.«

»Wieso?«, wollte Tina wissen.

»De Weg is überschwemmt. Vor twee Stunden kannst da neech längs gehen. Erst mut dat Water mit der Ebbe ablopen.«

»Wie bist du denn aufs Schiff gekommen?«

Hermann griente. »Ick heff mien Anglerhose angehabt. De hängt zum Trocknen buten am Steuerhus.«

Hendriksen und Tina gingen zum Steuerhaus. Sie brauchten das Schlingern des Bootes nicht mehr mit den Beinen auszugleichen – ein Zeichen, dass der Sturm nachgelassen hatte. Vom Steuerhaus hatten sie eine gute Sicht nach allen Seiten. Hermann hatte nicht übertrieben. Die Bille war über die Ufer getreten und bedeckte das Gelände bis zur Straße. Die Gärten der Anlieger standen unter Wasser und sicherlich auch die Keller, sofern die Bewohner keine Schutzmaßnahmen getroffen hatten. Der Ponton war vom Wasser so hoch gehoben worden, dass die Gangway vom Steg zum Ponton, die normalerweise schräg nach unten zum Anleger führte, jetzt schräg nach oben stand. Vom Geländer des Holzstegs ragten nur die Handläufe aus dem Wasser. Dass Hermann sich mit seiner Anglerhose zum Boot durchgekämpft hatte, sprach von Mut, wenn nicht gar Leichtsinn.

Im Salon klingelte ein Telefon. An der Melodie erkannte Hendriksen, dass es seins war.

»Geh bitte ran«, rief er Hermann zu.

»Mock ick.«

Einige Augenblicke später kam er die Stufen zum Führerhaus hoch. Sein Gesicht war ganz blass.

»Was ist denn mit dir los?«, fragte Hendriksen. So hatte er Hermann noch nie gesehen.

Wortlos hielt er ihm das Telefon hin. Hendriksen meldete sich. Dörte Hausers Worte sprudelten aus dem Hörer.

»Ganz ruhig, Dörte, ich verstehe kein Wort«, versuchte er die Sekretärin zu beruhigen. »Atme ein paarmal tief ein und aus, und dann erzähl mir, was dich so aufregt.«

»Lizzi ist verunglückt – schwer verletzt. Ob sie durchkommt, weiß der Arzt nicht. Ich …«

»Langsam, Dörte, langsam, sonst verstehe ich kein Wort.«

Wieder hörte Hendriksen, wie sie sich durch Atmen zu beruhigen versuchte.

»Entschuldige, Marten, aber ich kann es noch immer nicht fassen. Als ich zum Büro kam, fuhr gerade der Kranken- und Notarztwagen weg. Ich fragte eine der Schaulustigen, was passiert war. Sie sagte mir, dass eine Rothaarige aus dem Haus gekommen und in ein Auto gestiegen sei. In dem Moment sei einer der dicken Äste der Linde, die vor unserer Tür steht, abgebrochen und auf den Wagen gestürzt. Das Dach soll es eingedrückt haben. Einer der Passanten hat die Polizei gerufen. Die und der Rettungswagen waren nach kurzer Zeit da und konnten die Frau aus dem Wagen ziehen. Sie soll bewusstlos gewesen sein, denn sie bewegte sich nicht. Sie war blutüberströmt.«

»Ist gut, Dörte, das genügt. Du gehst jetzt ins Büro und machst dir eine heiße Tasse Tee mit viel Zucker, verstanden? Viel Zucker. Und dann gehst du in mein Arbeitszimmer. Im rechten Schrank meines Schreibtisches steht eine Flasche Cognac. Davon gießt du dir einen gehörigen Schuss in den Tee, und dann trinkst du ihn so heiß wie es geht. Tina und ich kommen, sobald wir hier vom Boot runterkommen. Schließ das Büro ab. Heute kommt doch niemand. Hast du alles verstanden?«

»Ja, Marten, danke.«

»Nichts zu danken, Dörte. Und nun mach, was ich dir gesagt habe.«

Hendriksen schaltete das Handy aus und drehte sich zu Tina um. Obwohl er ruhig gesprochen hatte, sah sein Gesicht so bleich aus wie das von Hermann.

Kapitel 8

Tina sah Hendriksen entsetzt an.

»Dascha een Ding«, sagte Hermann. Er war ins Führerhaus gekommen und blickte Hendriksen an, als erwarte er von ihm, die traurige Nachricht zu dementieren.

Hendriksen war der Erste, der sich wieder fasste. »Hilft nichts, ob Hochwasser oder nicht, ich muss an Land.«

»Ich komme mit!«, sagte Tina. Auch sie schien sich wieder gefangen zu haben, obwohl ihr der Schreck noch in den Knochen steckte, denn sie lehnte sich haltsuchend gegen das Steuerrad.

»Kinners, dat geit doch nicht. Dat Water geit euch mindestens bis zur Brust. Da kommt ihr nie durch. Ick hett schon bannige Probleme, un ick bünn een Kopp größer as ihr.«

Hendriksen schüttelte entschlossen den Kopf. »Es muss gehen. Wir nehmen das Boot!«

»Welches Boot?«, fragte Hermann verwundert. »Seit wann hest du een Boot?«

»Das Schlauchboot.«

»Meenst du dat, wat vörn im Schapp legt?«

»Genau das. Mach nicht so ein ungläubiges Gesicht, sondern hol es raus und blas es auf. Der Kompressor ist auch vorne.«

»Ick wet, wo der Kompressor is. Aber wet du, dass dat

Gummiboot schon seit Joohr und Dag nicht mehr benutzt wurde. Und außerdem is dat keen Schlauchboot, sondern een Badeboot für Kinners.«

»Nun mach schon. Dann hast du etwas zu tun und jammerst uns nicht die Ohren voll. Wir wollen damit ja nicht über die Elbe, sondern nur die fünfzig Meter bis zur Straße.«

»Ick glöv dat neech, nee, ick glöv dat neech«, brummte Hermann vor sich hin, während er aus dem Führerhaus stieg und zum Bug ging, wo er wenige Augenblicke später unter einer Luke verschwand.

»Und du solltest dich besser anziehen, oder willst du in meinem Jogginganzug durch Hamburg gehen?«

»Wäre am besten. Doch ich denke, meine Unterwäsche dürfte inzwischen trocken sein, so dass ich nicht schon wieder in deinen Sachen rumlaufen muss.«

Tina ging nach unten. Hendriksen folgte ihr.

Während sie sich im Badezimmer ankleidete, zog er sich im Schlafzimmer an. Im Führerhaus holte er aus einem Schapp an der Rückseite eine wasserdichte Jacke und Hose und zog beides über die Straßenkleidung. Es war die Kleidung, die er an regnerischen Tagen trug, wenn er mit Biki unterwegs war. Zur Regenausrüstung gehörte auch ein regendichter Beutel, in den er seine Halbschuhe und Strümpfe steckte.

Tina erschien wenig später. Hendriksen reichte ihr seine zweite Regengarnitur und hielt ihr den Beutel hin.

»Zieh das über. Unsere Bootspartie könnte feucht werden. In den Beutel kommen Schuhe und Strümpfe.«

Tina beäugte den Anzug kritisch, dann deutete sie auf den Beutel.

»Du bist gut, ich hab eine Strumpfhose an. Die kann ich ja wohl schlecht an der Straße wieder anziehen.«

»Mit euch Frauen hat man nur Probleme«, sagte er und lächelte trotz der angespannten Situation. »Warte einen Augenblick, die Lösung kommt gleich.« Er verschwand im Salon und tauchte kurze Zeit später wieder auf. In der Rechten hielt er die Schuhe seines Taucheranzugs.

»Hiermit bleiben Füße und Strumpfhose trocken.«

Tina hatte inzwischen die Regenkleidung angezogen und stieg jetzt in die Taucherschuhe. Die Regenhose stopfte sie so gut es ging in den Schaft der Schuhe.

Es dauerte etwa eine halbe Stunde, bis Hermann wieder auftauchte. Er hatte das Schlauchboot an Luv ins Wasser gelassen und zog es an einem Tampen an Backbord entlang, um das Heck herum bis an den Ponton. Bei anderen Witterungsverhältnissen wäre es ein Leichtes gewesen, es über Deck zu tragen. Zwar hatte der Orkan in den frühen Morgenstunden an Gewalt verloren, doch der Windmesser zeigte immer noch Windstärke sieben an.

Das von Hermann als Badeboot bezeichnete Schlauchboot war alles andere als das. Es war ein, wenn auch altes, aufblasbares Metzler-Boot. Hendriksens Vorbesitzer hatte es als Rettungsboot gedient.

Als Hendriksen Hermann kommen sah, stieg er mit Tina auf den Ponton. Hermann zog das Boot am Ponton entlang und hievte es über die Handläufe des Stegs.

»Eure Kreuzfahrt kann losgeihn«, rief er gegen den Wind den beiden vermummten Gestalten zu. »Soweit ick dat gesehen habe, verliert es keene Luft. Steigt ein. Twee Paddel liegen am Boden. Ick hol dat Boot fast.«

Tina und Hendriksen stiegen ein. Hermann hielt das Tau stramm, bis Hendriksen den Handlauf des Stegs ergriffen hatte. Während er sich am Handlauf in Richtung Ufer hangelte, unterstützte ihn Tina, die sich am Heck auf eine aufgeblasene Kammer gesetzt hatte, mit den Paddeln. Schneller als erwartet erreichten sie das Ufer. Als das Wasser nur noch knöcheltief war, ließen sich Hendriksen und Tina über Bord gleiten und zogen das Schlauchboot an Land. Dort vertäute es Hendriksen so an einem Baum, dass der Sturm, selbst wenn er drehen sollte, es nicht losreißen konnte. Sich gegenseitig stützend, schlüpften sie nacheinander in ihre Schuhe. Die Regenkleidung behielten sie an. Hendriksen holte sein Smartphone aus der Windjacke und rief das Taxiunternehmen an, das sie gewöhnlich benutzten. Die Frau am Telefon sagte ihm, sie würde jemanden schicken, aber er müsse sich in Geduld üben, denn die Straßenverhältnisse seien katastrophal. Umgestürzte Bäume, abgebrochene Äste und vom Wind hin und her geworfene Müllcontainer blockierten vielerorts den Verkehr.

Entgegen ihren Erwartungen traf das Taxi jedoch schon nach gut einer halben Stunde ein.

»Sie haben Glück. Die Straßen hierher sind weitgehend frei. Ich musste nur einmal eine Umleitung fahren«, begrüßte sie der Fahrer.

Hendriksen bedankte sich für sein Kommen.

Die Fahrt zur Agentur erwies sich dann allerdings als zeitaufwändiger. Immer wieder bildeten sich vor ausgefallenen Ampeln Staus, weil sich die Autofahrer nicht an das Prinzip ›First come, first go‹ halten wollten. Viele waren nur auf den eigenen Vorteil bedacht und quetschten sich rücksichtslos in die kleinsten Lücken.

In der Agentur angekommen, belohnte Hendriksen den Fahrer mit einem fürstlichen Trinkgeld.

Er sah sich vor dem Eingang der Agentur suchend um. Weder von dem heruntergefallenen Ast noch von Lizzis demoliertem Auto war etwas zu sehen. Nur die Abbruchstelle am Baum deutete darauf hin, wie dick der Ast gewesen sein musste. Dass sein Gewicht Lizzis Auto zerschmettert hatte, war gut vorstellbar. Mit sorgenvollem Gesicht stiegen sie die Stufen zur Agentur hoch.

Dörte begrüßte sie erleichtert. Hendriksen musterte sie mit medizinischem Blick. Was er sah, beruhigte ihn. Dörte schien den ersten Schock weitgehend überwunden zu haben. Eine halb geleerte Teetasse stand auf ihrem Schreibtisch. Ohne zu fragen, roch Hendriksen daran und nahm einen kleinen Schluck. Der Tee war nur noch lauwarm, schmeckte aber nach Alkohol und war süß.

»Ich sehe, du hast meinen Rat befolgt. Sehr gut. Aber du hättest ihn heiß trinken sollen. So hat er die Hälfte seiner Wirkung verloren.«

»Hab ich doch. Dies ist schon der dritte, und wenn ich den auch noch ausgetrunken hätte, dann wäre ich jetzt beschwipst.«

»Wenn das so ist, dann will ich nichts gesagt haben«, erwiderte Hendriksen, während er Tinas Beispiel folgte und sich aus der Regenkleidung schälte.

»Nun erzähl. Was ist passiert?«, forderte er Dörte auf.

Er erwartete nicht, dass sie viel Neues zu berichten hatte. Seine Aufforderung war reine Therapie. Indem sie sich noch einmal verbal mit dem Unglück auseinandersetzen musste, würde sie den Vorfall besser verarbeiten und sich weiter beruhigen.

»Kaffee steht in der Maschine bereit«, sagte sie zu Tina, und an Hendriksen gewandt: »Für dich steht heißes Wasser für deinen Pfefferminztee bereit.«

»Bestens, das ist genau das, was wir jetzt gebrauchen können. Also, was ist heute Morgen geschehen?«

Während sich Tina dankbar Kaffee einschenkte und Hendriksen seinen geliebten Pfefferminztee zubereitete, berichtete Dörte, was sie von den Schaulustigen erfahren hatte. Je länger sie sprach, desto ruhiger wurde ihre Stimme. Es war genau das, was Hendriksen erreichen wollte. Neues erfuhr er nicht. Außer, dass Dörte inzwischen herausbekommen hatte, dass der Krankenwagen von den Johannitern gewesen und Lizzi in die Universitätsklinik nach Eppendorf gebracht worden war.

»Lizzis Auto ist inzwischen abgeschleppt worden. Ich habe noch nicht herausgefunden, wohin es gebracht wurde.«

»Das hast du sehr gut gemacht«, lobte Hendriksen und freute sich, als er sah, wie wohl ihr seine Worte taten.

»Jetzt wollen wir uns um das Nächstliegende kümmern. Ich werde ins Krankenhaus fahren und versuchen zu erfahren, wie es Lizzi geht. Tina, du kannst dich in Lizzis Arbeitszimmer setzen. Und du, Dörte, forschst weiter im Internet, was du über den Juwelier De Boer, seine Frau und seinen Prokuristen herausfinden kannst. Hat Lizzi eine Aktennotiz über ihren Besuch bei dem Juweliergeschäft geschrieben?«

»Ja, hat sie. Liegt auf deinem Schreibtisch.«

»Dann solltest du sie dir vornehmen«, sagte er zu Tina. »Außerdem könntest du im Internet nach Informationen über das Bergungsunternehmen Otto Stöver und Sohn forschen. Wenn ich zurück bin, setzen wir uns zusammen und legen einen neuen Schlachtplan fest. Mit Lizzi dürften wir wohl in der nächsten Zeit nicht rechnen.«

»Mach ich. Wie kann ich dich erreichen, sollte in deiner Abwesenheit etwas Wichtiges passieren?«

»Über Smartphone. Aber rufe nur in einem wirklichen Notfall an. Wenn ich im Krankenhaus bin, will ich nicht gestört werden. Schick mir eine SMS oder eine WhatsApp.«

»Okay.«

Tina nahm ihre Reisetasche, die sie im Vorzimmer abgestellt hatte, und stieg die Treppe zu Lizzis Apartment hoch. Es war nicht abgeschlossen. Sie betrat eine Wohnung, die doppelt so groß war wie ihre. Mit einem Hauch von Neid ging sie durch die Räume. Im Gästezimmer stellte sie die Reisetasche ab und warf einen Blick ins angrenzende Bad. Es war für sie unvorstellbar, wie sich Lizzi so einen Luxus leisten konnte. Dass sie ihn nicht selbst finanziert, sondern von Jeremias Voss übernommen hatte, wusste sie nicht. Das Bad hatte es Tina so angetan, dass sie sich auszog und die Wanne mit Wasser füllte. Wohlig unter einem Schaumteppich liegend, dachte sie über ihre bisherigen Erlebnisse nach und fragte sich, was die Zukunft für sie bringen könnte. Zwar hatte sie Hamburg gerade von seiner wildesten Seite erlebt, hatte aber das Gefühl, sie könnte sich in dieser grünen, von Kanälen und Wasserstraßen durchzogenen Stadt wohlfühlen. Mehr und mehr tendierte sie dazu, ihren alten Job aufzugeben und Hendriksens Angebot anzunehmen. Wie sich die Zusammenarbeit mit ihm gestalten würde, jetzt nachdem sie eine Nacht miteinander verbracht hatten, würde sich zeigen müssen. Auf der einen Seite war das enge Zusammensein wunderbar gewesen. Sie hatte sich so richtig als Frau gefühlt, und das war ein Gefühl, das sie schon lange nicht mehr gehabt hatte. Auf der anderen Seite bereute sie, mit ihm geschlafen zu haben, denn das würde ihr Berufsverhältnis verkomplizieren.

Mit Bedauern stieg sie aus dem kühler werdenden Wasser, trocknete sich mit einem flauschigen Handtuch ab und nahm sich Zeit beim Zurechtmachen.

Als sie wieder im Gästezimmer stand, bezog sie als erstes das Bett, wozu Lizzi nicht mehr gekommen war. Dann ließ sie sich auf die körpergerechte Matratze fallen, schloss die Augen und genoss einfach nur das Daliegen.

Nach einer halben Stunde stand sie mit einem Seufzer auf, kleidete sich an und ging in Lizzis Büro hinunter. Hier räumte sie Lizzis persönliche Dinge von der Schreibtischplatte und stellte sie sorgfältig in ein Regal. Dann holte sie sich die Aktennotiz und vertiefte sich darin. Als sie damit fertig war, stellte sie fest, dass Lizzi, an Polizeimaßstäben gemessen, keine gewiefte Vernehmerin war. Sie hatte für den Fall wesentliche Aspekte nicht angesprochen. Nach Tinas professioneller Auffassung mussten sie sich nochmals mit der Angestellten und der Frau des Opfers unterhalten. Auch in den umliegenden Geschäften mussten Erkundigungen eingezogen werden.

Hendriksen hatte sich die Regenjacke wieder übergezogen, Biki geschnappt und war nach Eppendorf geradelt. Der

Wind war lästig, denn wie es schien, kam er aus allen Richtungen und für einen Radfahrer sowieso immer von vorne.

In der Universitätsklinik fuhr er zuerst zur Notaufnahme. Bei der Schwester am Empfang erkundigte er sich nach der vom Johanniterdienst eingelieferten Patientin Elisabeth Lambert. Die Schwester sah in ihrem Computer nach und teilte ihm mit, dass sie zur Chirurgie überstellt worden war. Hendriksen fuhr zu dem entsprechenden Gebäude. Auch hier begab er sich zunächst zur Stationsschwester. Von ihr erfuhr er, dass sie sich zurzeit im Operationssaal befand. Durch den Unfall hatte sie ein schweres Schädeltrauma erlitten. Hendriksen blieb nichts anderes übrig, als sich in den Warteraum der Chirurgie zu setzen. Es wurde zu einer Geduldsprobe. Erst nach zwei Stunden erschien ein in Grün gekleideter Arzt. Da Hendriksen der einzige Wartende war, kam er auf ihn zu.

»Sind Sie Dr. Hendriksen?«, fragte er.

»Bin ich.«

»Die Schwester sagte mir, dass Sie wegen Frau Lambert hier sind.«

»Stimmt, Herr Kollege.« Er benutzte die Anrede, um deutlich zu machen, dass er ebenfalls Arzt war – in der Hoffnung, dass man ihm so eher Auskunft über Lizzis Zustand geben würde. »Ich will mich nach dem Zustand von Frau Lambert erkundigen. Sie hat keine Eltern und Verwandten. Als ihr Chef bin ich ihre einzige Vertrauensperson.«

»Sie wissen, Herr Kollege, dass ich Ihnen eigentlich keine Auskunft geben darf. Aber ich denke, ich kann eine Ausnahme machen.«

Im Medizinerdeutsch erläuterte er, dass Lizzi einen komplizierten Schädelbruch erlitten hatte, der sofort operiert werden musste. Ob sie bleibende Schäden davontragen würde, könne er zu diesem Zeitpunkt noch nicht sagen, da die Patientin in ein künstliches Koma versetzt worden war. Erst wenn sie aus diesem erwachen würde, könne mit den neurologischen Tests begonnen werden. Eines aber stünde jetzt schon fest: Bevor sie wieder arbeitsfähig sei, würden Wochen vergehen.

Hendriksen bedankte sich für die Information und begab sich zurück zur Stationsschwester, die ihn an die Verwaltung verwies, wo er alle notwendigen Formalitäten für Lizzis Aufenthalt in der Klinik erledigte. Er sorgte dafür, dass sie, unabhängig von den Leistungen der Krankenkasse, ein Einzelzimmer erhielt und vom Chefarzt behandelt wurde. Die zusätzlichen Kosten übernahm die Agentur. Da der Unfall passiert war, als sie die Agentur verließ, deklarierte er ihn als Arbeitsunfall.

Nachdem er im Krankenhaus alles erledigt hatte, war es früher Nachmittag geworden. Deshalb entschloss er sich, in einer Cafeteria auf dem Universitätsgelände zu essen. In dem Lokal, das die beste Pizza auf dem Campus servierte, traf er im Vorbeigehen kurz seine einstige Chefin, Professor Dr. Silke Moorbach. Sie war die Leiterin ihres privaten Instituts für Rechtsmedizin und Forensik. Als er noch im Institut gearbeitet hatte, galt er als ein aufsteigender Stern am rechtsmedizinischen Himmel. Diese Karriere wurde durch seine von ihm so bezeichnete »Leichenallergie« beendet. Der Umgang mit Toten, vor allem mit toten Frauen und Kindern, zehrte so an seiner Psyche, dass er, schon wenn er das Institut betrat und den eigentümlichen Geruch wahrnahm, zu zittern begann und Magenkrämpfe bekam. Ihm war nichts anderes übriggeblieben, als den Beruf des Rechtsmediziners aufzugeben.

Kapitel 9

Gegen drei Uhr war Hendriksen zurück in der Agentur. Dörte begrüßte ihn mit den Worten: »Hermann hat angerufen. Ich soll dir ausrichten, der Wasserstand ist stark gesunken, Ponton und Boot liegen wieder sicher in der Bille. Er fährt jetzt nach Hause, um sich mit Hinnerk und Kuddel zu treffen. Sie wollen sich noch heute umhören, was es an Gerüchten über die Bergungsfirma gibt. Wenn nichts Wichtiges dabei herauskommt, wird er sich morgen früh gegen neun telefonisch melden.«

»Hast du im Internet schon etwas über das Juweliergeschäft gefunden?«, fragte Hendriksen.

Dörte schüttelte den Kopf. »Nicht wirklich. Es gibt zwar etliche Artikel, aber nichts, was dir weiterhelfen könnte. Meistens wird über die verschiedenen Ausstellungen, an denen De Boer beteiligt war, berichtet oder über sein Auftreten in den verschiedenen gesellschaftlichen Kreisen. Wenn es irgendwo eine Veranstaltung gab, war er dabei, und zwar immer in Begleitung seiner Frau. Klatsch über ihn und mögliche Affären konnte ich nirgends finden. Scheint eine vorbildliche Ehe geführt zu haben. Die meisten Artikel berichten über den Überfall auf das Geschäft und wie sehr man seinen Tod bedaure und so weiter. Einen Hinweis auf den Diamantendeal habe ich nirgendwo gefunden.«

»Okay, was ist mit seiner rechten Hand, Björn Backhaus?«

»Nur Spekulationen, nichts Konkretes. Allgemein scheint man ihn für den Täter zu halten. Aber plausible Erklärungen dafür hat keiner der Schreiber gegeben. Es könnte finanzielle Gründe für die Tat gegeben haben. Die Backhaus' sind nicht vermögend. Eine goldene Nase scheint er sich bei De Boer nicht verdient zu haben.«

»Gut, Dörte, das reicht mir zunächst. Ich will mich jetzt mit Tina besprechen und dabei nicht gestört werden. Also nur wirklich dringende Gespräche durchstellen.«

Hendriksen nickte ihr zu und ging zu Lizzis – jetzt also Tinas – Büro.

»Wie geht es ihr?«, fragte Tina, als sie Hendriksen erblickte.

»Können die Ärzte noch nicht sagen. Sie befand sich im Operationssaal. So wie es aussieht, hat sie einen Schädelbruch. Inwieweit sich aus dem Unfall neurologische Schäden ergeben, kann nicht vorhergesagt werden. Sie wird für lange Zeit ausfallen, doch das ist nebensächlich. Hauptsache, sie wird wieder gesund und behält keine bleibenden Schäden zurück.«

»Hoffentlich hat sie eine gute Krankenversicherung, damit sie nicht in einem Mehrbettzimmer liegen muss und rings um sich herum nur Kranke sieht. Schon das kann einem mächtig auf die Psyche schlagen. Ich weiß, wovon ich spreche, denn mir ist so etwas schon passiert.«

»Keine Sorge, ich habe dafür gesorgt, dass sie optimal untergebracht und vom Chefarzt behandelt wird.«

»Wenn sie nicht entsprechend versichert ist, kann dich das eine Stange Geld kosten.«

»Dann müssen wir eben unsere Fälle schnellstens lösen. Das ist das Stichwort, um mit einer Beurteilung unserer Lage zu beginnen. Am besten, wir gehen in mein Zimmer.«

»Sollten wir nicht Petra Bolkow verständigen? Schließlich ist sie die Person, die Lizzi am nächsten steht«, schlug Tina vor.

»Natürlich, das sollten wir. Schon beschämend, dass ich nicht daran gedacht habe.«

»Keine Selbstvorwürfe. Schließlich hast du den Kopf voll anderer Gedanken, und außerdem bist du ein Mann, und damit ist dein Sozialverhalten unterentwickelt.«

Hendriksen sah Tina gespielt empört an und wollte etwas erwidern, doch sie kam ihm zuvor.

»Willst du, oder soll ich?«

»Mach du es. Du als Frau wirst sicher einfühlsamere Worte finden als ich.«

Tina grinste und zeigte damit, dass sie seine Spitze verstanden hatte.

»Wenn du das erledigt hast, komm rüber.«

Hendriksen nutzte die Verbindungstür, um in sein Büro zu gehen. Er setzte sich in seinen Sessel hinter dem gewaltigen Schreibtisch aus massiver Eiche. Das schwere Stück hatte er in einem Haufen Sperrmüll entdeckt und von Hermann und seiner Gang ins Büro bringen lassen. Er passte so gar nicht zu seiner schmächtigen Figur, doch das störte ihn nicht. Er liebte dieses Trumm.

Nachdem er eine Weile mit geschlossenen Augen nachgedacht hatte, griff er zum Telefon und rief Knut Hansens Smartphone-Nummer an. Erstaunlicherweise meldete sich der Reporter schon nach dreimaligem Klingeln.

»Hier spricht Marten Hendriksen«, sagte er. »Unterwegs auf Katastrophenjagd?«

»Wenn ich jetzt erst unterwegs wäre, dann könnte ich nur über olle Kamellen berichten. Ich habe es nicht so gut wie andere und kann den Orkan nicht im Bett verschlafen. Ich habe ihn mir die ganze Nacht draußen um die Ohren wehen lassen. Aber Sie haben mich sicher nicht angerufen, um mir Ihr Mitgefühl auszudrücken. Was kann ich für Sie tun?«

»Ich wollte mal anfragen, ob Sie in der Gerüchteküche schon etwas über De Boer herausgefunden haben.«

»Nicht wirklich. Keiner meiner Kollegen von der Gesellschaftsredaktion weiß etwas Negatives über den Toten zu berichten. Scheint ein richtiger Saubermann gewesen zu sein. Normalerweise macht mich so etwas stutzig, aber ich habe keine Zeit, Nachforschungen anzustellen. Ich muss Storys liefern. Haben Sie etwas für mich?«

»Zur Zeit noch nicht. Tut mir leid.«

»War auch nur eine Frage. Hätte ja sein können.«

»Keine Sorge, sobald ich etwas habe, melde ich mich, vorausgesetzt, Sie tun das Gleiche.«

»Na klar, versprochen.«

Hendriksen brach das Telefongespräch ab. Er war nicht enttäuscht, denn er hatte nicht wirklich mit etwas gerechnet.

Tina betrat sein Zimmer, ohne anzuklopfen.

»Hast du Petra erreicht?«

»Habe ich. Sie war geschockt, wollte sofort nach Hamburg kommen. Ich habe ihr davon abgeraten und ihr versprochen, wir würden sie verständigen, sobald es etwas Neues gibt.«

»Und? Ist sie darauf eingegangen, oder steht sie noch heute Nacht vor deiner Tür?«

»Ich glaube nicht, denn ich habe ihr klargemacht, dass Lizzi jetzt nichts von ihrem Besuch hätte.«

»Na gut, hoffentlich hält sie sich daran. Eine von Sorgen gepeinigte Frau wäre das Letzte, was wir hier gebrauchen können.«

»Sei nicht so gemein.«

»Schon gut, kommen wir zu unseren Aufgaben. Was wissen wir? Wir haben das Protokoll von Lizzi, und wir haben die Aussage vom Rechtsanwalt. Ich kenne Lizzis Vernehmungen noch nicht. Du hast sie gelesen. Können wir daraus einen Ansatzpunkt für weitere Nachforschungen entnehmen?«

»Nicht wirklich. Lizzi hat viele Fragen offengelassen, die unbedingt hätten angesprochen werden müssen. So wissen wir zum Beispiel nicht, ob sie oder jemand anders gesehen hat, wie und wann die Diamanten angeliefert wurden. Was ich damit sagen will: Hat man fremde Personen gesehen, die das Juweliergeschäft betreten haben und nur mit De Boer sprechen wollten? Wurden solche Personen in den Colonnaden beobachtet? Gab es Personen, die das Juweliergeschäft beobachtet haben oder sich ungewöhnlich lange in Sichtweite des Geschäfts aufgehalten haben? Ich denke, wir müssen noch einmal mit der Angestellten, der Ehefrau und den Anliegern sprechen. Sinnvoll wäre es auch, bei den Taxiunternehmen nachzufragen, ob am Todestag Personen vor dem Geschäft abgesetzt wurden. Der Diamantenkurier ist ja sicher nicht mit einer Aktenmappe quer durch Hamburg gelaufen.«

»Hier spricht die Fachfrau. Ich denke, es müsste mit dem Teufel zugehen, wenn wir nicht einige Ansatzpunkte finden sollten. Um den Fall Backhaus brauchen wir uns nicht zu kümmern. Sein Schicksal dürfte eng mit dem Diamantendiebstahl zusammenhängen, und wenn wir den aufklären, finden wir auch Antworten zu Backhaus, oder was denkst du?«

Tina nickte zustimmend. »Sehe ich genauso.«

»Bleibt noch die Katastrophe auf der Elbe. Da weiß ich noch nicht wirklich, wie wir es anpacken sollen, außer mit den beteiligten Personen zu sprechen. Allen voran mit Tim Wedeking. Irgendwie kommt mir seine Geschichte komisch vor. Es ist schon ein großer Zufall, dass er ausgerechnet zum Zeitpunkt der Explosion mit einem Schlauchboot zu dem Kümo unterwegs war. Kümo sagen wir hier an der Waterkant zu einem Küstenmotorschiff. Das sind kleinere Frachter, so von 650 bis 6.000 Bruttoregistertonnen.«

»Vergiss nicht, dass es ihn auch ganz schön mitgenommen hat.«

»Stimmt schon, doch das könnte aber auch daran liegen, dass er den Zeitpunkt der Explosion nicht richtig berechnet hat. Ich weiß, der Gedanke ist weit hergeholt«, fügte Hendriksen hinzu, als er sah, dass Tina Einwände vorbringen wollte. »Es ist doch eigenartig, das Schiff in dem Moment zu verlassen, in dem die restliche Crew nach einigen Tagen Abwesenheit wieder an Bord kommt. Und dann ist da noch die Frage, was er auf dem havarierten Kümo wollte.«

»Interpretierst du nicht zu viel in sein Handeln hinein? Bestimmt gibt es für alles eine einfache Erklärung. Zum Beispiel könnte er vom Kapitän den Auftrag bekommen haben, auf dem Kümo etwas zu erledigen.«

»Den können wir leider nicht mehr dazu befragen.«

»Schon richtig. Wir sollten uns zunächst den Tatort ansehen. Auch wenn er auf dem Wasser liegt und ein Orkan darüber hinweggefegt ist und wir deshalb keine Spuren der Explosion mehr finden werden, ist es immer gut, einen Tatort auf sich wirken zu lassen.«

»Da bin ich ganz deiner Meinung«, stimmte Hendriksen zu. »Ich werde nachher meinen Freund Onno anrufen und ihn bitten, uns seine Yacht zur Verfügung zu stellen. Wir könnten zwar auch mit meinem Boot fahren, doch seins liegt günstiger.«

»Wer ist Onno?«

»Onno ist der jetzige Chef des Bergungsunternehmens. Wir waren zusammen auf der Uni und haben so manche spektakuläre Klettertour gemacht. Er hat mich gebeten, die Katastrophe zu untersuchen. Die Polizei tut sie als Unfall ab, und soweit ich ihn verstanden habe, will die Versicherung nicht zahlen, weil sie behauptet, die Explosion sei durch grob fahrlässiges Verhalten verursacht worden.«

»Also ein Freund von dir.«

»Mehr als das. Ein Kamerad, auf den man sich hundertprozentig verlassen kann. Wenn wir Indianer wären, würden wir uns als Blutsbrüder bezeichnen.«

»Klingt romantisch, aber lass uns zur Realität zurückkehren. Hast du dir schon Gedanken darüber gemacht, wie wir vorgehen wollen?«

»Natürlich. Was meinst du, was ich heute Nacht gemacht habe?«

»Ich würde das nicht gerade als Nachdenken bezeichnen«, antwortete Tina lächelnd.

»Ich meine in den Zeiten dazwischen.«

»Da hast du geschnarcht.«

»Ich schnarche nie!«

»Schon wieder etwas, was ich vollkommen falsch verstehe.«

Hendriksen grinste. »Im Ernst, ich denke, wir machen die ersten Vernehmungen und die Besichtigung des Unfallortes gemeinsam, damit wir die gleiche Grundlage haben. Danach entscheiden wir, wer was unternimmt. Einverstanden?«

»Absolut. Ich hätte es genauso vorgeschlagen.«

Dörte steckte den Kopf zur Tür herein. »Habt ihr noch etwas für mich? Wenn nicht, mache ich Feierabend.«

Hendriksen sah auf die Uhr. Es war halb sechs. »Schon so spät – du hast ja Überstunden gemacht. Mach Schluss, und einen schönen Abend.«

»Danke, gleichfalls.« Der Kopf verschwand.

»Ich denke, wir sollten auch Schluss machen«, sagte Hendriksen. »Hast du heute Abend was vor, oder wollen wir zusammen essen gehen?«

»Heute nicht, sei mir nicht böse, aber ich muss mich von den Strapazen der Nacht erholen. Ein anderes Mal gerne.«

»Ich hatte nicht das Gefühl, dass du sehr strapaziert warst.«

»Männer – könnt ihr nicht einmal an etwas anderes denken? Ich meine das Geschaukel auf deinem Boot.«

»So schlimm war es doch auch wieder nicht. Ist halt wie auf einem Wasserbett.«

Tina verdrehte die Augen und fragte: »Was hast du vor?«

»Nachdem ich einen Korb bekommen habe, werde ich

noch einmal in die Uni-Klinik fahren und sehen, wie es um Lizzi steht.«

»Sollte sie ansprechbar sein, grüß sie ganz herzlich von mir.«

»Mach ich.«

Hendriksen zog seine Regenjacke wieder über, winkte Tina zu und schob Biki aus dem Büro. Tina folgte ihm, um die Eingangstür zu verschließen.

Hendriksen fuhr mit dem Bike zur Uni-Klinik. Die Straßen waren weitgehend frei. Polizei, Feuerwehr, und wer sonst noch an den Aufräumungsarbeiten beteiligt gewesen war, hatten hervorragende Arbeit geleistet. Nur frisch abgesägte Baumstümpfe zeugten noch von der Kraft des Orkans.

Er suchte zunächst die chirurgische Abteilung auf. Biki nahm er mit in den Empfangsraum, was sofort auf heftigen Protest der Schwester am Empfang stieß. Hendriksen antwortete mit seinem charmantesten Lächeln und sagte beschwichtigend: »Es ist nicht gewöhnt, draußen zu stehen.«

Er winkte der Schwester zu und ging zur Station, auf der die frisch operierten Patienten lagen. Bei der Stationsschwester erkundigte er sich nach Lizzis Zimmer. Sie teilte ihm mit, dass die Patientin auf die Intensivstation verlegt worden war.

Dort fragte er nach dem Stationsarzt. Es bedurfte einiger Überredungskünste, ihn dazu zu bewegen, über Lizzis Zustand Auskunft zu geben. Seine Worte waren wenig tröstlich. Zwar sei die Operation zufriedenstellend verlaufen, doch über das Ergebnis konnte zu diesem Zeitpunkt nur spekuliert werden. Man hatte Lizzi in ein künstliches Koma versetzt, um ihren Zustand zu stabilisieren. Das einzig Positive, das Hendriksen erfuhr, war, dass die Patientin nicht in unmittelbarer Lebensgefahr schwebte.

Auf dem Rückweg rief Hendriksen Onno an und bat ihn, die Yacht ausleihen zu dürfen, um den Ort des Unglücks zu besichtigen. Wie erwartet stimmte Onno zu und versprach ihm, dass die Yacht um neun Uhr morgen früh am Dalmannkai bereitliegen würde.

Kapitel 10

Am nächsten Morgen um acht rief Hendriksen Tina an und bat sie, um neun Uhr am Dalmannkai zu sein. Treffpunkt sei das Bergungsunternehmen Otto Stöver & Sohn.

»Zieh dir wetterfeste Kleidung an. Gummistiefel bring ich für dich mit. Frühstücken tun wir an Bord. Wie ich Onno kenne, hat er für unser leibliches Wohl gesorgt. Ach, nimm nicht dein Auto, sondern bestelle ein Taxi. Dörte hat die Nummer der Taxi-Firma, die wir gewöhnlich nutzen. Hier einen Langzeitparkplatz zu finden, ist so gut wie unmöglich.«

»Ich bin pünktlich dort. Soll ich etwas von hier mitbringen?«

»Guter Gedanke. Bring bitte den Bericht von der Tragödie mit. Darin stehen die genauen Koordinaten des Unglücksorts.«

»Wird gemacht.«

Hendriksen stieg um halb neun Uhr vor dem Stammsitz des Bergungsunternehmens von seinem Rad. Gegenüber des historischen Gebäudes, das schon seit über hundertfünfzig Jahren im Besitz der Familie Stöver war, lag die *Elbe 1* vertäut. Es war die Privatyacht der Familie. Hendriksen kannte sie schon von früher. Während ihrer Studienzeit hatten Onno und er wiederholt Tauchfahrten zu Wracks in der Nordsee unternommen. Auch wenn die *Elbe 1* allgemein als Yacht bezeichnet wurde, so war sie doch auch ein Arbeitsboot. Wenn kein anderes Boot zur Verfügung stand, dann diente sie als Transportmittel für Arbeiter und Material zwischen Hamburg und dem Arbeitsplatz der Bergungsboote. Die *Elbe 1* war neunzehn Meter lang, fünf Meter breit und hochseetauglich. Der Bug war mit einem aus Kokosfasern geflochtenen Fender, ähnlich wie bei Schleppern, gesichert. Damit konnte sie andere Schiffe schieben. Am Heck hing an zwei Davits ein Schlauchboot, das sowohl als Arbeits- wie auch als Rettungsboot dienen konnte. Nicht zu sehen waren die zwei starken Motoren.

Hendriksen nahm Biki über den Arm und betrat den Empfangsbereich des Bergungsunternehmens. Eine Frau um die Fünfzig, in ein dunkelblaues Kostüm und eine weiße Bluse gekleidet, saß hinter einem Schreibtisch. Sie blickte auf, als Hendriksen eintrat, und sah erst das Mountainbike und dann den Besucher stirnrunzelnd an.

Hendriksen, der sich schon denken konnte, was nun folgen würde, kam ihr zuvor.

»Ich bin Marten Hendriksen und möchte zu Herrn Onno Stöver.«

Offenbar hatte man sein Kommen angekündigt und ihr wohl auch gesagt, er sei etwas eigenwillig, denn die Frau ging mit keiner Bemerkung auf das Fahrrad ein, sondern sagte nur: »Herr Stöver befindet sich auf der *Elbe 1* und bittet Sie, an Bord zu kommen.«

Hendriksen bedankte sich, sah sich in dem nicht allzu großen Raum um und schob dann Biki hinter eine lederne Sitzgruppe.

»Passen Sie gut auf mein Biki auf«, sagte er und verließ,

bevor die Frau sich über den unzumutbaren Auftrag äußern konnte, den Empfangsraum.

Onno stand auf der Fly Bridge und winkte seinem Freund zu.

Hendriksen überquerte die Straße, sprang leichtfüßig an Deck und stieg zur Bridge hoch. Beide begrüßten sich herzlich mit einem Händedruck.

»Wie ich sehe, hast du dich noch immer nicht von deinem Rad getrennt«, sagte Onno neckend. »Was hat Miriam denn gesagt, als du es bei ihr abgestellt hast? So wie ich sie kenne, sah ich dich samt Rad wieder herauskommen.«

Hendriksen lächelte. »Du wirst es nicht glauben, aber sie ist meinem Charme erlegen.«

»Höchst unwahrscheinlich – nicht Miriam. Sie hat Haare auf den Zähnen. Deshalb habe ich sie auch an den Empfang gesetzt. Schließlich muss sie mit den Besatzungen der Bergungsboote zurechtkommen, und das sind keine zimperlichen Kerle.«

»Deshalb verschlug ihr wohl auch mein Charme die Sprache, und dann war ich, bevor sie sie wiedergefunden hatte, bereits draußen.«

»Das dürfte schon eher der Wahrheit entsprechen.«

»Kommen wir zur Sache. Hat sich irgendetwas verändert seit ich das letzte Mal mit diesem Kahn gefahren bin?«, fragte Hendriksen und hielt die Hand auf, um den Schlüssel für die Zündung zu erhalten.

»Nichts, was dich interessieren muss, denn ich bin heute der Kapitän.«

»Wie das? Hast du plötzlich Angst, ich könnte das Boot auf Grund setzen?«

»Am liebsten würde ich Ja sagen, aber da ich weiß, dass du ein ausgezeichneter Bootsführer bist, halte ich mich lieber zurück. Im Ernst, Marten, ich will mir die Unglücksstelle selbst noch einmal ansehen. Und vielleicht finden wir beide gemeinsam einen Grund, warum die *Elbe 4* in die Luft geflogen ist. Die Versicherung bereitet mir echt Sorgen. Sie reitet auf grob fahrlässig herum, und das bedeutet: kein Geld.« Onno machte mit der Hand ein Zeichen, dass er sich in diesem Fall den Strick nehmen könnte.

»Wir drei«, sagte Hendriksen.

»Was drei?«

»Es kommt noch eine hübsche Dame mit. Da steigt sie gerade aus dem Taxi.«

Während sich Onno neugierig umdrehte, steckte Hendriksen zwei Finger in den Mund und stieß einen schrillen Pfiff aus. Tina drehte sich um, und Hendriksen winkte ihr zu.

»In der Tat hübsch«, stimmte Onno zu. »Wer ist sie? Hast du etwa eine Geliebte?«

»Quatsch!«, sagte Hendriksen lauter, als es notwendig gewesen wäre. »Die Dame heißt Tina Engels. Sie ist eine gute Freundin von mir und ist auf mein Bitten hin nach Hamburg gekommen, um mir bei der Aufklärung deiner Schiffskatastrophe zu helfen.«

»Du verblüffst mich. Hat sie denn Ahnung von unserem Gewerbe, oder willst du ihr nur eine freie Schiffstour auf der Elbe verschaffen?«

»Du bist und bleibst ein misstrauischer Mensch. Tina ist von Beruf Kriminalhauptkommissarin in Görlitz. Sie ist in ihrem Job so gut, dass ich versuche, sie abzuwerben. Also sei nett zu ihr und streiche meine Vorzüge heraus.«

»Welche …?«

Onno brach ab, denn Tinas Kopf erschien auf der Fly Bridge. Als sie auf der Brücke stand, begrüßte Hendriksen sie mit einem Kuss auf die Wange und deutete auf Onno.

»Das ist mein bester Freund, Bergkamerad und Vertrauter, Onno. Er ist der Chef des Bergungsunternehmens, auf dessen Yacht wir stehen, und im Nebenberuf ist er heute unser Kapitän.« Und zu Onno gewandt: »Das ist Tina Engels von der Kriminalpolizei und augenblicklich eine große Hilfe.«

Onno reichte ihr die Hand. »Willkommen an Bord, Frau Kriminalhauptkommissarin. Ich freue mich, Ihre Bekanntschaft zu machen, auch wenn die Umstände etwas eigenartig sind.«

Tina lächelte ihn an. »Die Freude liegt ganz auf meiner Seite. Bitte nennen Sie mich Tina. Martens Freunde sind auch meine Freunde.«

»Einverstanden, ich bin Onno, und ich denke, auf das Sie können wir verzichten.«

»Okay.«

»Nachdem das geklärt ist, lasst uns nach unten gehen. Ich habe ein Frühstück vorbereitet. Ich hoffe, ihr habt noch nichts gegessen. Bis zum Ablegen haben wir noch Zeit. Die Ebbe setzt in einer knappen Stunde ein.«

»Keine Sorge. Da ich dich kenne, habe ich seit gestern Abend gehungert«, sagte Hendriksen.

»Und du, Tina?«

»Nur ein Knäckebrot mit Butter.«

»Sehr gut, gehen wir nach unten.«

Mit unten war das Deckshaus gemeint. Hier gab es den

Hauptsteuerstand. Vor der Konsole mit den Armaturen war ein gepolsterter Stuhl am Boden befestigt. Ein zweiter, ähnlicher Stuhl befand sich einen Meter daneben. Dazwischen führte ein Niedergang zu den Kabinen. Hinter dem Stuhl an Steuerbord war eine L-förmige Sitzecke mit einem Tisch eingebaut. Gegenüber stand eine Pantryküche, und rechts und links daneben waren Schränke. Im Anschluss an den Steuerbereich in Richtung Heck lag der Salon. Er war luxuriös eingerichtet und bot auf ledernen Sesseln und zwei Couchen Platz für zwölf Personen.

Das Frühstück war für sie im Steuerhaus gedeckt, wie Onno den vorderen Bereich, der durch eine Glastür vom Salon getrennt war, bezeichnete. Im Gegensatz zu den ledernen Polstermöbeln im Salon waren die L-förmige Sitzbank sowie alle anderen Möbelstücke aus Mahagoni gefertigt. Alle Holzteile waren auf Hochglanz poliert. Die Beschläge bestanden aus Bronze. Zur Bequemlichkeit lagen Kissen auf den Sitzen.

Onno lud mit einer Geste Tina und Hendriksen ein, auf der Längsseite der Sitzbank Platz zu nehmen. Dann zeigte er auf einen jungen Mann.

»Das hier ist Kevin, der bei uns zum Taucher ausgebildet wird. Heute ist er für unser leibliches Wohl verantwortlich. Das gehört mit zu seiner Ausbildung, denn schließlich müssen sich unsere Bootsbesatzungen selbst versorgen. Und da muss jeder ran, egal ob Kapitän oder Schiffsjunge.«

Tina und Onno wurde Kaffee serviert, und Hendriksen erhielt seinen geliebten Pfefferminztee. Allerdings nicht aus frischer Minze, sondern aus einem Teebeutel.

Während des Frühstücks erklärten Onno und Hendriksen Tina das Schiff, welche Aufgaben eine Bergungsfirma hatte und welche Gefahren mit den Einsätzen verbunden waren.

Tina, die noch nie auf einer solchen Yacht gewesen war und von Bergungsarbeiten keine Ahnung hatte, war hochinteressiert und stellte eine Menge Fragen. Manchmal hatte sie den Eindruck, dass die Antworten mehr Seemannsgarn als sachliche Information waren. Es störte sie nicht, dass die Männer sich auf ihre Kosten amüsierten. Es lockerte die Atmosphäre und trug dazu bei, dass sie nicht merkten, wie die Zeit verging.

Erst Kevins Meldung »Herr Stöver, die Ebbe hat eingesetzt« beendete die fröhliche Runde.

»Danke. Kommt, wir gehen auf die Fly Bridge. Dort haben wir die beste Sicht auf den Fluss vor uns. Nach so einem Orkan schwimmt in der Elbe alles Mögliche herum, und bei zwanzig Knoten mit einem Baum zusammenzustoßen bekommt selbst dem verstärkten Bug nicht gut.« Onno wandte sich an Kevin. »Sie warten auf mein Zeichen. Danach werfen Sie die Leinen los und rollen sie sauber auf.«

»Jawohl, Herr Stöver. Ich soll auf Ihr Zeichen achten, dann die Leinen loswerfen und sie ordentlich aufrollen.«

»Richtig. Können Sie mir auch sagen, warum ich darauf bestehe, dass Sie die Anweisung wiederholen?«

»Damit Sie hören, dass ich Ihre Anweisung richtig verstanden habe.«

»Sehr gut. Denk immer daran: Ein falsch ausgeführter Befehl kann auf See katastrophale Folgen haben. Die *Elbe 4* könnte aufgrund eines solchen Fehlers explodiert sein.«

Onno verließ das Steuerhaus und stieg gefolgt von Tina

und Hendriksen zum Fly Deck empor. Er schaltete die Zündung ein, und die zwei starken Dieselmotoren dröhnten. Das ganze Boot begann zu zittern. Er ließ sie einige Augenblicke im Leerlauf laufen und hob dann die Hand. Hendriksen sah, wie Kevin erst zum Bug lief, die Leine löste und dann nach hinten eilte, um auch dort die Leine von dem Poller am Kai zu entfernen. Als er damit fertig war, hielt auch er den Arm hoch. Onno wartete, bis Kevin an Bord gesprungen war, dann gab er gefühlvoll Gas und löste die *Elbe 1* sanft vom Kai. Als sie den Grasbrookhafen verlassen hatten, schob er die Gashebel nach vorne und nahm Geschwindigkeit auf.

Hendriksen, der neben Tina an der Steuerbordreling stand, deutete nach Norden.

»Siehst du die roten, gleichhohen Gebäude?«

»Sind ja nicht zu übersehen.«

»Das ist die berühmte Speicherstadt. Früher, als sie noch als Lagerhäuser für Kaffee, Tee, Kakao, Teppiche, Gewürze und wer weiß noch was alles benutzt wurden, war es der größte geschlossene Speicherkomplex der Welt. Die Waren wurden von der Kanalseite mit Ewern angeliefert und mit Flaschenzügen in die einzelnen Stockwerke gehievt. Die Ewer waren das Bindeglied zwischen Frachtern und Speichern. Auf der Straßenseite konnten die Waren auf Fahrzeuge verladen werden. Als sich in den sechziger und siebziger Jahren die Container als Transportmittel immer mehr durchsetzten, wurden die alten Speicher als Zwischenlager nicht mehr benötigt. Sie begannen zu verfallen, und die Stadt stand vor der Frage, sie abzureißen oder sie einer neuen Verwendung zuzuführen. Zum Glück entschied man sich für Letzteres. Die Gebäude wurden renoviert und beherbergen jetzt Büros, Geschäfte und Wohnungen. Ein neues Stadtviertel, die Speicherstadt, entstand.«

Sie passierten das Kaiserhöft, an dessen Spitze Hamburgs neues Wahrzeichen, die Elbphilharmonie, weithin sichtbar war. Das mehrere Stockwerke hohe Bauwerk stach durch seine ungewöhnliche Architektur ins Auge. Die oberen Stockwerke mit dem wie eine Welle gestalteten Dach hatte der Architekt auf einen ehemaligen Speicher aufgesetzt. Der Speicher selbst stand auf in den Boden gerammten Holzpfeilern.

Eine Weile später zeigte Hendriksen nach vorne. »Siehst du die Schiffe dort?«

»An Steuerbord voraus?«

»Genau. Das ist der Altonaer Fischereihafen mit dem berühmten Fischmarkt. Altona war lange in dänischem Besitz und ging erst nach dem für Dänemark verlorenen Krieg an das siegreiche Preußen. In jüngster Zeit, nämlich 1937, kam es, wie der ganze westliche Teil bis Rissen, zu Hamburg. Du wirst es kaum glauben, aber Altona war während der Dänenzeit weit vor Hamburg, was Modernität und Hygiene anbetraf.«

Sie glitten an Hamburgs Elbstränden vorüber. Dort, wo sich bei schönem Wetter die Badenden und Sonnenhungrigen tummelten, lag jetzt Plastikmüll und alles, was die Elbe an Unrat zur Nordsee schleppte. Anhand des Mülls konnte Tina sehen, wie hoch das Wasser während des Orkans gestiegen war.

An dem südlichen Elbufer, das zu Niedersachsen gehörte, lag das Alte Land, eines der größten Obstanbaugebiete Europas.

Onno riss plötzlich das Ruder nach Backbord. Wenn sich Tina und Hendriksen nicht geistesgegenwärtig an der Reling festgehalten hätten, wären sie bei dem Manöver gestürzt.

Onno wandte den Kopf nach hinten. »Wollte nur mal sehen, ob ihr noch schnell reagieren könnt oder so in die Landschaft versunken seid, dass ihr alles um euch herum vergesst.«

»Spinner«, war Hendriksens Kommentar.

Onno zeigte nach Steuerbord. »Da schwimmen mehrere Europaletten, die ich nur ungern gerammt hätte. Wir sind übrigens bald an der Unglücksstelle. Die Kirchtürme an Backbord gehören bereits zu Stade.«

»Eine wunderschöne Stadt. Wir sollten sie uns einmal zusammen ansehen«, ergänzte Hendriksen.

»Das wäre schön.« Tina drückte liebevoll seinen Arm. »Nur leider wird daraus wohl nichts werden, denn in knapp drei Wochen bin ich wieder in Görlitz.«

»Wir werden sehen«, antwortete Hendriksen.

»Voraus könnt ihr die Wracks sehen«, rief Onno. »Das weiter zur Fahrrinne liegende sind die Überreste der *Elbe 4*, das andere ist das Kümo, das wir bergen sollen.«

Tina und Hendriksen starrten in Fahrtrichtung. Die Wracks waren zunächst nur in Konturen zu sehen. Je näher sie kamen, desto mehr konnten sie das ganze Ausmaß der Katastrophe erkennen. Die Gewalt der Explosion hatte das Führerhaus über das Deck gerissen und in die Elbe geschleudert. Es ragte jetzt etwa dreißig Meter vor dem Wrack aus dem Wasser. Sein Dach lag einen halben Meter über dem Wasserspiegel. Bug und Heck ragten schräg empor. Es sah aus, als hätte ein Riese mit der Faust in die Mitte des Bootes geschlagen und es in den Schlick gedrückt. Seitenteile waren, soweit man sie sehen konnte, gerissen und nach außen gedrückt. Auf der Insel Pagensand, die an Steuerbord lag, sah es ebenfalls katastrophal aus. Alles, was der Orkan aus dem Wrack des Bergungsschiffes losgerissen hatte, schien er am oberen Rand der Wasserlinie abgelagert zu haben. Von ihrer Position sah es aus wie auf einer Müllhalde.

Tina starrte auf das Wrack. »Mein Gott«, rief sie entsetzt. »Da kann doch niemand überlebt haben.«

»Hat auch keiner. Außer dem einen, der zu seinem Glück nicht an Bord war«, stimmte Onno zu.

Er hatte die Maschinen gestoppt und den Buganker geworfen. Langsam drehte sich die *Elbe 1* um die Ankerkette, bis der Bug gegen den Strom zeigte.

»Noch können wir nichts unternehmen. Wir müssen warten, bis die Ebbe fast ihren Tiefststand erreicht hat. Dann haben wir etwa eineinhalb Stunden Zeit, um uns die Wracks anzusehen.«

Von der Landratte Tina kam prompt die Frage: »Warum nur so kurz?«

»Nach der Explosion ist alles, was noch von ihr übrig geblieben ist, auf Grund gesunken und hat sich in den Schlick gearbeitet. Es ragt frühestens eine halbe Stunde vor dem niedrigsten Wasserstand so weit aus dem Wasser, dass wir große Teile sehen können. Wenn die Ebbe ihren Tiefstand erreicht hat, dauert es etwa eine weitere halbe Stunde, bevor die Flut einsetzt, und dann haben wir nochmals eine halbe Stunde, bevor die Flut wieder alles so weit überspült hat, dass eine weitere Untersuchung keinen Sinn mehr macht.« Onno blickte zu Hendriksen hinüber. »Inwieweit meine Berechnungen nach dem Orkan noch stimmen, kann ich nicht sagen«, fügte er sicherheitshalber hinzu.

»Wir werden es sehen«, antwortete Hendriksen. »Was, schlägst du vor, sollen wir in der Zwischenzeit tun?«

»Ich denke, wir nehmen uns das Schlauchboot und sehen uns das Kümo an. Ich muss sowieso dahin, um festzustellen, was der Orkan bei dem Wrack angerichtet hat, um die Zeit und die Maßnahmen für eine Bergung neu zu berechnen. Anschließend können wir zur Insel oder ans Ufer fahren und uns die Füße vertreten. Ich kann aber auch allein fahren, und ihr macht es euch hier gemütlich. Kevin wird euch versorgen. An Bord ist *all inclusive*«, fügte er grinsend hinzu.

»Ich komme mit«, rief Tina spontan. »So ein Erlebnis lasse ich mir doch nicht entgehen.«

»Und du?«, fragte Onno seinen Freund.

»Ich auch«, antwortete Hendriksen, dem anzusehen war, dass er sich die Wartezeit anders vorgestellt hatte.

Die drei stiegen, angeführt von Onno, zum Hauptdeck hinunter und gingen zum Heck. Hier ließ Onno das am Davit hängende Schlauchboot hinunter. Als es im Wasser lag, sprang er hinein. Tina tat es ihm gleich, und Hendriksen folgte.

»Haltet euch an dem Seil fest«, rief Onno seinen Passagieren zu. Dann manövrierte er das Schlauchboot vom Heck frei und drehte das Gas auf. Der fünfzig Kilowatt starke Außenbordmotor heulte auf, und das Schlauchboot schoss mit aufgerichtetem Bug davon. Onno hatte den Befehl, sich festzuhalten, nicht umsonst gegeben, denn sobald der Motor anzog, wurden Hendriksen und Tina nach hinten gedrückt. Da sie auf den aufgeblasenen Luftkammern saßen, wären sie in die Elbe geschleudert worden. Nur dadurch, dass sie sich an dem Seil, das oben auf der Luftkammer vom Heck zum Bug lief, festgeklammert hatten, konnten sie sich halten. Hendriksen war klar, dass sein Freund sich einen Spaß daraus gemacht hatte, um sie die Beschleunigung des Schlauchbootes spüren zu lassen. Onno bestätigte seine Annahme, denn er drehte sich in diesem Moment um und griente.

Wenige Minuten später nahm er die Geschwindigkeit zurück. Sie waren in der Nähe des havarierten Kümos angekommen.

»Besser, wir gehen auf Schleichfahrt, damit wir uns nicht an einem herausgerissenen Eisen die Luftkammern aufreißen. Marten, übernimm du das Ruder. Ich möchte das Kümo von allen Seiten fotografieren. Und dich, Tina, bitte ich, zum Bug zu gehen und nach Hindernissen im Wasser Ausschau zu halten. Wenn du etwas siehst, dann zeig mit ausgestrecktem Arm in die Richtung, in der es sich befindet. Taucht es dicht vor dem Bug auf, reißt du beide Arme hoch. Marten weiß dann, was er zu tun hat. Und jetzt an die Arbeit.«

»Aye, aye, Käpt'n«, sagte Hendriksen und salutierte übertrieben zackig.

Hendriksen drosselte den Motor so weit, dass er gerade noch Fahrt machte. Langsam schob er sich an das Kümo heran. Während Onno fotografierte, fuhr er das Schlauboot langsam um das Wrack herum. Sobald er gegen den

Ebbstrom anlaufen musste, gab er mehr Gas, denn das Wasser lief mit ungefähr zwei Knoten ab. Das entsprach in etwa einer Geschwindigkeit von dreikommasechs Kilometern pro Stunde.

Nachdem Onno ausreichend Fotos geschossen hatte, schlug er vor, um die Insel Pagensand herumzufahren und bei Hohenhorst in der Haseldorfer Marsch an Land zu gehen. »Dort gibt es ein rustikales Scheunencafé, das exzellenten Kuchen anbietet. Wird alles von der Besitzerin selbst gebacken. Was haltet ihr davon?«

Tina war sofort einverstanden, und da sie so begeistert zugestimmt hatte, schloss sich Hendriksen ihr an.

»Ob sie allerdings Pfefferminztee haben, bezweifle ich«, sagte Onno mit todernstem Gesicht.

»Ich werde es überstehen.«

Hendriksen wollte gerade wieder Gas geben, als er es sich anders überlegte.

»Onno, was hältst du davon, wenn wir Tina das Steuer übergeben? Schließlich ist sie an der Elbe, und da muss sie mit Booten umgehen können.«

»Guter Gedanke. Dann mal los, Tina.«

Die zierte sich zunächst, ging dann aber doch zum Steuerstand, der sich im ersten Drittel des Schlauchbootes befand. Hendriksen erklärte ihr, was sie zu tun hatte. Tina tat, als wenn sie eifrig zuhören würde, dann übernahm sie die Führung des Schlauchbootes. Mit der rechten Hand erfasste sie das Steuerrad, die linke lag auf dem Gashebel. Hendriksen stand hinter ihr, bereit einzugreifen, wenn sie etwas falsch machen sollte. Sie kümmerte sich nicht um ihn, sondern gab gefühlvoll Gas und drehte das Boot in einer sanften Kurve vom Kümo weg. Sobald sie frei war, schob sie den Gashebel weiter nach vorne. Sie tat es so sensibel, dass Hendriksen und Onno die Beschleunigung kaum merkten.

Die beiden Männer sahen sich verwundert an.

»Ihr seid nicht die Einzigen, die Wasser vor der Haustür haben«, sagte sie mit einem Lächeln. »Mit einem Schlauchboot wie diesem bin ich schon vor zehn Jahren auf der Neiße Patrouille gefahren. In den letzten Jahren bin ich allerdings etwas aus der Übung gekommen.«

Die Wartezeit verbrachten sie, wie Onno vorgeschlagen hatte. Zuerst wanderten sie auf dem Deich entlang Richtung Wedel, nach einer Dreiviertelstunde drehten sie um, um im Scheunencafé auszuruhen.

Onno hatte nicht zu viel versprochen. Der Kuchen war so gut, dass Hendriksen sogar ein Stück Torte und ein Stück Butterkuchen aß. Tina probierte ebenfalls den Butterkuchen und war gleichermaßen begeistert. Onno bestellte hingegen ein Schinkenbrot.

»Ich brauchte was Festes zwischen den Zähnen«, entschuldigte er sich.

Auf der Rückfahrt war Tina wieder am Steuer. Sie hatten Pagensand fast umrundet, als sie Hendriksen, der neben ihr auf der Oberen Luftkammer saß, anstieß.

»Ich glaube, uns beobachtet jemand«, sagte Tina. »Die Sonnenstrahlen spiegeln sich in einer Linse wider. Ich möchte wetten, es ist das Objektiv eines Fernglases.«

»Wo?«

»Von mir aus gesehen auf zehn Uhr.«

Hendriksen stand auf, streckte sich und schaute in die angegebene Richtung. Sehen konnte er nichts.

»Hast du ein Fernrohr?«, fragte er Onno.

»Nee, nicht im Schlauchboot.«

»Schiet.«

Er versuchte es noch einmal, doch mehr als einen dunklen Punkt sah er nicht. Auch Onno sah unauffällig in die Richtung, konnte aber auch nichts erkennen.

Die Ebbe hatte die beiden Wracks fast, aber nicht ganz freigelegt. Erst jetzt konnten die drei die ganze Wucht der Explosion erkennen. Die stählernen Bordwände hatte es förmlich zerfetzt. Spitze Stahlkanten ragten nach außen.

Tina manövrierte das Schlauchboot vorsichtig an die Überbleibsel der *Elbe 4* heran. Schlick hatte sich überall abgesetzt. Auch Plastikmüll und alles, was das Hochwasser vom Land losgerissen hatte, war an den Spitzen der Stahlwände hängengeblieben.

»Mein Gott, wie siehst du denn aus?«, rief Tina, als sie Hendriksen sah. Sein noch eben vom Leben auf dem Hausboot gebräunter Teint hatte sich in eine fahle Blässe verwandelt. Seine Hände zitterten.

»Leg dich auf den Boden«, befahl Tina geistesgegenwärtig, doch Hendriksen wehrte die helfende Hand ab.

»Geht gleich wieder«, murmelte er und stützte sich mit beiden Händen an der obersten Luftkammer ab.

Kapitel 11

Hermann hatte seine Freunde Hinnerk und Kuddel angerufen und ihnen gesagt: »Ick heff een Order vom Chef. Hefft ji tied, dat wi dat tosomen maaken künn?« (»Ich habe vom Chef einen Auftrag bekommen. Habt ihr Zeit, um das mit mir zusammen zu machen?«) Wenn Hermann, Hinnerk und Kuddel unter sich waren, sprachen sie nur Platt. Damit die Leser, die südlich von Hamburg wohnen, ihrer Unterhaltung folgen können, wird sie im Folgenden in Hochdeutsch wiedergegeben.

Beide stimmten sofort zu. Sie waren es überdrüssig, von ihren Frauen zu allen möglichen, ihnen widerstrebenden Aufgaben eingesetzt zu werden.

Jetzt saßen sie in Hermanns guter Stube und hatten jeder eine Flasche Bier und einen Köm in der Hand. Nero, der wieder einmal bei Hermann in Pflege war, weil sein Herrchen beruflich in Asien weilte, lag auf einem zusammengefalteten, abgeschabten Teppich. Was für die Männer Bier und Köm waren, war für Nero der Schinkenknochen, den Hermann besorgt hatte.

»Prost zusammen«, sagte Hermann, und die drei stürzten den Köm hinunter.

Kuddel hielt Hermann das leere Glas hin. »Schenk mal nach. Auf einem Bein kann ich nicht stehen.«

Hermann folgte der Aufforderung. Der Köm verschwand

genauso schnell aus dem Glas wie beim ersten Mal. Ein dritter folgte kurz darauf. Nachdem ihr Begrüßungsritual mit einem langen Schluck Bier beendet war, kam Hermann zur Sache.

»Ihr habt doch von dem Unglück bei Pagensand gehört?« Da es sich um eine rhetorische Frage handelte, antwortete keiner darauf – obwohl weder Hinnerk noch Kuddel eine Ahnung hatten, was eine rhetorische Frage war.

Kuddel nahm einen langen Schluck aus der Flasche, überlegte eine Weile, um dann zu sagen: »Ich weiß nichts Genaues.«

Hinnerk kratzte sich am Kopf und kam zum gleichen Ergebnis.

Hermann meinte: »Ich hab gehört, dass die Gasflaschen an Bord explodiert seien.«

»Das wusste ich auch«, gab Kuddel zu.

»Ja, warum hast du Dösbaddel das denn nicht gesagt?« Hermann sah ihn vorwurfsvoll an.

»Das weiß doch jeder.«

»Da hat Kuddel recht. Das wusste ich auch«, stimmte Hinnerk zu. »Vielleicht fällt uns bei ein paar Köm noch mehr ein«, fügte er mit einem Blick auf die noch halb volle Kornflasche hinzu.

Hermann verstand den Wink und schenkte nach. Doch auch nachdem sie einen Kasten Bier und zwei Flaschen Korn geleert hatten, waren sie über die Gasflaschenexplosion nicht hinaus gekommen.

Bevor Hinnerk und Kuddel sich verabschiedeten, waren sie übereingekommen, dass jeder morgen auf eigene Faust versuchen sollte, bei seinen Kumpeln mehr über das Unglück herauszufinden. Für übermorgen früh verabredeten sie sich bei Hinnerk zum Frühstück, um die Ergebnisse ihrer Nachforschungen auszutauschen.

Obwohl auch an Hermann die Menge der geistigen Nahrung nicht spurlos vorübergegangen war, vergaß er nicht seine Pflicht, mit Nero einen Abendrundgang zu machen. Er legte dem freudig wedelnden Kraftpaket von fünfundfünfzig Kilogramm Knochen und Muskeln das Geschirr an und nahm die sechsfach geflochtene Leine in die Hand. Nur er und sein Herr, Jeremias Voss, waren in der Lage, ihn zu bändigen. Das heißt, sie brauchten ihn nicht wirklich zu bändigen, denn ihnen gehorchte er aufs Wort. Auf dem Bürgersteig hatte Hermann mit Nero immer reichlich Platz, denn der Hund machte mit seinem mächtigen Kopf, den aus den Lefzen herausragenden gelben Reißzähnen und den dicken Fellwülsten über Nase und Augen einen so gefährlichen Eindruck, dass ihm jeder aus dem Weg ging.

Am nächsten Tag überlegte Hermann, wie er am besten Auskünfte über das Bergungsunternehmen beschaffen könnte. Obwohl er den Hamburger Hafen und alles, was darum herum lag, kannte, fand er niemanden, der Insider-Informationen haben könnte. Außer – und der Gedanke gefiel ihm gar nicht – er würde zu Mutter Mathilda gehen.

Mathilda war die Wirtin vom *Stint*, einer Institution auf dem Kiez. Sie war über sechzig, hatte eine Figur wie eine Tonne, ein rundes Gesicht und einen Busen von einer Größe, die kein BH halten konnte, weshalb ihn ein Korsett stützte. Sie arbeitete im *Stint* schon solange sie denken konnte. Es gab niemanden auf dem Kiez, den sie nicht kannte. Sie wusste alles, was auf der sündigen Meile und ihren Nebenstraßen passierte. Woher sie ihre Informationen hatte, verriet sie nicht. Hermann hatte sie schon öfter als Nachrichtenquelle benutzt, aber immer erst nach inneren Kämpfen, denn Mutter Mathilda hatte aus seiner Sicht einen gewaltigen Fehler. Aus einem ihm völlig unerklärlichen Grund war sie in ihn vernarrt. Da Hermann jedoch eingefleischter Junggeselle war, waren ihm ihre Liebkosungen im höchsten Grad unangenehm, denn sie waren lebensbedrohlich. Mathilda sah zwar wie eine Tonne aus, hatte aber kein Gramm Fett am Leib. Sie hatte die Kraft eines Ochsen. Wenn sich in ihrer Kneipe jemand nicht nach ihren Vorstellungen benahm oder im Suff andere Gäste oder gar Frauen belästigte, schmiss sie den raus – eigenhändig. Wenn sie Hermann im Überschwang ihrer Gefühle an sich riss, landete sein Kopf gewöhnlich auf ihrem mächtigen Busen. Gelang es ihm nicht, den Kopf vor der Landung zur Seite zu drehen, bestand die Gefahr, in den weichen Brüsten zu ersticken. Also mied er den *Stint*, obwohl ihm die Kneipe gut gefiel.

Hermann fuhr gegen halb sechs Uhr abends mit der U-Bahn zur Reeperbahn und ging von dort zum *Stint*. Nero hatte er zu Hause gelassen und mit zwei Schnitzeln überredet, ruhig auf ihn zu warten und nicht die Haustür einzureißen. Wie Voss ihm geraten hatte, gab er Nero den Befehl, die Wohnung zu bewachen. Wehe dem Einbrecher, der jetzt versuchte, in die Wohnung zu gelangen. Dass niemand bei Hermann einbrechen würde, weil es nichts zu holen gab, ahnte Nero ja nicht.

Hermann wusste, dass die Kneipe um diese Zeit wenig besucht war, so dass Mutter Mathilda Zeit für ein Gespräch hatte. Zwischen sieben und zehn Uhr abends kam die erste Welle an Besuchern. Es waren Arbeiter, Angestellte, Geschäftsleute und Beamte, die länger gearbeitet hatten und sich vor dem Nachhausegehen noch einen Absacker gönnten. Von elf Uhr bis weit nach Mitternacht füllte die Nachtschicht die Kneipe.

Hermann stieg mit gemischten Gefühlen die drei ausgetretenen Steinstufen zum Lokal hoch. Gleich würde sich ein Schwall von Vorwürfen über ihn ergießen, denn er hatte sich lange nicht sehen lassen. Er nahm sich vor, sofort nach Betreten des *Stint* nach einem Platz mit guter Deckung Ausschau zu halten, denn Mutter Mathilda konnte ihre Vorwürfe recht handgreiflich vorbringen.

Der *Stint* war ein Schlauch. Auf der rechten Seite stand das Herzstück der Kneipe, ein langer L-förmiger Tresen, und auf der anderen Seite eine Reihe von Vierertischen. Die Kneipe war noch wenig besucht. Touristen, wie Hermann die Gäste einschätzte. Wahrscheinlich hatten sie von Freunden gehört, dass Mutter Mathilda eine Institution auf dem Kiez war, und nun wollten sie die vermeintliche Attraktion kennenlernen.

Hermann sah zu seiner Erleichterung, dass sein Lieblingsplatz frei war: der kurze Teil der L-förmigen Bar. Von vorne war er durch den Tresen, von hinten durch die Außen- und von rechts durch die Seitenwand geschützt. Nur links gab es eine ungeschützte Stelle.

Wie gewöhnlich stand Mutter Mathilda hinter dem Tresen und zapfte Bier. Sie tat, als hätte sie ihn nicht gesehen, was unwahrscheinlich war, denn sie nahm alles wahr, was in ihrer Kneipe passierte.

Als sie von dem Tisch, an dem sie die gezapften Pils serviert hatte, zurückkam, sah sie Hermann an.

»Ach nee, sieht man dich auch mal wieder? Wo hast du so lange gesteckt. Hast mich wohl ganz vergessen, was? Mutter Mathilda ist sehr böse mit dir.«

Hermann war erstaunt, so milde begrüßt zu werden. Er wollte schon fragen, was denn mit ihr los sei. Doch er schluckte die Frage hinunter und sagte stattdessen: »Wie könnte ich dich vergessen, Mathilda? Du weißt doch, du bist meine Beste.«

»Und du bist ein scheinheiliger Kerl – wie alle Männer. Keinem kam man trauen. Dir am wenigsten. Du kommst immer nur, wenn du was von mir willst. Aber diesmal hast du dich geschnitten. Von mir erfährst du nichts, und wenn du noch so schmusig tust. Und mach nicht so ein Dackelgesicht. Du glaubst wohl, damit könntest du mich um den Finger wickeln?«

»Aber Mathilda, mien Deern, so etwas würde ich doch nie tun. Das weißt du doch. Du bist mien Seuten.«

Mutter Mathilda sah Hermann prüfend an. Ihre Gesichtszüge wurden sanfter.

»Ach, was soll's. Das Leben ist zu kurz, um sich zu streiten. Du bist doch auch mien Schietbüttel. Komm her, mien Jung. Gib deiner Mathilda einen Kuss.«

Mit diesen Worten griff sie über den Tresen, packte Hermann an seiner Jacke, zog ihn halb über den Tresen, gab ihm einen schmatzenden Kuss und drückte ihn an ihren gewaltigen Busen. Geistesgegenwärtig drehte Hermann den Kopf zur Seite, um nicht in dem durch das Korsett straff gespannten Dekolleté zu ersticken.

Als Mutter Mathilda Hermann »mien Schietbüttel« nannte, lachten die Männer, denen sie gerade das Bier serviert hatte.

Mutter Mathilda drehte sich mit einer Geschwindigkeit um, die ihr niemand, der sie nicht kannte, zugetraut hätte.

»Was gibt's da zu lachen?«, fuhr sie die Männer mit ihrer sonoren Stimme an. »Wenn euch nicht passt, wie ich meinen Liebsten nenne, dann könnt ihr ja gehen.«

»War nicht so gemeint, Mutter Mathilda«, rief einer der Männer entschuldigend.

Hermann hatte die Gelegenheit genutzt, um sich schnell mit dem Rücken gegen die Wand zu lehnen. Nun konnte selbst die ein Meter achtzig große Mathilda ihn nicht mehr erreichen.

»Möcht's een Bier, mien Jung?«

»Aber klar doch.«

Mutter Mathilda ging zum Zapfhahn und ließ Bier in ein Pilsglas fließen.

»Geht aufs Haus«, sagte sie, als sie das Glas über den Tresen schob.

Inzwischen waren neue Gäste gekommen, um die sie sich zunächst kümmern musste, bevor sie wieder zu ihm kam.

Sie unterhielten sich über dit und dat, wie Hermann es nannte. Dabei ließ er hin und wieder Komplimente in die Unterhaltung einfließen. Zwar war er sicher, dass sie sie nicht ernst nahm, denn dazu war sie eine viel zu erfahrene Frau, doch dass sie sie gerne hörte, wusste er. Als es auf sieben Uhr zuging, kam er auf sein eigentliches Anliegen zu sprechen.

»Wat schnackt man denn so über dat Unglück bi de Stövers?«

»Hast ja lange gebraucht.«

»Wie – wat meinst du?«

»Tu nicht so scheinheilig. Das war es doch, weswegen du hergekommen bist. Ich kenn dich doch, Hermann.«

»Nun ja, nicht direkt. Eigentlich wollte ich dich sehen.«

»Tünbüttel! Das glaubst du doch selbst nicht. Warum interessierst du dich denn dafür?«

»Das ist eine lange Geschichte. Der Kumpel eines Kumpels von mir hatte einen Kumpel, der bei dem Unglück umgekommen ist. Und nun wollte der Kumpel meines …«

»Schon gut, ich habe verstanden. Du willst es mir also nicht sagen.«

»Doch, natürlich, wofür hältst du mich denn?«

»Für einen Tünbüttel, das habe ich dir ja schon gesagt. Also, du willst also wissen, was ich so gehört habe.«

»Ja.«

»Endlich mal eine ehrliche Antwort. Nur sagen kann ich dir nicht viel. Alles, was ich gehört habe, ist, dass es ein Unfall gewesen sein soll. Doch daran glaubt keiner wirklich.«

»Du meinst, da hat jemand dran gedreht?«

»Ich meine gar nichts. Ich wiederhole nur, was ich gehört habe.«

»Hast du auch gehört, wen man in Verdacht hat?«

»Na ja, das klingt schon so ein bisschen spinnert, etwa so wie deine Geschichten.« Hermann wollte widersprechen, doch Mutter Mathilda kam ihm zuvor. »Soweit ich das verstanden habe, sollen die Holländer dahinter stecken.«

»Die Holländer! Dat glöv ick neech.«

»Angeblich sind die sauer auf die Stövers, weil die ihnen schon so manchen Auftrag vor der Nase weggeschnappt haben. Auch die Bergung des Kümos bei Pagensand sollte eigentlich eine holländische Bergungsfirma haben, dann haben die Stövers ein niedrigeres Angebot gemacht, und schwupps war das ihrer.«

Inzwischen füllte sich die Kneipe mehr und mehr, so dass Mutter Mathilda keine Zeit mehr für eine Unterhaltung hatte.

Hermann legte das Geld für seine sechs Bier auf den Tresen.

»Tschüss, Mathilda«, sagte er und schob sich von der Sitzbank.

Mathilda winkte ihm nur kurz zu. Sie unterhielt sich mit den Männern, die am Tresen saßen, während sie ununterbrochen Bier zapfte und Köm ausschenkte.

Hinnerk hatte sich Ähnliches wie Hermann überlegt. Er wollte versuchen, über seinen Stammtisch in Wilhelmsburg an Informationen zu kommen. Da dieser jedoch erst am Sonnabend stattfand, rief er seine Stammtischbrüder an und verabredete ein Treffen am nächsten Tag zur gleichen Zeit wie üblich. Dass das einzige noch berufstätige Mitglied nicht daran teilnehmen konnte, war zwar bedauerlich, aber nicht zu vermieden. Wie Hermann gesagt hatte, erwartete Hendriksen so schnell wie möglich Auskünfte.

Am nächsten Vormittag gegen halb elf Uhr morgens ging Hinnerk zu Fuß zu der Stammkneipe. Als er eintraf, waren erstaunlicherweise alle fünf Rentner schon da. Selbst Georg war anwesend. Gewöhnlich kam er zu spät, es sei denn, jemand hatte Geburtstag und es gab Freibier.

Alle sahen Hinnerk erwartungsvoll an, denn es kam äußerst selten vor, dass sich die Gruppe außerhalb des festgelegten Stammtischtages traf. Hinnerk genoss es, Mittelpunkt der Neugierde zu sein. Er setzte sich an seinen Stammplatz und wartete darauf, dass der Wirt die erste lüttje Lage (Korn und Bier) brachte. Nachdem er den Korn getrunken und ihn mit einem Schluck Bier heruntergespült hatte, setzte er sich zurecht und sagte: »Ihr wisst ja, dass ich immer mal wieder für einen Privatdetektiv arbeite, und der möchte wissen, was man so über das Schiffsunglück bei Pagensand spricht. Und da ihr ja viel hört, habe ich euch hergebeten. Als Dank für euer Kommen geht die erste Runde auf mich.« So in etwa klang Hinnerks Begrüßung auf Hochdeutsch. Was danach folgte, war nur noch für einen alten, in Wilhelmsburg oder Veddel aufgewachsenen Hamburger zu verstehen, und das auch nur, wenn er noch zu denjenigen gehörte, die mit dem örtlichen Platt aufgewachsen waren. Schon für die heutige Jugend hätten die Stammtischbrüder genauso gut Chinesisch sprechen können. Im Kern reichten die Vermutungen von einer Bombe an Bord über Rache am Kapitän bis zu Wut auf die Firma. Über eins waren sich alle einig: An einen Unfall, wie offiziell angenommen, glaubte keiner. Dazu waren die Besatzungen viel zu sehr mit dem Umgang mit Gas und den Gefahren eines Gaslecks vertraut. Schließlich hing auf hoher See ihr Leben davon ab, und nicht nur dort, wie man an der Katastrophe der *Elbe 4* sehen konnte.

Als sich der Stammtisch nach drei Stunden auflöste, war Hinnerk um nichts schlauer als zuvor. Dafür war der

Stammtisch aber eine gelungene Veranstaltung gewesen, denn Köm und Bier waren in so reichem Maße geflossen, dass die Teilnehmer schwankenden Schrittes nach Hause gingen.

Kuddel war, wenn auch kein großer Redner, plietsch, wie die Hamburger sagen würden, oder auf Hochdeutsch: pfiffig. Er hatte sich überlegt, was seine Freunde machen würden, um an Informationen heranzukommen, und er lag mit seiner Annahme hundertprozentig richtig. Deshalb überlegte er, einen völlig anderen Weg einzuschlagen. Er rief zunächst bei dem Bergungsunternehmen an und erkundigte sich, wann eines der Bergungsschiffe einlaufen würde. Die Auskunft, die er erhielt, brachte ihn auf eine noch bessere Idee. Er fuhr zum Hafen und schlenderte zum Dalmannkai. Hier setzte er sich in ein Lokal und wartete bei einem Bier auf das Einlaufen der *Elbe 3*. Dieses Bergungsschiff hatte ihm die Dame am Telefon für drei Uhr nachmittags angekündigt. Als das Schiff in den Grasbrookhafen einlief, stand er auf, legte das Geld für seine Zeche auf den Tisch und ging zur Anlegestelle. Dort half er, die *Elbe 3* an den Pollern am Kai festzumachen. Anschließend wartete er an der Gangway auf die Crew, die nach kurzer Zeit von Bord ging.

»He, Kumpel, ich such den Kapitän. Wo find ich ihn?«

Der Angeredete deutete mit dem Daumen nach oben. »Auf der Brücke.«

Kuddel bedankte sich und stieg zur Brücke hinauf. Ein junger Mann machte sich an den Instrumenten zu schaffen. Er war zu jung, um der Kapitän zu sein.

»Moin«, begrüßte Kuddel ihn, »ich such den Kapitän.«

Der junge Mann erwiderte den Gruß und zeigte auf die Tür an der Rückwand des Steuerhauses. »In seiner Kajüte.«

Kuddel nickte, öffnete die Tür und betrat einen schmalen Gang, von dem mehrere Türen abgingen. Auf der ersten Tür an der Steuerbordseite hing ein Bronzeschild mit der Aufschrift *Kapitän*. Kuddel klopfte. Auf ein »Herein« öffnete er die Tür und betrat die Kajüte. Ein Mann um die Fünfzig, schlank, mit wettergebräuntem Gesicht und Vollglatze, blickte ihn fragend an.

Kuddel stellte sich vor und fragte: »Käpt'n, ich wollt Sie fragen, ob Sie nicht einen Job für mich haben.«

Der Kapitän stand auf und musterte ihn von oben bis unten und von vorne bis hinten.

»Sind Sie nicht schon ein bisschen zu alt für einen Posten an Bord?«

»Nee, Käpt'n, ganz gewiss nicht.«

»Dann reichen Sie mir mal Ihre Hand.«

Kuddel reichte ihm seine schwielige Rechte. Der Kapitän betrachtete sie eingehend.

»Gearbeitet haben Sie, das sehe ich, aber wie sieht es mit der Kraft aus?« Ehe sich Kuddel versah, hatte der Kapitän die Hand ergriffen und drückte sie mit aller Kraft zusammen, das heißt, er versuchte es. Doch Kuddel hatte so etwas geahnt und, sobald der Kapitän nach seiner Hand griff, die Muskeln angespannt und drückte nun seinerseits dagegen. Die Hand des Kapitäns gab langsam, aber stetig Kuddels Händedruck nach. Es dauerte nicht lange und der Kapitän klopfte ihm auf die Schulter.

»Ist okay«, sagte er, »kein Grund, mir die Hand zu zerquetschen.«

Kuddel ließ sofort los.

»Können Sie kochen?«

»Jo. Ich habe mein ganzes Leben im Hamburger Hafen gearbeitet. Erst als Schauermann, dann habe ich mich als Mechaniker um die Schiffsmotoren der Schlepper und Barkassen gekümmert.«

»Sehr gut. Mir sind gerade zwei Mann ausgefallen. Könnte jemand wie Sie gebrauchen. Ab wann können Sie anheuern?«

»Sofort.«

»Ist aber nur eine Urlaubsvertretung.«

»Das macht nichts. Ich muss nur mal wieder etwas Richtiges zu tun haben. Das Rentnerleben ist zum Kotzen.«

»Warten Sie auf der Brücke. Ich sage Ihnen gleich Bescheid, ob Sie anheuern können.«

Kuddel ging zurück auf die Brücke.

»Wisst ihr schon, was ihr als Nächstes tun sollt?«, fragte er den jungen Mann.

»Klar, wir sollen die *Elbe 4* und dann das Kümo bergen.«

Es dauerte nur wenige Minuten, dann betrat der Kapitän die Brücke.

»Sie können anheuern. Morgen früh geht's los. Seien Sie um halb neun Uhr morgens an Bord und bringen Sie alle Personalunterlagen mit. Als Kleidung benötigen Sie nur Arbeitskleidung. Wir arbeiten in der Elbe und fahren jeden Abend nach Hamburg zurück.«

»Danke«, sagte Kuddel begeistert, denn er freute sich sehr auf die Arbeit und die Fahrt auf der Elbe.

Am nächsten Morgen war er kurz vor acht Uhr morgens am Pier, eine blaue Reisetasche in der Hand. Sicherheitshalber hatte er sich Kleidung zum Wechseln mitgebracht. Im

Maschinenraum und in der Küche mit den gleichen Klamotten zu arbeiten, hielt er für ein Unding. Die Schiffsdiesel liefen bereits. Er kletterte auf die Brücke. Derselbe junge Mann wie am Vortag begrüßte ihn. Kuddel stellte sich nochmals vor.

»Ulf Sörensen. Du kannst Ulf zu mir sagen«, antwortete der junge Mann. »Ich bin hier der Steuermann und gleichzeitig Schiffsingenieur.«

Da hab ich mich wohl bannig verschätzt, dachte Kuddel, der Ulf für einen Schiffsjungen gehalten hatte.

»Der Kapitän sagte mir, du wärst unser neuer Koch.«

»Und Maschinist«, ergänzte Kuddel schnell, damit der Steuermann wusste, dass er nicht nur in der Küche eingesetzt werden konnte.

»Okay, klingt gut. Zunächst geht's in die Kombüse. Wir legen um Punkt neun Uhr ab. Um neun Uhr dreißig muss der Imbiss auf dem Tisch stehen. Der Kapitän legt wert auf Pünktlichkeit. Um neun Uhr schicke ich dir Piet, Peter Schneider, runter. Er ist einer der Taucher und Schweißer an Bord. Er wird dir beim Herrichten helfen.«

»Was heißt bei euch denn Imbiss?«

»Ach so, kannst du ja nicht wissen. Unten sind fünfunddreißig Brötchen, die bestreichst du, und dazu brühst du in den beiden großen Thermoskannen Kaffee auf. Aufschnitt findest du in der Kombüse.«

»Geit klor.« Kuddel drehte sich um und wollte die Brücke verlassen, als Ulf ihn aufhielt.

»Und sei nicht zu geizig mit dem Aufschnitt.«

Kuddel grinste. »Ick heff da al verstahn – ich habe das schon verstanden.«

Er hatte keine Schwierigkeiten, die Kombüse zu finden. Mitten auf der Arbeitsplatte lagen vier große Tüten mit Brötchen.

Kuddel stellte seine Reisetasche in eine Ecke, dann machte er sich mit der Kombüse und den Vorräten vertraut. Die *Elbe 3* war bestens ausgestattet. Er nahm an, dass man ursprünglich nicht damit gerechnet hatte, einen Einsatz in der Elbe zu fahren. Nun, ihm sollte es egal sein. Er konnte aus dem Vollen schöpfen. Er legte sich alles zurecht, was er für die Brötchen benötigte, dann schnitt er alle auf und bestrich sie dick mit Butter und belegte sie unterschiedlich mit Wurst, Schinken und Käse.

Er hatte kein Gefühl dafür, wie viel Zeit er für die Frühstückvorbereitung benötigt hatte, denn er trug schon seit der Rente keine Uhr mehr bei sich. Erst als er ein Vibrieren unter den Füßen verspürte, wusste er, dass es neun Uhr sein musste. Ein Blick durch das Bullauge zeigte ihm, dass die *Elbe 3* ablegte.

Als Piet kurz danach die Kombüse betrat, war alles fertig, einschließlich des Abwaschs. Piet brauchte nur noch die Platten in die Messe zu bringen und den langen Tisch mit Tellern und Tassen zu decken.

Viertel nach neun war auch diese Arbeit getan.

»Und jetzt, Piet, gönnen wir uns ein Bier«, schlug Kuddel vor.

»Um Himmels willen, mach das bloß nicht. Wenn der Käpt'n das rausbekommt, dann kannst du sofort deine Sachen packen.«

»Woher soll der das wissen? Wir müssen ihm ja nicht die Flaschen vor die Augen halten.«

»Da kennst du unsern Käpt'n schlecht. Wenn der unsere Fahne riecht, dann ist es aus. Er ist sonst ein Kerl, mit dem du Pferde stehlen kannst, und er steht hundertprozentig für seine Männer ein, aber wenn jemand seine Befehle missachtet, dann kennt er kein Erbarmen. Den Mann schmeißt er ohne Zeugnis im nächsten Hafen raus.«

»Überzeugt, Piet, dann lass uns einen Kaffee trinken.«

»Da bin ich bei. Ein Köm wär mir zwar lieber, aber …«

Kuddel schenkte Kaffee in zwei Pötte. »Milch? Zucker?«

»Schwarz.«

»Genau wie ich.«

Kuddel wartete, bis Piet den ersten Schluck getrunken hatte, bevor er fragte: »Ich hab gehört, ihr sollt die *Elbe 4* bergen. Was ist denn das für ein Gefühl, wenn ihr wisst, dass dort eure Kumpels verunglückt sind? Ihr habt sie doch sicher gekannt?«

»Und ob wir sie gekannt haben. Jeder von uns ist schon mal mit ihnen gefahren.«

»Wie das?«

»Die Crews werden je nach Auftrag zusammengestellt, so dass wir immer die optimale Besetzung vor Ort haben.«

»Ach so, und ich dachte, ihr bleibt immer zusammen. Weißt schon, so ein richtig zusammengeschweißter Haufen.«

»Nee, das ist in unserem Job nicht sinnvoll. Aber wenn du fragst, wie es mir bei diesem Auftrag geht, dann kann ich nur sagen: beschissen. Und den anderen dürfte es genauso gehen.«

»Wie kann das bloß passiert sein?«

»Ich hab nicht die leiseste Ahnung. Wir haben den Unfall

natürlich diskutiert, aber keiner von uns hat einen blassen Schimmer. Das Einzige, worin wir uns alle einig sind, ist, dass die Gasflaschen in der Küche explodiert sein müssen. Aber wie?« Piet zuckte mit den Schultern. »Selbst wenn es ein Gasleck gegeben hat, hätte nichts passieren dürfen. Wir haben überall an Bord Gasmelder.«

»Irgendwie muss es ja passiert sein«, setzte Kuddel nach.

»Tschja, mut wohl. Ulf meint, eine Gasexplosion wäre nur möglich gewesen, wenn jemand die Gasmelder manipuliert und dann die Gasflaschen aufgedreht hätte. Wäre dann einer mit einer brennenden Zigarette in den Raum getreten, hätte es Rumms gemacht.«

»Wer sollte so etwas gemacht haben? Das ist doch unsinnig, er wäre doch mit in die Luft geflogen. Warum sollte jemand so etwas tun?«

»Da fragst du mich zu viel. Ich kenne, oder besser gesagt, ich kannte niemanden auf der *Elbe 4*, der dazu in der Lage gewesen wäre.«

Kuddel brach ab, denn die Crew versammelte sich langsam in der Messe. Er freute sich, als er die lächelnden Gesichter beim Anblick der dick belegten Brötchen sah.

»Wer ist denn heute für das Frühstück verantwortlich?«, fragte das älteste Besatzungsmitglied. Kuddel schätzte, dass er bald in Rente gehen müsste.

»Kuddel, unser Aushilfskoch«, sagte der Kapitän und zeigte dabei auf ihn.

»Schick Jan an Deck und lass uns Kuddel in der Küche behalten«, sagte der Älteste. »So gut war unser Frühstück noch nie.«

Die anderen Männer klopften zustimmend mit den Fäusten auf den Tisch.

»Das geht leider nicht. Wenn Kuddel so weiter wirtschaftet wie heute Morgen, dann hätten wir unser Monatsbudget nach einer Woche verbraucht. Kuddel können wir uns höchstens zwei Tage leisten.«

Kuddel nahm das Lob und den angedeuteten Tadel grinsend zur Kenntnis.

Eine Viertelstunde später erhob sich der Kapitän. Das war das Zeichen zum allgemeinen Aufbruch.

»Um zwei Uhr gibt's Mittagessen. Sieh zu, dass du alles pünktlich fertig hast«, wies ihn der Steuermann an. »Piet kann dir helfen, wenn er mag.«

»Geit klor.«

Piet blieb mit ihm in der Messe zurück.

Nachdem beide Klarschiff gemacht hatten, sah sich Kuddel um, aus was er ein Mittagessen für elf Personen zubereiten konnte. In der Tiefkühltruhe fand er einen Eimer, der zu Dreiviertel mit eingefrorener Erbsensuppe gefüllt war. Als Piet sah, was er auf die Arbeitsplatte stellte, rümpfte er die Nase.

»Nicht schon wieder diesen Plörrkram!«, rief er.

»Das ist doch Erbsensuppe.«

»Klor, aber dünn wie Dünnschiet.«

»Wart's ab. Lass mal heißes Wasser über den Eimer laufen und kipp alles in den großen Topf.«

Kuddel holte inzwischen durchwachsenen Speck aus dem Kühlschrank, dazu was er an Kohlwürsten fand und ein paar Dosen Erbsen. Speck und Kohlwürste schnitt er klein. Piet stellte er währenddessen zum Kartoffelschälen an.

Die Wartezeit, bis die Erbensuppe bei schwacher Hitze aufgetaut war, verbrachten die beiden Männer mit Rauchen und Klönschnack. Kuddel versuchte noch mehr über die Katastrophe zu erfahren, doch Piet konnte ihm nicht mehr sagen, als er bereits erfahren hatte. Das einzig Neue war, dass sich außer der Besatzung noch ein Beamter der Kriminalpolizei und ein Sachverständiger der Versicherung an Bord der *Elbe 3* befanden.

Wie schon zum Frühstück, so erschien auch die Crew pünktlich um zwei Uhr zum Mittagessen. Da sie bereits draußen gerochen hatten, was Kuddel gekocht hatte, sah er nur missmutige Gesichter. Das änderte sich jedoch, sobald sie erkannten, dass die Kellen in den Terrinen fast stehen konnten. Am Ende der Mahlzeit klopften die Männer Kuddel anerkennend auf die Schulter. Der Kapitän tat es auch, allerdings mit gerunzelter Stirn. Er schien daran zu denken, wie schnell der Vorrat an Lebensmitteln unter Kuddels Händen dahinschwand.

Da Kuddel kein Abendessen zubereiten musste, setzte er mit zwei Mitgliedern der Besatzung nach Pagensand über, um die angespülten Überreste der *Elbe 4* einzusammeln. Es war eine mühselige Arbeit, denn die wasserdichten Hosen behinderten sie sehr beim Gehen und Bücken. Sie waren jedoch erforderlich, weil das Boot, das den Müll zum Bergungsschiff bringen sollte, nicht dicht genug ans Ufer fahren konnte. Um es zu beladen, mussten sie bis zur Hüfte ins Wasser gehen. Besonders unangenehm wurde es, wenn ein Frachter oder Containerschiff Pagensand passierte, denn dann gingen ihnen die Wellen bis zur Brust. Wenn sie sich nicht rechtzeitig an Bord hievten oder sich beeilten, ins flache Wasser zu kommen, wäre ihnen das Wasser in die Hosen geflossen. Da es von dort nicht abfließen konnte, musste der Betroffene umständlich die Hose ausziehen und das Wasser auskippen, oder er legte sich auf den Boden und seine Kameraden hielten ihn an den Beinen so hoch, dass das Wasser am Hals ablaufen konnte. Beides war ein unangenehmes Prozedere. Zum Glück befand sich Kuddel in Begleitung von erfahrenen Männern, die ihn rechtzeitig warnten, sich in Sicherheit zu bringen. Die missliche Lage, in der sich die drei befanden, ließ schnell ein kameradschaftliches Verhältnis entstehen. Und so erfuhr Kuddel, dass das Bergungsunternehmen kurz vor dem Bankrott stand.

»Wir wollten zusammen mit den Crews der anderen Bergungsschiffe streiken«, sagte einer der Arbeiter. »Nach drei Jahren dachten wir, es wäre an der Zeit, mal eine Lohnerhöhung zu bekommen. Das hat unser Kapitän mitgekriegt und uns gesagt, es wäre der denkbar schlechteste Zeitpunkt, denn der Firma stünde das Wasser bis zum Hals. Die Reederei, deren Frachter sie gerade auf der Doggerbank geborgen hatte, hätte Pleite gemacht, und nun bliebe das Unternehmen auf den Kosten sitzen, und wenn die Versicherung nicht bald mit der Versicherungssumme für die *Elbe 4* rüberkäme, könnten wir froh sein, wenn wir unseren Arbeitsplatz behalten.«

Nun verstand Kuddel auch, warum die Stimmung der Crew so gedrückt wirkte. Es war ihm bislang rätselhaft gewesen, denn das Verhältnis zwischen Schiffsführung und Mannschaft schien insgesamt gut zu sein.

Auf dem Bergungsschiff hatte man inzwischen damit begonnen, die Überreste des Wracks zu bergen. Die abmontierten oder abgeschweißten Teile wurden auf das Heck des Bergungsschiffes geladen. Später sollten sie von einer Schute übernommen werden. Die Arbeiten wurden von einem Schlauchboot aus von dem Kriminalbeamten und dem Spezialisten der Versicherung überwacht.

Zu Gesprächen mit anderen Besatzungsmitgliedern kam es nicht mehr.

Abends um neun Uhr war Kuddel wieder zu Hause. Er rief Hermann an und gab ihm alles durch.

Noch drei Tage blieb Kuddel an Bord, dann wurde er von dem angestammten Koch abgelöst. Beide, die Besatzung und Kuddel, bedauerten es sehr. Neue Erkenntnisse hatte er während dieser Tage nicht mehr gewonnen.

Kapitel 12

Nach Tinas Ausruf starrte auch Onno Hendriksen an. Der hatte beide Hände auf die obere Luftkammer gestützt, die Augen geschlossen. Er atmete tief ein und langsam aus, zählte bis zehn und atmete erneut durch den offenen Mund ein, hielt die Luft bis zehn an und atmete wieder langsam aus. Diesen Vorgang führte er zwanzigmal aus. Dann öffnete er die Augen. Seine Wangen hatten wieder Farbe bekommen, nicht viel, aber die grüngraue Blässe war gewichen. Er drehte sich um.

»Was war denn mit dir los? So habe ich dich noch nie gesehen. War etwas mit dem Essen, oder leidest du plötzlich an Seekrankheit?«, fragte Onno und musterte das Gesicht seines Freundes sorgenvoll.

Hendriksen lächelte gequält. Zwar fühlte er immer noch ein Kribbeln am ganzen Körper, doch den allergischen Anfall hatte er überstanden. Er hätte Onno und Tina auch den Grund für seine eigenartige Reaktion nennen können, doch er wollte sie nicht beunruhigen. Deshalb sagte er nur: »Nicht der Rede wert. Nur ein kleiner Schwächeanfall. Ist schon vorüber.« Dann wandte er sich an Tina, die am Steuer stand und den Motor auf Leerlauf geschaltet hatte, als sie seinen Anfall bemerkte.

»Fahr mal langsam an das Wrack der *Elbe 4* heran. Ich habe das Gefühl, wir werden eine Überraschung erleben.«

»Was für eine Überraschung?«, wollte Onno wissen. »Drück dich nicht so kryptisch aus.«

»Wart's ab.«

Hendriksen starrte auf die Reste des Bergungsschiffes, das jetzt bei Tiefstand der Ebbe fast ganz aus dem Wasser ragte. Sein Auge hatte auch schnell entdeckt, wonach er suchte. An einer abgerissenen Schotte hing ein Seil, das um den Zipfel einer Plastikplane geschlungen war. Der Rest der Plastikplane war von schlammigem Elbwasser verdeckt. Vielleicht einen halben Meter von dem aufgehängten Zipfel entfernt ragte ein zackiger, mit Schlamm abgedeckter Gegenstand aus der trüben Brühe.

Tina und Onno waren seinem Blick gefolgt und hatten den Gegenstand ebenfalls gesehen.

»Du meinst …?«, fragte Tina, die glaubte, Hendriksens Reaktion richtig gedeutet zu haben.

»Ich denke schon.«

»Kann mir mal einer sagen, worüber ihr euch unterhaltet?«, fragte Onno eine Spur ungehalten.

»Marten nimmt an, dass dort in dem Plastik eine Leiche liegt«, antwortete Tina an Hendriksens Stelle.

»Unsinn! Alle Toten wurden bereits geborgen und sind identifiziert. Die *Elbe 4*, oder besser das, was davon noch übrig ist, wurde gründlich abgesucht. Wenn überhaupt, könnte es nur noch Leichenteile geben, doch auch das glaube ich nicht. Der Orkan und das Hochwasser hätten sie längst fortgespült, auch wenn es makaber klingt, aber so ist es.«

»Kein Grund zum Streiten, Onno. Wir brauchen nur das Plastik aus dem Rumpf zu fischen und nachzusehen. Noch etwas. Siehst du die mit Schlick überzogenen Zacken, die aus dem Schlamm ragen?«

»Sicher, ich bin doch nicht blind.«

»Für was hältst du sie?«

Onno wiegte unschlüssig den Kopf hin und her. »Könnte alles Mögliche sein.«

»Lass mal deine Fantasie spielen, und stell dir vor, der Schlick wäre weggespült.«

»Was soll die ...« Er hielt plötzlich inne, und Hendriksen und Tina sahen, dass auch er bleich im Gesicht wurde. »Ich denke«, sagte er dann mit belegter Stimme, »das könnten Finger sein.«

»Genau das ist auch meine Meinung«, stimmte Hendriksen zu. »Deshalb bin ich auch sicher, dass wir dort eine in eine Plastikplane eingewickelte Leiche finden werden. Die Frage ist nur, wie bekommen wir sie raus? In den Schlick zu gehen, erscheint mir zu gefährlich. Selbst wenn wir unsere Hosen ausziehen, dürfte es sehr rutschig werden, und da wir den Boden nicht sehen können, könnten wir uns leicht an scharfkantigen Eisenstücken verletzen.«

»Absolut klar. In den Schiffsrumpf können wir nicht gehen. Wir sollten zur Yacht zurückfahren und uns ein paar Bootshaken holen. Dann fahren wir mit dem Schlauchboot auf die andere Seite und versuchen das Paket mit den Bootshaken herauszufischen, während Tina das Schlauchboot auf Position hält.«

»Einen Augenblick«, warf Tina ein. »Sollten wir nicht die Polizei oder Wasserschutzpolizei, oder wer immer für solche Fälle zuständig ist, benachrichtigen? Ich kenne mich zwar hier in den Verantwortungsbereichen nicht aus, bin aber sicher, dass dies ein Fall für die Behörden ist. Bei uns in Sachsen wäre das jedenfalls so. Ihr bekommt hier genauso Ärger, wenn ihr den Verantwortlichen ins Handwerk pfuscht, wie wir bei uns.«

Onno sah Hendriksen an. Der wiegte nachdenklich den Kopf.

»So unrecht hat Tina nicht«, gab er zu.

Onno war anderer Meinung. »Wenn wir die Wasserschutzpolizei hier haben, dann erfahren wir nichts mehr. Wir sitzen auf der Yacht und können uns darauf beschränken, unsinnige Fragen zu beantworten, und ich möchte wissen, wer da in meinem Schiff liegt und wie der da hingekommen ist.«

»Lass uns nachdenken. Vielleicht finden wir eine Lösung, die beiden gerecht wird. Schließlich bin ich noch immer Rechtsmediziner.«

»Ihr solltet auch an mich denken«, fuhr Tina energisch dazwischen. »Ich bin Kriminalhauptkommissarin. Auch wenn ich hier keine Rechtsgewalt habe, so muss ich doch einschreiten, wenn ihr etwas tut, was gegen das Gesetz ist.«

Hendriksen stimmte ihr zu. »Verstanden, wir werden uns etwas einfallen lassen, was uns allen drei gerecht wird. Mir ist auch schon ein Gedanke gekommen. Onno, was meinst du, wann setzt die Flut ein?«

Onno sah auf die Uhr und dann aufs Wasser. Die Boje, die die Steuerbordseite des Fahrwassers markierte, stand senkrecht. »Wir haben jetzt Niedrigwasserstillstand. Ich denke, in zwanzig Minuten, spätestens in einer halben Stunde läuft das Wasser auf.«

»Und wie lange dauert es, bis der Plastikzipfel überflutet ist?«

»Das geht schnell, 'ne gute Viertelstunde, dann dürfte nichts mehr zu sehen sein.«

»Das heißt, von jetzt an in einer Dreiviertelstunde ist nichts mehr zu sehen.«

»Wahrscheinlich schon eher.«

»Was denkst du, wie lange braucht die Wasserschutzpolizei, bis sie hier ist?«

Onno überlegte einige Augenblicke. »Kommt darauf an, ob ein Boot in der Nähe ist, was ich bezweifle. Wenn es aus Hamburg kommt, mindestens eineinhalb Stunden. Da wir es mit einem mutmaßlichen Toten zu tun haben, werden sie nicht alle Geschwindigkeitsrekorde brechen, schon um nicht unnötig Treibstoff zu verpulvern.«

Hendriksen nickte zufrieden. »In diesem Fall schlage ich vor, wir fahren zur Yacht, warten, um sicherzugehen, eine Viertelstunde und melden dann über Funk unseren Fund. Das mache ich am besten selbst, denn seit ich Tina kenne, weiß ich, wie man mit der Polizei umgehen muss.«

»Was soll denn das heißen?«, warf Tina ein.

»War ein Scherz. Aber im Ernst. Ich werde gleichzeitig durchgeben, dass wir den vermeintlichen Toten bergen werden, da in Kürze der Fundort durch die Flut überspült sein wird. Einverstanden?«

»Einverstanden«, sagte Tina.

»Ich wusste schon immer, dass du ein cleveres Kerlchen bist. Genauso machen wir es. Tina, gib Gas. Wir fahren zur Yacht«, sagte Onno.

Auf der Yacht stellte Onno zunächst die Funkverbindung her, übergab das Mikrofon an Hendriksen und verließ die

Brücke, um die Sachen für die Bergung des Toten zusammenzusuchen.

Hendriksen meldete sich: »Hier spricht Dr. Hendriksen von der *Elbe 1*. Wir befinden uns in der Höhe von Pagensand beim Wrack der *Elbe 4*. Wir glauben, im Rumpf des Wracks einen Toten entdeckt zu haben. Er ist in eine Plastikplane oder einen Plastiksack eingewickelt. Ein Teil, der wie eine Hand aussieht, ragt aus dem schlammigen Wasser. Wegen des starken Schlicküberzugs ist sie nicht eindeutig als menschlicher Körperteil zu identifizieren. Ende der Meldung.«

»Warten Sie vor Ort. Halten Sie sich vom Fundort fern. Ein Boot der Wasserschutzpolizei kommt«, kam die Anweisung zurück.

»Negativ. Die Plastikverpackung ragt nur mit einem Zipfel aus dem Wasser.« Hendriksen warf durch die Fenster der Brücke einen Blick auf die Fahrwassertonne. Sie hatte sich flussaufwärts geneigt. »Die Flut hat begonnen. In Kürze wird der Tote vom Wasser überspült sein. Ich schlage deshalb vor, wir versuchen den Toten zu bergen. Dass dies sachgemäß geschieht, kann ich garantieren. Ich bin ausgebildeter Rechtsmediziner und habe bis vor einem Jahr am Institut für Rechtsmedizin und Forensik von Professor Moorbach gearbeitet. Außerdem ist eine Kriminalhauptkommissarin der Kriminalpolizei Sachsen an Bord.«

Es herrschte einige Augenblicke Stille, dann: »Warten Sie.«

Offenbar musste der Gesprächsteilnehmer erst Anweisungen einholen. Nach einer ganzen Weile meldete er sich wieder: »Verfahren Sie wie vorgeschlagen. Wenn Sie den voraussichtlichen Toten geborgen haben, rühren Sie ihn nicht weiter an, das heißt, packen Sie ihn nicht aus.«

»Verstanden, Ende.«

Onno steckte den Kopf zur Tür herein. »Wir müssen uns beeilen. Uns läuft die Zeit davon. Die Flut hat früher eingesetzt, als ich erwartet habe.«

»Komme, bin fertig. Wir sollen den Toten bergen.« Schon waren sie auf dem Weg zum Schlauchboot.

Auf dem Boden des Bootes lagen alle möglichen Geräte, die Onno offenbar zum Bergen für notwendig hielt. Tina stand schon an der Steuerkonsole. Die beiden Männer sprangen ins Boot und lösten die Leinen. Tina gab Gas und fuhr in Richtung Wrack.

Onno und Hendriksen hängten währenddessen die dicken Fender, die für die Yacht gedacht waren, über die Bordwand des Schlauchbootes. Damit hofften sie zu verhindern, dass die Luftkammern beschädigt wurden, sobald Tina dicht an das Wrack manövrierte.

Sowie das Boot am Wrack anlag, warf Onno gekonnt eine Leine über eine herausragende Stahlkante und band das Boot fest.

Ein Blick auf die etwa zwei Meter entfernte Plastikspitze zeigte ihnen, dass es höchste Zeit war, mit der Bergung des angenommenen Toten zu beginnen. Erste kleine Wellen schwappten bereits darüber hinweg.

Onno griff zu einem Bootshaken und drückte den anderen Hendriksen in die Hand.

»Ich versuche mit meinem Haken unter das Seil zu fassen, und sobald ich die Spitze über den Stahldorn gehoben habe, erfasst du mit deinem Haken die Verschnürung weiter hinten. Danach mache ich das Gleiche wieder ein Stückchen weiter Richtung Fußende. Ich hoffe, dass wir so das Paket von der Stahlwand freibekommen«, schlug Onno vor.

»Okay, mach hin. Sonst sehen wir nichts mehr«, drängte Hendriksen.

Die Operation gestaltete sich schwieriger als angenommen. Zum Glück hatte Onno mit dem Bootshaken auf Anhieb unter das Seil fassen können. Die Plastikspitze jedoch von dem Stahlzacken zu befreien, dauerte etwas, da das Paket sich noch irgendwo am Boden verhakt haben musste. Das Lösen gelang erst, als Hendriksen mit seinem Bootshaken am Paket entlangfuhr und es durch Rucken vom Boden löste. Die Flut war inzwischen so hoch gestiegen, dass die Freunde nicht mehr sehen konnten, was sie taten.

Als sie das Paket gelöst hatten, waren sie mit dem nächsten Problem konfrontiert. Es war zwar leicht, es an die Bordwand zu ziehen, doch es mit den Bootshaken darüber zu bekommen, war unmöglich. Sobald sie es aus dem Wasser hatten, hing das gesamte Gewicht an den beiden Bootshaken. Obwohl sie es wiederholt versuchten, es gelang ihnen nicht, vom Schlauchboot aus die Bootshaken hochzuheben und es über die Bordwand zu ziehen. Das lag zum einen daran, dass sie im Schlauchboot keinen festen Stand hatten, und zum anderen hatten sie nicht genügend Kraft, den zweieinhalb Meter entfernten Körper hochzuheben. Tinas Angebot mitzuhelfen, war zwar nett gemeint, doch es gab nur diese zwei Bootshaken.

»So hat das keinen Sinn«, sagte Hendriksen schließlich. »Wir sollten warten, bis die Flut so hoch ist, dass der Körper über die Bordwand des Wracks schwimmen kann.«

»Einverstanden«, stimmte Onno schnaufend zu. »Wir müssen aber die Haken sichern, damit die Leiche nicht wieder versinkt. Kannst du meinen Haken halten, während ich ihn mit einem Tampen an das Sicherungsseil des Schlauchboots binde?«, fragte er Tina.

Die klemmte mit einer Leine das Steuerrad fest und nahm Onno den Bootshaken ab. Ihn zu halten, war ohne Kraftaufwand möglich, da der Körper sich noch unter der Wasseroberfläche befand.

Onno sicherte erst seinen, dann Hendriksens Bootshaken. Anschließend ließen sich die beiden Männer erschöpft zu Boden sinken.

Es dauerte fast vierzig Minuten, bis das Wasser so hoch gestiegen war, dass sie den Körper über die Bordwand des Wracks ins Schlauchboot ziehen konnten.

Die Leiche danach aus dem Schlauchboot auf die Yacht zu hieven, bereitete keine Schwierigkeiten, denn dazu nutzten sie die Seilwinde der Davits.

Hendriksen bekämpfte seine Leichenallergie mit reiner Willenskraft. Er konnte allerdings nicht verhindern, dass ihn in Abständen Kälteschauer überfielen. Doch er wusste, dass alles sich wieder normalisieren würde, sobald die Leiche aus seinem näheren Bereich entfernt war, und zwang sich, die Symptome zu ignorieren. Er ging in die Messe, holte sein Smartphone, das er sicherheitshalber an Bord gelassen hatte, und fotografierte die Verpackung der Leiche von allen Seiten.

»Leiche hin oder her, ich habe Hunger. Was haltet ihr davon, wenn Kevin uns eine Brotzeit zurechtmacht? Bis die Wasserpolizei eintrifft, können wir nichts tun.«

»Gute Idee«, stimmte Hendriksen zu.

»Ich habe keinen Hunger«, antwortete Tina und sah auf den eingewickelten Toten. Offenbar konnte sie sich nicht vorstellen, mit einer Leiche in der Nähe etwas zu essen.

»Nun schau den Toten nicht so mitfühlend an. Das hier ist doch nur seine Hülle. Er selbst schwebt doch längst auf Wolke sieben und schaut uns, wenn er denn überhaupt daran interessiert ist, nur mitleidig zu. Außerdem geht es ihm, da wo er jetzt ist, erheblich besser. Also, wirf deine Skrupel über Bord und komm mit. Der Appetit kommt mit dem Essen, wie es so trefflich heißt.« Onno sah Tina auffordernd an.

»Nun gut, wahrscheinlich hast du recht«, antwortete sie. »Ich möchte mich aber zuvor frisch machen.«

»Kein Problem. Hier sind vier Kabinen an Bord. Sucht euch jeder eine aus. Ich sage nur eben Kevin Bescheid.«

Während Onno in die Messe ging, suchten Tina und Hendriksen die Kabinen aus.

Als Erster betrat Hendriksen die Messe. Er ließ sich von Kevin ein Bier geben. Kurz nach ihm kam Onno. Auch er sah frisch gewaschen aus, und auch er nahm ein Bier. Auf Tina mussten die Männer warten. Als sie schließlich erschien, sahen sie an ihren nassen Haaren, dass sie die Gelegenheit genutzt hatte, um zu duschen.

Sie hatten ihre Brotzeit längst beendet, als sich das Boot der Wasserschutzpolizei näherte. Die Dämmerung war hereingebrochen, und da der Himmel mit Regenwolken verhangen war, konnten sie die beiden Wracks nur anhand der ausgebrachten Leuchtbojen erkennen.

Onno, Hendriksen und Tina gingen nach draußen, um

dem Polizeiboot beim Anlegen an die Yacht zu helfen. Als es längsseits lag, übernahmen Onno und Hendriksen die Seile und belegten sie auf den Backbordklampen am Bug und Heck.

»Bitte an Bord kommen zu dürfen«, sagte ein Mann in Zivil.

»Erlaubnis erteilt«, antwortete Onno dem höflichen Ritual der Skipper folgend.

Der Mann sprang an Bord und stellte sich als Edwin Meinhardt, Kriminalhauptkommissar von der Mordkommission Hamburg, vor. Ihm folgten zwei weitere Männer und eine Frau. Der KHK stellte auch sie vor.

Hendriksen, der sich abseits gestellt hatte, um die Ankömmlinge nicht im Zweifel zu lassen, wer der Skipper der Yacht war, hatte nur Augen für die Frau. Sie war um die Vierzig, schön und wohlgebaut. Er musste lächeln, als er sie sah.

Onno winkte ihn und Tina, die neben Hendriksen getreten war, zu sich heran, um auch sie vorzustellen.

Meinhardt begrüßte Tina mit »Frau Kollegin« und machte damit deutlich, dass er sie als Kriminalbeamtin akzeptierte. Als Onno auch die Frau vorstellen wollte, winkte Hendriksen lächelnd ab.

»Nicht nötig, ich kenne Frau Professor Dr. Silke Moorbach schon seit einer ganzen Weile. Ich habe in ihrem Institut als Rechtsmediziner gearbeitet, bis sie mich vor gut einem Jahr rauswarf.«

»Glauben Sie ihm kein Wort, jedenfalls nicht, dass ich meinen besten Rechtsmediziner rausgeworfen hätte«, sagte Professor Moorbach ebenfalls lächelnd. »Was hat dich denn hierher verschlagen?«

»Die Arbeit. Aber das Gleiche wollte ich dich gerade fragen. Sind dir die Leichen ausgegangen und du bist auf Akquisitionstour?«

»Hatte leider Notdienst. Hättest du nicht ein paar Stunden früher anrufen können? Dann wäre ich aus dem Schneider gewesen.«

»Mach nicht mich dafür verantwortlich, sondern den Mann im Mond. Der ist für Ebbe und Flut zuständig.«

»Ich glaube, wir sollten an die Arbeit gehen«, unterbrach Meinhardt das Wortgeplänkel. »Wo befindet sich das besagte Paket?«

»Es liegt am Heck. Ich führe Sie hin.«

Ohne eine Antwort abzuwarten, ging Onno voraus. Das Paket lag in der Mitte des Hecks und wurde von einem starken Schweinwerfer beleuchtet.

Meinhardt sah sich das verschnürte Objekt von allen Seiten an und nickte dann den beiden Technikern zu. »Euer Bier.«

Die Männer hatten gar nicht auf seine Anweisung gewartet, sondern waren bereits dabei, zu prüfen, wie sie das Seil aus kriminaltechnischer Sicht am besten lösten. Auch wenn keiner annahm, dass sich noch Spuren daran befanden, so wollten sie doch jede Unachtsamkeit vermeiden.

Während einer der Männer das Objekt von jeder Seite fotografierte, begann der andere das Seil zu lösen.

Meinhardt nahm Onno zur Seite und fragte ihn, ob seine Crew mit der Yacht zurück nach Hamburg fahren könne.

»Selbstverständlich«, antwortete Onno.

Meinhardt ging daraufhin nach Backbord, bis er sich auf Höhe der Brücke des Bootes der Wasserschutzpolizei befand.

»Ihr braucht nicht zu warten. Wir fahren mit der Yacht nach Hamburg.«

»Okay, danke«, kam es zurück.

Meinhardt löste die Bugleine, und Hendriksen tat das Gleiche am Heck. Das Boot der Wasserschutzpolizei löste sich von der Yacht. Als es von der Bordwand frei war, erhöhte es die Geschwindigkeit und drehte mit einer eleganten Kurve Richtung Heimat.

Hendriksen hatte sich so positioniert, dass er sehen konnte, was die Tatortspezialisten taten. Er hatte unauffällig sein Smartphone gezückt und filmte ihre Arbeit, damit er später eine Möglichkeit hatte, jeden Schritt detailgetreu zu analysieren.

Meinhardt stand bei Tina, beide unterhielten sich. Während Tina ab und an zu Hendriksen hinüberblickte, beachtete ihn der KHK nicht. Professor Moorbach stand am Fußende des Objekts und hatte nur Augen für die Leiche.

Die beiden Tatortspezialisten entfernten die Leine, indem sie die Knoten mit einem scharfen Messer so heraustrennten, dass an beiden Enden ein handbreites Stück Leine überstand. Wie Hendriksen wusste, würden die Knoten später im Labor genau untersucht werden. Aus der Art und Weise, wie sie geknüpft waren, konnte man auf einen bestimmten Tätertyp schließen. Ein Seemannsknoten würde auf einen Seemann hindeuten, ein Knoten, wie ihn die Schlachter bei der Wurst verwendeten, auf einen Fleischer und so weiter. Viele Berufe, die mit Band umgingen, hatten für ihre Zwecke besondere Knotenarten entwickelt. Auch bestand die Möglichkeit, festzustellen, ob es sich um einen jungen oder älteren Täter handelte, denn manche Knoten waren mit der Zeit aus der Mode gekommen und durch andere, meist einfachere ersetzt worden.

Nachdem Knoten und Leinenstücke in Plastiktüten verstaut und diese beschriftet worden waren, begannen die Spezialisten damit, die Plastikplane zu öffnen, wobei einer der Männer jeden Schritt fotografierte. Auch Hendriksen filmte weiter mit.

Als die Leiche frei lag, begann Professor Moorbach sie zu untersuchen. Sie stellte den Tod offiziell fest und nannte als vorläufige Todesursache einen zertrümmerten Schädel. Mordwerkzeug könnte ein schwerer Gegenstand gewesen sein. Ohne sich festzulegen, tippte sie auf einen Hammer oder ein Beil. Auf den Todeszeitpunkt wollte sie sich nicht festlegen, denn dadurch, dass die Leiche in eine Plastikfolie eingewickelt war, war der Einfluss des Wassers auf den Verwesungsvorgang nicht abzuschätzen. Auch zu einer groben Schätzung ließ sie sich von KHK Meinhardt nicht überreden.

Hendriksen setzte seine Leichenallergie sehr zu, doch er zwang sich, nachdem Silke Moorbach ihre Untersuchungen beendet hatte, zu der Leiche zu gehen und sie sich mit eigenen Augen aus der Nähe anzusehen. Er kam zum gleichen Schluss wie seine frühere Chefin. Einen Todeszeitpunkt nur durch Inaugenscheinnahme festzustellen, war unmöglich. Zu viele Faktoren wie Temperaturen, Verweildauer im Wasser und Ähnliches mussten berücksichtigt werden, und das war nur bei einer Autopsie im Institut möglich.

Bei der Leiche handelte es sich um einen Mann, etwa um die Vierzig. Er war mit einem rosa Oberhemd mit weißen Längsstreifen und einer verwaschenen steinblauen Jeans bekleidet. Strümpfe trug er nicht, und nur am rechten Fuß trug er einen braunen Sneaker. Der frei liegende Fuß machte einen gepflegten Eindruck, so als wäre der Mann regelmäßig zur Pediküre gegangen.

Die linke Hand ab Handgelenk fehlte.

»Die Hand ist wahrscheinlich bei der Bergung, die sich sehr schwierig gestaltete, abgerissen«, gab Hendriksen an.

Seine Aussage wurde von KHK Meinhardt zu Protokoll genommen.

Nachdem die Untersuchung der Leiche beendet und sie wieder abgedeckt war, lud Onno Professor Moorbach und die Beamten zu einem Umtrunk in die Messe ein. Da er als Bootseigner seine Gäste nicht allein lassen wollte, bat er Hendriksen, die Bootsführung zu übernehmen. Nach einiger Zeit gesellte sich Tina zu ihm.

Kapitel 13

Um elf Uhr abends ließen sich Tina und Hendriksen endlich auf die Couch in seinem Wohnboot fallen. Beide waren erschöpft. Nachdem sie abends am Dalmannkai angelegt hatten und die Leiche verladen worden war, um im Institut von Professor Moorbach untersucht zu werden, fuhren Onno, Tina und Hendriksen mit Kriminalkommissar Meinhardt zum Polizeipräsidium, um ihre Aussagen zu Protokoll zu geben. Als sie die Aussagen unterschrieben hatten, durften sie gehen. Mit einem Taxi fuhren Hendriksen und Tina zu seinem Boot. Tina hatte zunächst protestiert. Sie wollte in Lizzis Wohnung übernachten, doch Hendriksen hatte sie überredet, mit zu ihm zu kommen. Er hielt es für unsinnig, dass sie nach den Erlebnissen des Tages in der großen, für sie fremden Villa allein war. Es war in ihrem Beruf zwar nichts Ungewöhnliches, mit Ermordeten umzugehen, doch da befand sie sich in ihrer gewohnten Umgebung. Hier jedoch war sie fremd, und was er für noch schlimmer hielt: Sie war allein, allein mit ihren Gedanken und Gefühlen. Es bedurfte keiner besonderen Überredungskunst, sie von ihrem Entschluss abzubringen.

»Was möchtest du? Ich könnte dir einen Whisky, einen Single Malt, anbieten oder einen Weißherbst vom Kaiserstuhl.«

»Du hast Alkohol im Haus?«, fragte Tina erstaunt. »Ich denke, du trinkst keinen.«

»Ganz so ist es nicht. Ich mache mir nur in der Regel nicht viel daraus. Aber manchmal ist ein Schluck oder zwei zum Entspannen gut. Und heute ist manchmal. Außerdem ist er ein Geschenk von einem zufriedenen Kunden.«

»Ist der Weißherbst gekühlt?«

»Natürlich, was hältst du von mir? Dass ich mir normalerweise nicht viel aus alkoholischen Getränken mache, heißt nicht, dass ich damit nicht umgehen kann.«

»Entschuldige, ich wollte dir nicht zu nahe treten.«

»Schon gut. Könntest du dich nun dazu durchringen, eine Entscheidung zu fällen?«

»Was trinkst du?«

Hendriksen warf gespielt verzweifelt die Hände in die Luft. »Ich habe dich gefragt.«

»Dann nehme ich Weißherbst.«

»Gute Wahl, denn dafür habe ich mich auch entschieden.«

Er holte zwei Weingläser aus dem Hängeschrank über der Pantryküche und nahm aus dem Kühlschrank eine Flasche Weißherbst, drehte den Schraubverschluss ab, goss den Wein in die Gläser und reichte eins Tina.

»Auf dein Wohl und deinen Einblick in die Arbeit eines Privatdetektivs. Hat es dich auf den Geschmack gebracht?«

Sie stießen an und tranken einen Schluck. Tina sah Hendriksen nachdenklich über den Rand ihres Glases hinweg an. Sie wusste, dass sie sich irgendwann in naher Zukunft entscheiden musste, aber nicht heute, nicht wenn sie abgespannt war und nur eine Episode im Leben eines Privatdetektivs miterlebt hatte. Auch wusste sie nicht, wie sich ihr Verhältnis zu ihm entwickeln würde. Auf der einen Seite liebte sie ihre Freiheit, auf der anderen fühlte sie sich in seiner Nähe wohl. Sie mochte seine unkomplizierte Art, an Aufgaben heranzugehen. Aber sie wollte kein vorübergehendes Verhältnis. Das hatte sie schon zweimal erlebt, und die seelischen Schmerzen, wenn es zerbrach, wollte sie nicht noch einmal durchmachen. Sie wusste einfach nicht, was sie tun sollte. Im Grunde hatte sie Angst, einen Fehler zu begehen. Aber all das wollte sie nicht mit Marten durchdiskutieren, jedenfalls nicht heute, und deshalb sagte sie nur: »Dränge mich nicht. Lass uns den Abend genießen.«

Als sie seinen enttäuschten Blick sah, beugte sie sich zu ihm hinüber und gab ihm einen Kuss.

»Sei mir nicht böse, aber heute möchte ich nur in deiner Nähe entspannen«, flüsterte sie.

Sofort leuchteten Hendriksens Augen wieder auf.

Am nächsten Morgen war Hendriksen als Erster wach. Leise, um Tinas Schlaf nicht zu stören, duschte er und erledigte seine Morgenrituale. Als er angezogen war, schlich er durch das Schlafzimmer und verschwand im Salon. Hier räumte er zunächst auf und öffnete die Fenster, um die frische Morgenluft hereinzulassen. Dann richtete er das Frühstück her. Er setzte sich an den Esstisch und genoss die Ruhe und den frisch gebrühten Tee. Eine Weile später schaute ein wuscheliger Kopf in den Salon.

»Hm, das riecht gut! Warte noch einen Augenblick, ich bin gleich fertig. Ich möchte mit dir zusammen essen.«

Der Kopf verschwand, und wenig später hörte Hendriksen das Rauschen der Dusche. Keine zehn Minuten später erschien Tina in der Tür. Hendriksen wurde es bei ihrem Anblick warm ums Herz. Er war sich sicher, dass er diese Frau liebte.

Tina setzte sich zu ihm, und er schenkte ihr Kaffee ein.

»Für mich war es eine wundervolle Nacht. Ich habe geschlafen wie ein Kind.«

Auch Tina lächelte schelmisch, als sie antwortete: »Kam mir nicht so vor.« Hendriksen wollte etwas erwidern, doch Tina unterbrach ihn. »Auch für mich war es wunderschön. Ein ruhiges Bett ist doch etwas ganz anderes, als wenn das Bett von Wellen geschüttelt in eine Richtung will und man selbst in eine andere.«

»Da stimme ich uneingeschränkt zu. Man kann viel zielgerichteter agieren.«

Tina wollte das schlüpfrige Thema wohl nicht weiterverfolgen, denn sie fragte: »Wie geht es jetzt weiter? Was wollen wir tun, oder genauer, was soll ich tun?«

Hendriksen ging auf den Themenwechsel ein. »Im Grunde das, was wir schon besprochen haben. Du gehst Onnos Fall nach, und ich kümmere mich um die Diamanten. Aber zunächst fahren wir in die Agentur und hören uns an, was die Rentnergang herausgebracht hat.«

»Wollten wir das nicht ursprünglich umgekehrt machen? Ich die Diamanten und du den Fall deines Freundes?«

»Kann sein, aber ich habe mir das Ganze noch einmal überlegt. Mir ist es lieber, du kümmerst dich um die *Elbe 4*, denn du kannst unvoreingenommen an die Aufgabe herangehen. Sollte sich der Fall für Onno negativ entwickeln, könnte ich in einen Interessenkonflikt geraten.«

»Verstehe, daran habe ich nicht gedacht.«

»Ich schätze, bei den Diamanten habe ich als Mann Vorteile, denn ich werde es zunächst mit Frauen zu tun haben. Nach Lizzis nicht gerade feinfühliger Art bei den Vernehmungen dürften die Betroffenen froh darüber sein.«

»Willst du damit sagen, sie werden deinem Charme erliegen?«

»Treffender hätte ich es nicht ausdrücken können.«

Nach dem Frühstück bot sich Tina an, den Abwasch zu erledigen, was Hendriksen gerne annahm. Er nutzte die Zeit, um in der Uni-Klinik anzurufen und sich nach Lizzis Gesundheitszustand zu erkundigen. Der Stationsarzt der Intensivstation teilte ihm mit, dass sie außer Lebensgefahr sei und auf die Innere verlegt wurde. Die frohe Botschaft teilte er unverzüglich Tina mit.

In der Agentur erwartete sie eine Überraschung, die Hendriksens Planung über den Haufen warf. Als sie die Eingangstür öffneten, hörten sie aus dem Empfangszimmer weibliche Stimmen. Hendriksen sah Tina verwundert an. Die grinste. Sie schien die Stimmen erkannt zu haben.

»Ja, wen haben wir denn da?«, rief Hendriksen freudig, als er ins Vorzimmer trat.

Er ging auf Petra Bolkow zu und umarmte sie.

»Hallo, Marten, sei mir nicht böse, dass ich hier so unangemeldet aufkreuze, aber ich hatte sonst keinen Anlaufpunkt.«

»Böse? So ein Unsinn. Ich freue mich sehr, dich wiederzusehen. Hast du schon gefrühstückt?«

»Jetzt mach mal eine Pause, schließlich möchte auch ich Petra begrüßen«, ging Tina dazwischen.

Nun umarmten sich auch die Frauen.

»Ich nehme an, du hast dich schon mit Dörte, unserer Stütze der Verwaltung, bekannt gemacht. Ohne Sie wäre es hier ein einziges Durcheinander.«

»Hören Sie nicht auf ihn, er übertreibt maßlos«, warf Dörte ein.

»Und um deine Frage zu beantworten: Ich habe schon an der Autobahn gefrühstückt. Sag mir lieber, ob ihr etwas von Lizzi gehört habt. Ich will euch nicht kränken, aber ihretwegen bin ich hier.«

»Jetzt müsste ich beleidigt sein, aber da ihr ein Liebespaar seid, will ich dir noch mal verzeihen. Ich habe vorhin im Krankenhaus angerufen. Lizzi geht es besser. Sie wurde von der Intensivstation auf die Innere verlegt.«

»Gott sei Dank!« Petras Augen begannen feucht zu schimmern. »Ihr glaubt gar nicht, was für ein Stein mir vom Herzen fällt. Bitte, erzähl mir, was ist passiert, und wie ist es Lizzi ergangen?«

Hendriksen berichtete ihr kurz vom Geschehen. Petra unterbrach ihn nicht, sondern nickte nur. Trotzdem konnte er an ihrer Miene erkennen, wie sehr sie seine Worte mitnahmen. Als er geendet hatte, fragte Tina, ob sie schon eine Unterkunft gefunden hätte. Petra verneinte, Tina schlug daraufhin vor, sie könne mit ihr zusammen in Lizzis Apartment wohnen. Ein Angebot, das Petra gerne annahm. Doch zuerst wollte sie ins Krankenhaus fahren und nach Lizzi sehen. Hendriksen bot ihr an, sie zu begleiten, damit sie nicht unnötige Zeit mit der Suche nach der Abteilung für Innere Medizin verlor. Außerdem befürchtete er, die Stationsschwestern würden sie zu dieser morgendlichen Stunde nicht zu Lizzi lassen. Ihm als Arzt hingegen räumte man gewöhnlich größere Freiheit ein. Auch dieses Angebot nahm Petra dankbar an.

Obwohl Hendriksen sie noch gar nicht lange kannte, waren sie Freunde. Er hatte ihr Schloss Bolkow von mörderischen »Geistern« befreit. Tina war später dazu gekommen und hatte von polizeilicher Seite entscheidend zum Erfolg beigetragen. Aus der nicht immer reibungslosen Zusammenarbeit war eine herzliche Freundschaft zwischen den dreien entstanden.

Während die beiden zum Krankenhaus fuhren, ging Tina in Lizzis Arbeitszimmer. Sie setzte sich hinter den Schreibtisch und überlegte, wie sie ihren Auftrag am sinnvollsten anpacken könnte. Weit kam sie nicht, denn Hermann tauchte auf, um wie von Hendriksen angeordnet Bericht zu erstatten über das, was die Rentnergang herausgefunden hatte.

Da der Chef nicht anwesend war, kam er zu Tina und berichtete ihr die Ergebnisse. Das einzig Neue war das, was Kuddel herausgefunden hatte.

»Danke für eure Bemühungen«, sagte Tina. »Erzähl das noch einmal Dörte, damit sie es zu Protokoll nimmt. Stellt eure Nachforschungen jetzt ein. Ich glaube, es hat keinen großen Sinn mehr, oder was denkst du?«

»Ick glöv dat auch neech.«

»Gut, Hermann, ich lege Marten eine Notiz auf den Tisch und sage ihm, dass ich euch gebeten habe, die Nachforschungen einzustellen. Wenn er anders darüber denkt oder neue Aufträge für euch hat, ruft er dich an. Jetzt geh bitte zu Dörte.«

»Geit klor und tschüss ook.«

»Mach's gut, und sag deinen Freunden herzlichen Dank für ihre Arbeit.«

»Mook ick.«

Nachdem Hermann die Tür hinter sich geschlossen hatte, lehnte sich Tina in ihrem Stuhl zurück, schloss die Augen und ließ die Gedanken eine Weile unkontrolliert kreisen. Dabei wurde ihr klar, dass sie einen Weg finden musste, um an ungefilterte Informationen heranzukommen, und die würde sie nur außerhalb des Bergungsunternehmens finden. Aber wo? Sie hielt es für sinnvoll, sich mit der Gegend um den Fundort vertraut zu machen. Vom Wasser aus hatte sie schon einen Eindruck bekommen, nun wollte sie sich die Landseite genauer ansehen. Sie griff zum Telefon.

»Dörte, ich brauche eine Straßenkarte mit einem großen Maßstab von der Gegend westlich von Hamburg. Haben wir so etwas?«

»Muss ich nachsehen.«

»Tu das, bitte.«

Es dauerte etwas bis Dörte mit mehreren Karten und einem Atlas unter dem Arm Tinas Arbeitszimmer betrat.

»Das ist alles, was wir haben. Ich habe keine Ahnung, was ein großer und was ein kleiner Maßstab ist, deshalb habe ich alles mitgebracht, was ich von der gewünschten Gegend finden konnte.«

Tina blätterte die Karten durch und behielt eine. Die anderen schob sie Dörte zurück.

»Das mit dem Maßstab ist ganz einfach zu merken. Je kleiner der Wert hinter dem Doppelpunkt, desto größer ist der Maßstab, oder je größer der Wert hinter dem Doppelpunkt, desto kleiner der Maßstab.«

»Das kann ich mir merken, auch wenn ich nicht weiß, wieso das so ist.« Dörte nahm die restlichen Karten wieder an sich und verließ das Büro.

Tina breitete die Straßenkarte auf dem Schreibtisch aus und studierte den Bereich zwischen Wedel und Glückstadt. Was ihr sofort ins Auge fiel, war, dass das gesamte Gelände von Wedel bis zur Elbmündung auf beiden Seiten von Flüssen und Entwässerungskanälen durchzogen war. Marschland, wie sie der Karte entnahm. Die vielen blauen Striche brachten sie auf einen Gedanken. Wo es Wasser gab, da gab es auch Angler, und die könnten mehr gesehen haben, als sie bisher erfahren hatten.

Sie schaltete den Computer ein und rief die eingegebenen Ermittlungsergebnisse auf. Sie waren auf mehrere Dateien verteilt. Sie fand es mühsam, einen Überblick über die drei Fälle, die die Agentur gleichzeitig bearbeitete, zu gewinnen. *Hier muss Ordnung geschaffen werden*, sagte sie sich. Sie griff nach einem Zettel, auf dem sie ihre Gedanken notierte, und ging mit ihm zu Dörte.

»Ich denke, wir sollten uns ein elektronisches Falltagebuch anlegen. Darin werden alle Ermittlungsergebnisse chronologisch eingetragen. So ein Tagebuch hat den Vorteil, dass jeder schnell einen Überblick über den Sachstand und die ergriffenen Maßnahmen gewinnen kann, ohne dass langfristige Besprechungen erforderlich sind, was bei dem wenigen Personal und den unterschiedlichen Arbeitszeiten der Ermittler sehr hinderlich ist. Ich habe dir hier eine mögliche Gliederung skizziert.« Sie reichte Dörte den Zettel. »Wirst du daraus schlau?«

Dörte nahm den Zettel und las ihn zweimal durch. »Ich

denke schon«, sagte sie dann. »Hast du das mit Marten abgestimmt?«

»Noch nicht, mache ich, sobald ich ihn sehe. Ich bitte dich jedoch, das Falltagebuch schon einmal anzulegen.«

»Okay, mach ich«, antwortete Dörte zögerlich. Es schien sie zu stören, Anweisungen von Tina entgegenzunehmen, die in gut zwei Wochen wieder abgereist sein würde. Doch dann fuhr sie bereitwillig fort: »Lass mal sehen, ob ich deinen Zettel richtig verstehe. Der Ordner, den ich anlege soll, heißt:

Fall 1 Explosion eines Bergungsschiffes,
Fall 2 Diamantenraub,
Fall 3 vermisster Prokurist der Juwelierfirma De Boer.

Für jeden dieser Fälle soll ich darunter eine eigene Datei anlegen, und in diesen Dateien sollen nach Tagen geordnet die Ermittlungsergebnisse eingetragen werden. Soweit richtig?«

»Absolut. Dazu kommen dann noch die beschlossenen Maßnahmen. Zur besseren Übersicht sollten diese in Rot eingetragen werden.«

»Okay, ich mache es so.«

Tina bedanke sich bei Dörte und ging in ihr Büro zurück. Sie steckte die Karte in ihre Handtasche und nahm ihre Wetterjacke über den Arm. Von Dörte ließ sie sich den Schlüssel für den Beobachtungsbulli geben und bat, Hendriksen auszurichten, sie sei zu Ermittlungen in die Haseldorfer Marsch gefahren.

Sie ging hinunter in die Tiefgarage. Liebevoll strich sie über die Windschutzscheibe.

»Na, du? Wollen wir heute mal allein auf Tour gehen?«

Tina hatte ein besonderes Verhältnis zu dem Bulli. In ihm war sie Hendriksen zum ersten Mal begegnet. Es war bei einem Unwetter auf der Autobahn Hamburg-Berlin gewesen. Sie hatte es mit zwei platten Hinterreifen gerade noch auf einen Parkplatz geschafft. Als sie über Handy den ADAC-Pannendienst anrufen wollte, war der Akku leer. Es goss in Strömen, die Sicht war gleich null, so dass es lebensgefährlich gewesen wäre, zurück zur Autobahn zu gehen, um nach einer Telefonsäule zu suchen, abgesehen davon, dass sie in Sekunden durchnässt gewesen wäre. Eine halbe Stunde hatte sie im Auto gesessen und überlegt, was sie tun könnte, als ein Van hinter ihr auf den Parkplatz fuhr. Ohne groß nachzudenken, war sie ausgestiegen und hatte an die Seitentür geklopft, in der Hoffnung, dass der Fahrer über sein Handy Hilfe rufen könnte. Der Fahrer war Marten Hendriksen gewesen. Er hatte sie sofort in seinen Wagen steigen lassen, ihr aus seiner Reisetasche trockene Kleidung gegeben und sie mit heißem Pfefferminztee versorgt. Alles, was er getan hatte, war ohne Hintergedanken und aus reiner Hilfsbereitschaft geschehen. Sie hatte sich sofort in ihn verliebt. Immer wenn sie den Bulli sah, kam ihr diese Episode in den Sinn.

Sie stellte das Navi auf Haseldorf ein.

In Hamburg herrschte starker Berufsverkehr, so dass sie fast eine Stunde bis Wedel benötigte. Von dort führte sie das Navi Richtung Uetersen. Auf halber Strecke in Holm musste sie links abbiegen. Von dort aus waren es nur noch sieben Kilometer bis zu ihrem Ziel. Während dieser kurzen Strecke überquerte sie vier Wasserläufe, die alle in Richtung Elbe flossen.

Die Straße führte sie um den Schlosspark des Herrenhauses herum. Es gehörte noch heute dem Prinzen von Schoenaich-Carolath-Schilden. Sie hatte den Park fast umrundet, als zu ihrer rechten Seite eine Gastwirtschaft auftauchte. Sie fuhr auf den Parkplatz, nahm die Karte zur Hand und studierte den Bereich entlang der Elbe. Sie wollte so nahe wie möglich an den Elbdeich kommen, denn von hier aus glaubte sie, den besten Überblick über das Elbvorland und die vorgelagerten Inseln zu haben. Sie entdeckte ganz in der Nähe einen kleinen Hafen, der über eine Straße zu erreichen war. Zwar konnte sie auf der Karte nicht erkennen, ob es dort Parkplätze gab, doch wenn dorthin eine Straße führte, musste es auch Möglichkeiten zum Abstellen von Autos geben. Also ließ sie den Motor wieder an und folgte der Hauptstraße. Sie passierte einige Häuser von Scholenfleth, bog dann nach links Richtung Elbe ab. Eine schmale Straße führte über den Deich. Gleich dahinter lag der Hafen. Er war klein und nur für Sportboote geeignet. Zurzeit lagen hier fünf Boote. Da Ebbe herrschte, waren sie trocken gefallen, oder passender gesagt: Ihre Kiele steckten im Schlick. Außer einem Kleinlaster befand sich kein weiteres Auto auf dem Parkplatz.

Tina stellte den VW ab, stieg aus und ging zum Deich zurück. Vor ihr lag der Bereich, den sie gestern mit der Yacht erkundet hatten. Direkt voraus lagen Auberg und Drommel, etwas weiter in Richtung Elbmündung kamen Bishorster Sand und Pagensand. Die Inseln waren durch die Haseldorfer und Pagensander Binnenelbe vom Festland getrennt.

Zwar war der Himmel bedeckt, und es sah immer mal wieder so aus, als würde es regnen, doch die Sicht war gut, so dass sie sogar das Wrack des Kümos und auch das Bergungsschiff *Elbe 3* ausmachen konnte. Sie hätte sich ohrfeigen können, dass sie kein Fernrohr mitgenommen hatte. Ihr kam ein Gedanke. Der Bulli war für Observationen ausgerüstet, müsste also ein Fernrohr an Bord haben. Sie ging zum Auto zurück und fand in einem der Schapps ein Nachtglas mit zehnfacher Vergrößerung. Daneben lag eine Digitalkamera mit Zoomobjektiv. Sie nahm beides mit.

Kapitel 14

Nach Hendriksens Gespräch mit dem Stationsarzt war es Petra erlaubt, Lizzi für einige Augenblicke zu besuchen. Hendriksen wollte die Begegnung der Liebenden nicht stören und wartete vor dem Krankenzimmer. Petra hielt sich an die Anweisung des Stationsarztes. Als sie herauskam, war ihr Gesicht von Tränen und Mascara verschmiert. Hendriksen sagte nichts, sondern nahm sie in die Arme und streichelte sanft über ihren Rücken. Petra schniefte ein paarmal, dann löste sie sich aus seinen Armen und suchte in ihrer Handtasche nach einem Papiertaschentuch, mit dem sie ihr Gesicht abwischte.

»Ich muss fürchterlich aussehen«, sagte sie und lächelte gequält.

»Vergiss es. Nur ein wenig schwarz im Gesicht«, versuchte er sie aufzuheitern.

Petra erwiderte nichts, doch Hendriksen konnte sehen, wie sich ihre Gesichtszüge etwas entspannten.

Er führte sie den Gang entlang. Als sie an dem Glaskasten, in dem die Stationsschwester saß, vorbeikamen, erkundigte er sich, ob es hier eine Damentoilette für Besucher gab.

»Gegenüber den Fahrstühlen«, antwortete sie.

Sie folgten der Anweisung, und Petra verschwand hinter der Toilettentür. Nach gut fünf Minuten kam sie wieder heraus. Die sorgenvolle Miene, mit der sie zum Krankenhaus gefahren war, war verschwunden. Das Make-up war akkurat erneuert worden, und was für den Arzt in Hendriksen viel wichtiger war: Ihre Augen leuchteten wieder.

Er führte sie zur nächstgelegenen Cafeteria und kam erst auf Lizzi zu sprechen, als sie einen dampfenden Kaffee und er seinen Pfefferminztee vor sich hatte.

»Lizzi war bei Bewusstsein. Ich konnte ein paar Worte mit ihr wechseln, aber sie sieht furchtbar aus. Ihr Kopf ist ein einziger Verband, und sie hängt an vielen Schläuchen. Ich war entsetzt.«

Als Arzt beunruhigten ihn ihre sorgenvollen Worte nicht, zumal er vom Stationsarzt erfahren hatte, dass Lizzis Verletzungen nicht so schwer waren wie ursprünglich angenommen. *Sie hat einen ungewöhnlich harten Schädel*, hatte ihm der Arzt gesagt.

»Lass dich durch ihr Aussehen nicht irritieren. Sie ist auf dem Weg der Besserung, wie mir der Stationsarzt sagte. Dauert zwar noch ein bisschen, aber danach ist sie wieder ganz die Alte. Also, nur Mut. Hast du dir schon überlegt, was du machen willst? Fährst du wieder nach Hause?«

»Nein!«, sagte sie entschlossen. »Ich bleibe hier, bis Lizzi entlassen wird. Und dann nehme ich sie mit nach Hause. Bei mir kann sie sich ganz erholen. Und denk gar nicht erst daran, dass ich sie wieder zu dir lasse. Jage du deine Verbrecher allein, lass Lizzi aus dem Spiel. Ich bin in den letzten Monaten vor Angst und Sorge um sie fast verrückt geworden. Immer musste ich daran denken, dass ihr jemand ein Leid antun könnte.«

»Willst du mir meine Mitarbeiterin abspenstig machen?«

»Und ob. Such dir jemand anderen. Lizzi bleibt bei mir.«

»Meinst du nicht, sie hätte da auch ein Wort mitzureden?«

»Nein. Ich werde ihr schon klarmachen, wohin sie gehört.«

»Und ich dachte, wir wären Freunde, und denen spannt man nicht die Arbeitskräfte aus.«

Hendriksen tat, als meinte er es ernst, und Petra fasste seine Worte auch so auf.

»Natürlich sind wir Freunde, und ich vergesse auch nicht, was du alles für mich getan hast, aber Lizzi ist meine Geliebte, und sie gehört zu mir.«

»Na gut, es hat keinen Sinn, dass wir uns jetzt die Köpfe über Lizzis Zukunft heißreden. Warten wir erst einmal ab, bis sie gesund ist. Was hast du jetzt vor? Ich will zum Institut für Rechtsmedizin und Forensik. Willst du mit?«

»Nein, ich bleibe hier und versuche zu Mittag nochmals Lizzi zu besuchen. Wenn das nicht klappt, versuche ich es am Nachmittag noch einmal. Du brauchst dich um mich nicht zu kümmern. Ich komme schon klar. Und verlaufen tue ich mich in Hamburg nicht. Schließlich gibt es hier Taxis. Außerdem möchte ich gerne ein wenig allein sein.«

»Okay, kann ich verstehen. Dann bis heute Abend. Wenn du Lust hast, kannst du mit Tina zu meinem Boot kommen.«

»Wahrscheinlich wird daraus nichts. Ich glaube, ich werde heute Abend nur noch den Wunsch haben, ins Bett zu sinken. Die Autofahrt hierher war lang.«

»Na gut, dann bis morgen.«

Hendriksen bezahlte die Rechnung und ging. Der Weg

zum Institut war nicht weit. Trotzdem vermisste er sein Trekkingrad. Er war kein begeisterter Pflasterläufer. Trekking, Bergsteigen, Free-Style-Climbing, das waren Aktivitäten, die er mochte und womit er seine Freizeit verbrachte. Es war einer der Nachteile, die sein neuer Beruf mit sich brachte, dass er kaum noch Zeit für seine Hobbys hatte. Meistens überlappten sich die Aufträge. Der Ruf, den Jeremias Voss sich erarbeitet hatte, war auf ihn übergegangen.

Er kürzte den Weg ab, indem er quer über die Rasenflächen der Eppendorfer Uni-Klinik ging. Das Institut von Professor Dr. Moorbach lag etwa eine halbe Stunde Fußmarsch von der Inneren Station entfernt. Er schaffte es in zwanzig Minuten. Als er den Eingang zum Institut sah, beschlich ihn ein eigenartiges Gefühl. Es verstärkte sich zu einem Kneifen im Magen, sobald er das Gebäude betrat und den Geruch des Reinigungs- und Desinfizierungsmittels wahrnahm.

Er eilte zum Büro der Institutsleiterin und trat ohne anzuklopfen aufatmend ins Vorzimmer. Die Chefsekretärin sah verärgert auf, doch als sie sah, wer eingetreten war, entspannte sich ihre Miene.

»Ja, welch ein seltener Besuch«, sagte sie mit einem herzlichen Lächeln. »Was treibt Sie denn hierher?«

»Ich wollte Sie unbedingt wiedersehen.«

»Immer noch der alte Schmeichler. Wenn's nur wahr wäre.«

»Sie werden mir doch nicht unterstellen, dass ich lüge? Nun bin ich zutiefst gekränkt.«

»Genauso sehen Sie aus. Da Sie sicher nicht zu mir wollen, sondern zur Frau Professor, sollten Sie Ihren Charme nicht am falschen Objekt versprühen. Sie können hineingehen, Frau Professor erwartet Sie.«

Hendriksen klopfte kurz an und trat, ohne auf ein Herein zu warten, ein.

»Einen wunderschönen guten Tag, Frau Professor«, begrüßte er seine einstige Chefin.

»Den wünsche ich dir auch, Marten. Aber so förmlich? Muss ich dich jetzt Herr Dr. Hendriksen nennen? Als wir uns auf dem Bergungsschiff trafen, warst du so steif, dass ich annahm, jetzt, wo du ein erfolgreicher Ermittler bist, hättest du deine alten Freunde vergessen.«

Hendriksen hob beide Hände wie zur Abwehr. »Um Himmels willen, Silke, das werde ich nie. Du weißt doch, ich stehe tief in deiner Schuld. Hättest du nicht ein gutes Wort bei Jeremias eingelegt, hätte ich längst auf deinem Tisch gelegen, weil ich mich vor Verzweiflung vor die S-Bahn geworfen hätte.«

»Das glaube ich zwar nicht, aber nun sag, wie geht es dir? Vergiss deine üblichen Übertreibungen und sei ehrlich.«

Hendriksen setzte sich vor ihren Schreibtisch und schlug die Beine übereinander. »Mir geht es gut, Silke. Ich habe einen Job, der mir liegt und der mir Spaß macht. Allerdings gibt es auch einen Wermutstropfen. Ich stoße immer wieder auf Leichen, und das macht mir zu schaffen. Zum Beispiel den Toten, den wir aus dem Wrack der *Elbe 4* geborgen haben, den habe ich schon etliche Meter im Voraus gespürt. Aber – und das gibt mir Hoffnung, dass ich diese verfluchte Leichenallergie einmal überwinden werde – meine körperlichen Reaktionen sind nicht mehr so stark gewesen wie zuletzt hier.«

»Ich freue mich, das zu hören. Was kann ich für dich tun? Du willst doch sicher wissen, was wir über den Toten in der Elbe herausgefunden haben, oder irre ich mich?«

»Du irrst dich nicht. Wisst ihr schon, wer es ist?«

»Ja, du hast Glück. Obwohl der Tote schon eine Weile im Wasser lag, konnten wir seine Fingerabdrücke nehmen. Haben wir wohl der Plastikplane zu verdanken und dass ihr nur eine Hand abgerissen habt.«

»Und? Wer ist es?«

»Du weißt, dass ich dir das nicht sagen darf.«

Hendriksen grinste. »Musst du auch nicht. Mir reicht es, wenn du es auf einen Zettel schreibst, den ich dir vom Schreibtisch stibitze.«

»Du bist genauso lästig wie dein Vorgänger«, sagte sie, während sie etwas auf einen gelben Aufkleber schrieb. Dann bückte sie sich, um etwas aus der unteren Schreibtischschublade zu holen. Als sie sich wieder aufrichtete, war der Aufkleber verschwunden.

»Wieso konntet ihr ihn so schnell identifizieren?«

»Seine Fingerabdrücke liegen bei der Polizei. Er hat eine ganze Latte von Eintragungen in seiner Akte, wie man mir sagte. Alles Verkehrsdelikte. Schien ein recht rabiater Fahrer gewesen zu sein.«

»Kann ich ein Foto von ihm bekommen? Ich habe nur das, was ich auf der Yacht aufgenommen habe, und du weißt ja, Wasserleichen sehen meistens dem lebenden Menschen wenig ähnlich, besonders wenn eine Plastikplane am Gesicht gescheuert hat.«

»Ich kann es versuchen, aber ob ich Akteneinsicht bekomme, weiß ich nicht.«

»Wie lange ist er schon tot?«

»Schwierige Frage. Du weißt selbst, wie es mit der Todeszeitbestimmung bei Wasserleichen ist.«

»Dann ist er nicht an dem Schlag auf den Kopf gestorben, wie du ursprünglich angenommen hast?«

»Nein, er ist definitiv ertrunken. Hätte man ihn nicht ins Wasser geworfen und wäre die Plane dicht gewesen, dann wäre er entweder erstickt oder etwas später an den Folgen des Schlags gestorben.«

»Okay, Silke, ich bedanke mich. Du hast ein Abendessen bei mir gut.«

»Kann ich nicht annehmen. Könnte ein Bestechungsversuch sein. Wann?«

»Was hältst du von Sonnabend, und damit es nicht wie eine Bestechung aussieht, werde ich Tina dazu einladen, wenn du einverstanden bist.«

»Du bist der Gastgeber.«

»Gut, sagen wir acht Uhr abends. Den Ort gebe ich dir noch durch.«

Als Hendriksen das Institut verlassen hatte, zog er den Aufkleber aus der Tasche und las: *Dethlef Dunkerts, Rissen, Wateweg 25*. Er war Silke dankbar, dass sie ihm die Adresse mit aufgeschrieben hatte.

Während er überlegte, was er als Nächstes tun sollte, rief er Petra an. Als sie sich meldete, fragte er, ob er etwas für sie tun könne. Noch befände er sich in der Nähe der Klinik. Petra bedankte sich für seine Fürsorge, lehnte aber sein Angebot ab, da man ihr versprochen hatte, Lizzi in einer Stunde besuchen zu dürfen. Hendriksen bestellte sich daraufhin ein Taxi und ließ sich zur Agentur zurückfahren. Hier wurde er bereits sehnsüchtig von Dörte erwartet.

»Herr Otto Stöver hat angerufen. Du möchtest dringend zurückrufen. Er klang ziemlich aufgeregt.«

»Mach ich. Warum hast du mich denn nicht auf dem Smartphone angerufen, wenn es so dringend ist?«

»Hab ich versucht. Bekam aber nur die Meldung: *Der Teilnehmer ist augenblicklich nicht erreichbar.*«

»Unmöglich.«

Hendriksen griff in die Hosentasche und zog das Smartphone hervor. »Mist, ich muss es aus Versehen ausgeschaltet haben.«

Er ging ins Arbeitszimmer und wählte die Nummer des Bergungsunternehmens. Die herrische Dame vom Empfang meldete sich.

»Hier Marten Hendriksen, verbinden Sie mich bitte mit Herrn Stöver, Otto Stöver. Er wollte mich dringend sprechen.«

»Ich weiß. Ich verbinde«, sagte sie kurz angebunden und fügte gleich hinzu: »Wann holen Sie endlich Ihr Fahrrad ab?«

Zu einer Antwort kam er nicht mehr, denn im gleichen Augenblick meldete sich Otto Stöver.

»Gott sein Dank, dass Sie sich melden«, sagte Stöver anstelle einer Begrüßung. »Die Polizei hat Onno verhaftet.«

»Was? Wieso, wann?«, fragte Hendriksen verblüfft. »Ich komme rüber. Am Telefon lässt sich so etwas schlecht besprechen. In zwanzig Minuten bin ich bei Ihnen.« Er legte ohne eine Antwort abzuwarten auf. »Bestell mir bitte ein Taxi«, rief er Dörte zu.

Er überlegte, was der Grund für diese unverständliche Maßnahme sein könnte, wurde aber von Dörte unterbrochen, die ihm meldete, das Taxi sei da.

»Ich bin beim Bergungsunternehmen Stöver«, rief er ihr zu und eilte nach draußen.

Fast auf die Minute genau öffnete er die Tür zum Empfangsraum des Bergungsunternehmens. Er winkte der Empfangsdame zu und eilte in den ersten Stock. Otto Stövers Büro lag am Ende eines Gangs. Links und rechts hingen Fotografien von erfolgreich durchgeführten Bergungsunternehmungen. Auf Konsolen standen maßstabsgerechte Nachbildungen der Bergungsschiffe, die seit Gründung des Unternehmens im Einsatz gewesen waren. Ein Schiff trug einen Trauerflor. Es war das Modell der *Elbe 4*.

Hendriksen klopfte an die Tür des Vorzimmers und trat ein. Das Zimmer war auf typisch hanseatische Art gediegen eingerichtet. Extravaganzen gab es nicht. Eine Frau mit grauen Haaren und dunkelgrauem Kostüm sagte ihm, er möge sofort eintreten.

Von dem Vorzimmer gingen zwei Türen ab. An der rechten Tür hing ein bronzenes Schild mit dem Namen Otto Stöver. Die linke Tür führte in das Büro seines Sohnes Onno. Hendriksen klopfte an die rechte Tür und wartete auf die Aufforderung einzutreten. Die Tür öffnete sich kurz darauf. Im Rahmen stand ein großer schlanker Mann. Mit seinen fünfundsiebzig Jahren hielt er sich aufrecht wie ein junger Mann. Das Gesicht war schmal, die Haare kurzgeschnitten und eisgrau. Zwei stahlgraue Augen sahen Hendriksen an. Der Blick war nicht, wie Hendriksen ihn kannte, durchdringend scharf, sondern verhangen.

»Dr. Hendriksen, ich bin Ihnen sehr verbunden, dass Sie meiner Bitte so schnell folgten. Ich hätte Sie nicht hergebeten, wenn ich nicht wüsste, dass Sie mit Onno befreundet sind und er Sie gebeten hat, die Explosion auf der *Elbe 4* zu untersuchen.«

Hendriksen zeigte seine Zustimmung, indem er sich leicht vor Onnos Vater verbeugte. »Herr Stöver, das ist selbstverständlich. Was ist genau passiert?«

»Kommen Sie, wir besprechen es bei einem Cognac, oder bevorzugen Sie einen Whisky?«

Stöver führte ihn zu einer Sitzgruppe, die aus sechs ledernen Clubsesseln bestand. Der Tisch sowie der Schreibtisch und die Aktenschränke waren aus Mahagoni gefertigt. Wie schon im Vorzimmer, so wirkte auch hier alles gediegen und unaufdringlich. Hätte man einen Slogan über die Eingangstür geschrieben, so hätte er lauten müssen: *Mehr sein als scheinen.*

»Ein Cognac wäre mir lieb«, beantwortete Hendriksen die Frage des Seniors.

Nachdem der Cognac in Kristallschwenker geschenkt war und sich die Männer stumm zugeprostet hatten, kam Hendriksen auf seine Frage zurück.

»Was ist passiert?«

»Viel kann ich Ihnen nicht sagen. Die ganze Aktion dauerte nur wenige Minuten. Kurz nach vier Uhr heute Nachmittag – Onno war gerade von der Unglücksstelle zurückgekommen –, da erschienen zwei Beamte in Zivil und zwei in Uniform. Sie gingen in Onnos Büro und verhafteten ihn.«

»Weswegen? Was haben sie als Grund genannt?«

»Sie haben ihm als amtierendem Geschäftsführer vorgeworfen, für die Explosion der *Elbe 4* verantwortlich zu sein, um auf betrügerische Weise die Versicherungssumme zu ergaunern. Den Tod der Besatzung habe er dabei billigend in Kauf genommen.«

»Wieso haben sie die Anklage erst jetzt erhoben? Schließlich ist es ja schon einige Zeit her, dass die *Elbe 4* explodiert ist.«

»Angeblich wurden Beweise gefunden, die auf eine kriminelle Handlung hindeuten.«

»Was für Beweise?«

»Das kann ich leider nicht sagen. Die Beamten waren nicht bereit, meine Fragen zu beantworten.«

»Haben Sie inzwischen etwas unternommen?«

»Ja, ich habe unverzüglich unseren Anwalt Dr. Steinwardt eingeschaltet. Er wollte sich sofort zum Polizeipräsidium begeben, um herauszufinden, wer diese lächerliche Behauptung aufgestellt hat und welche angeblichen Beweise ihr zugrunde liegen.«

»Das ist gut. Ich werde Onno gleich aufsuchen. Zuvor hätte ich noch eine indiskrete Frage, die Sie nicht beantworten müssen. Die Antwort würde mir jedoch die Bewertung der Lage, in der sich Onno befindet, erleichtern.«

»Fragen Sie nur. Ich kenne Sie schon so lange, dass ich Ihnen vertraue.«

»Wie sieht die finanzielle Situation Ihres Unternehmens aus?«

Es dauerte eine Weile, bevor Otto Stöver antwortete. »Sehr angespannt. Eine Reederei, für die wir einen Bergungsauftrag ausgeführt haben, ist in Konkurs gegangen, und wir sind auf den gesamten Kosten sitzen geblieben. Wir brauchen dringend Kredit, den uns die Bank verweigert, solange die Ursache für die Katastrophe nicht geklärt ist. Wenn wir die Versicherungssumme für die *Elbe 4* nicht bekommen, sind wir so gut wie pleite.«

»Noch mal ganz langsam, damit ich es verstehe. Wenn die *Elbe 4* nicht explodiert wäre, wie wäre dann Ihre finanzielle Lage?«

»Schwierig, aber es hätte die Chance bestanden, dass uns die Bank einen Kredit gewährt.«

»Andere Frage, und vergessen Sie bitte dabei einmal die menschliche Tragödie. Durch die Explosion und durch die damit verbundene Auszahlung der Versicherungssumme wären Sie aus dem Schneider, wenn ich es so salopp ausdrücken darf.«

Diesmal schwieg Otto Stöver eine ganze Weile. Hendriksen hatte schon die Befürchtung, den alten Herrn gekränkt zu haben, und wollte sich entschuldigen, als dieser wieder sprach.

»Sie haben den Nagel auf den Kopf getroffen.«

»Und dabei hätte der Verlust des Schiffes keine Rolle gespielt?«

»Nur eine Marginalie. Das Schiff war das älteste unserer Flotte. Es war nicht mehr hochseetauglich und hätte demnächst ausgemustert werden müssen.«

Hendriksen kratzte sich am Kopf. »Jetzt ist mir klar, warum die Versicherung so auf einem möglichen Betrug herumreitet. Ich danke Ihnen, Herr Stöver, für Ihre Offenheit und würde jetzt gerne Onno besuchen. Würden Sie bitte Ihren Rechtsanwalt anrufen und ihn bitten, dafür zu sorgen, dass ich noch heute eine Besuchserlaubnis erhalte?«

»Das werde ich sofort veranlassen.«

Hendriksen gab Otto Stöver seine Geschäftskarte mit der Bitte, den Rechtsanwalt zu beauftragen, ihn anzurufen und mitzuteilen, wo er Onno besuchen könne.

Als Hendriksen ging, ließ er einen sehr besorgten Seniorchef zurück. In der Eingangshalle rief ihm die herrische Empfangsdame mit dem so gar nicht passenden Namen Miriam zu: »Vergessen Sie Ihr Fahrrad nicht.«

»Danke fürs Erinnern. Ohne Sie hätte ich es glatt vergessen«, antwortete Hendriksen und meinte es diesmal ehrlich.

Während er durch die Altstadt in Richtung Neustadt, in der die Untersuchungshaftanstalt lag, radelte, klingelte sein Smartphone. Stövers Rechtsanwalt Steinwardt meldete sich und sagte, sein Besuch in der Haftanstalt sei geregelt. Er könne Herrn Stöver jederzeit besuchen. Hendriksen bedankte sich und trat stärker in die Pedale.

Die Haftanstalt lag in der Holstenglasis, in der Nähe der Messehallen. Er meldete sich bei der Wache am Eingang. Der Wachmann ließ sich Hendriksens Ausweis geben und überprüfte die Personalien auf einem Monitor. Offenbar hatte der Rechtsanwalt gute Arbeit geleistet, denn Hendriksen durfte eintreten. Allerdings sollte er sein Mountainbike vor dem Tor lassen, was für ihn nicht in Frage kam. Nach einer längeren Diskussion und dem Hinweis, dass das Rad einen Wert von fünftausend Euro habe, ließ sich der Wachmann erweichen und erlaubte ihm, das Rad innen am Wachhaus abzustellen.

Hendriksen folgte der Anweisung und meldete sich bei der Wache am Hauptgebäude der Haftanstalt. Hier wurden seine Personalien nochmals überprüft. Danach brachte ihn eine Wache durch mehrere Gittertüren in einen Besucherraum. Es war ein merkwürdiges Gefühl, sich hinter Gittern zu befinden, auch wenn er auf der Seite der Guten stand.

Es dauerte nur wenige Minuten, dann betrat Onno den Raum. Aus seinem Gesicht war alle Fröhlichkeit gewichen. Er wirkte sorgenvoll und, was Hendriksen besonders schlimm fand, mutlos.

Auch sein gezwungen scherzhaftes »Was machst du denn hier?« konnte Hendriksen nicht mal als Galgenhumor anerkennen.

Statt einer nichtssagenden Begrüßung kam er sofort zur Sache. Er hielt es für die beste Methode, seinen Freund aus dem Selbstmitleid und den Selbstzweifeln herauszureißen.

»Weswegen bist du hier, Onno? Ich weiß von deinem Vater, dass du wegen angeblichen Versicherungsbetrugs und Mordes an der Besatzung angeklagt werden sollst.«

»Nicht Mord, sondern …«

»Ich weiß. Aber lass uns nicht um Worte streiten. Was ich wissen will, ist, womit die Anklage begründet wird.«

»Es wurden zwei Gasmelder gefunden.«

»Und? Das allein ist doch kein Grund, dich anzuklagen.«

»Das nicht, aber die Gasmelder waren manipuliert. Jemand hat die Kontakte der Zwölf-Volt-Batterien abgeklemmt. Es wurden auch Teile von Gasflaschen geborgen. Unter anderem das Oberteil einer Flasche mit Gasanschluss. Der Anschluss war abgeklemmt und der Gashahn voll aufgedreht. Zusammen mit den manipulierten Gasmeldern wird jetzt von einer geplanten Gasexplosion ausgegangen.

Und da wir in finanziellen Schwierigkeiten stecken – Bingo!«

Hendriksen versuchte weiter, seinen mutlosen Freund aufzurichten, aber er wurde vom allzu schnellen Ende der Besuchszeit daran gehindert.

Kapitel 15

Tinas ursprüngliche Idee war es, Angler an der Elbe über ihre Beobachtungen des Unglücksortes zu befragen. Dazu hätte sie jedoch bis zum Abend warten müssen, und das war noch einige Stunden hin. Ausgerüstet mit Fernglas und Kamera mit Teleobjektiv, konnte sie sich glaubhaft als Journalistin ausgeben. Das bot sich sogar an, denn das nicht weit vor ihr liegende Pagensand gehörte zum Naturschutzgebiet Haseldorfer Binnenelbe und Elbevorland. Sie googelte mit ihrem Smartphone nach dem Naturschutzgebiet, überflog den Eintrag und las, dass es einen Naturschutzbeauftragten des NABU gab. Eine Telefonnummer sowie eine E-Mail-Adresse und ein Link waren angegeben. Sie überlegte, ob es sinnvoll war, ihn anzurufen. Möglicherweise konnte er ihr mehr über das Unglück sagen als ein Angler. Einen Versuch war es wert. Sie wählte seine Nummer. Nach einigem Klingeln meldete sich eine männliche Stimme.

»Hallo, ich bin Tina Meyers.« Sie nannte den erstbesten Namen, der ihr gerade einfiel. »Ich bin freie Journalistin und arbeite an einem Artikel über den Einfluss der Schifffahrt auf die Pflanzen- und Tierwelt an der Elbe. Besonders interessiert mich dabei, welche Auswirkungen Schiffskatastrophen haben. Ich dachte, Sie als Naturschutzbeauftragter wären der Fachmann, der mir am besten weiterhelfen könnte. Wäre es möglich, dass ich mich mit Ihnen treffe?«

»Sicher wäre es möglich. Nur augenblicklich bin ich nicht in meinem Büro. Wo befinden Sie sich?«

Der Mann war nur schwer zu verstehen. Ein Brummen beeinträchtigte das Gespräch. Tina nahm an, dass das Geräusch von einem Außenbordmotor stammte.

»Ich bin an dem kleinen Hafen bei Haseldorf. Jedenfalls glaube ich, dass der Hafen zu Haseldorf gehört.«

»Das passt. Ich bin gerade auf der Rückfahrt von Pagensand zum Haseldorfer Hafen. Ich dürfte in einer halben Stunde dort sein. Wenn Sie wollen, können wir uns dann unterhalten.«

»Wunderbar. Ich werde auf Sie warten.«

»Gut, bis gleich.«

Nach einer knappen halben Stunde bog ein offenes Motorboot in die Einfahrt zum Hafen und legte an der Mole an. Tina war an den Anlegeplatz gegangen und ließ sich die Leinen zuwerfen, mit denen sie das Boot an Metallringen in der Mole festmachte. Im Boot lagen mehrere Plastiksäcke. Der Mann schulterte einen und wollte damit die Leiter an der Mole emporsteigen.

»Moin«, grüßte ihn Tina. »Sollen die Säcke an Land?«

»Ja.«

»Wenn Sie die hochwerfen können, übernehme ich sie. Dann brauchen Sie nicht für jeden Sack einzeln die Leiter hoch und runter zu klettern. Sind sie schwer?«

»Gute Idee, vielen Dank. Keine Sorge, in den Säcken ist nur Plastik, das ich auf der Insel aufgesammelt habe.«

»Okay, lassen Sie mich nur meine Kamera und das Fernglas ins Auto legen.«

Ohne eine Antwort abzuwarten, ging sie zum Bulli. Als

sie wieder an der Mole stand, warf der Mann den Sack zur Mole hoch. Tina fing ihn auf und legte ihn zur Seite. In ein paar Minuten war die Arbeit erledigt, und der Mann kletterte nach oben. Er reichte Tina die Hand.

»Ich bin Gerd Hasenkötter. Nennen Sie mich Gerd. Das tun hier alle. Und vielen Dank für Ihre Hilfe.«

Der Mann war mittelgroß und kräftig gebaut und hatte eine vom Wetter gebräunte Gesichtsfarbe. Um seine Augen lagen kleine Fältchen. Die blonden Haare waren kurz geschnitten. Die tiefblauen Augen betrachteten sie neugierig.

Tina war der Mann auf Anhieb sympathisch.

»Ich schlage vor, wir unterhalten uns bei einem Bier oder Kaffee«, schlug Gerd Hasenkötter vor. »In der Nähe gibt es ein nettes Café.«

»Einverstanden. Fahren Sie voraus, ich folge Ihnen.«

»Sag ruhig du zu mir. Siezen tut mich hier keiner.«

»Okay, das Gleiche gilt für dich.«

»Abgemacht. Wir können sofort fahren, ich muss zuvor nur die Säcke in meinen Laster verladen.«

»Ich helfe dir.«

Die Säcke waren ruckzuck auf die Ladefläche geworfen. Gerd stieg in den Kleinlaster und fuhr an. Auf der Deichkrone wartete er, bis auch Tina anrollte. Nach knapp zehn Minuten hielt er vor einer Bäckerei und Konditorei. In einem Nebenraum standen einige Tische, liebevoll mit weißen Tischdecken und frischen Blumen in kleinen Vasen dekoriert.

»Ich lad dich ein«, sagte Tina.

»Herzlichen Dank.«

Hasenkötter bestellte sich ein Pils und Tina einen Pot Kaffee und ein Stück Butterkuchen.

»Für welche Zeitung schreibst du?«

»Für keine. Ich bin freie Journalistin. Das bedeutet, ich schreibe einen Artikel, und den biete ich verschiedenen Zeitungen und Zeitschriften an. Dadurch erreiche ich viel mehr Leser, als wenn ich nur für ein Blatt arbeiten würde.«

»Verstehe. Wirst du deine Artikel immer los?«

Tina sträubten sich die Nackenhaare. Sie mochte es nicht zu lügen. Und schon gar nicht, jemanden zu hintergehen, denn alles, was Hasenkötter ihr sagen würde, tat er sicher in der Erwartung, dass seine Informationen veröffentlicht würden.

»Darf ich das Gespräch aufzeichnen? Ich kann mich so besser darauf konzentrieren, als wenn ich mir nebenbei Notizen machen würde. Außerdem kann ich so gewährleisten, dass sich keine Missverständnisse oder Fehler einschleichen.«

»Selbstverständlich.«

Tina zog ihr Smartphone aus der Tasche und stellte es auf Aufnahme.

»Ich habe gesehen, dass du mehrere Plastiksäcke mit Müll in deinem Boot hattest. Stammen die alle von Pagensand?«

»Ja, und es gibt viel mehr Müll als nur diese paar Säcke. Der Orkan hat eine Unmenge von Plastik auf die Insel gebracht. Überall liegt es herum, hängt in den Bäumen und Sträuchern. Es ist eine Heidenarbeit, alles einzusammeln. Oftmals muss ich bis in die Baumkronen klettern, um die Zweige von dem Zeug zu befreien. Bei einer Insellänge von fast sechs Kilometern kannst du dir sicher vorstellen, wie lange es dauert, bis man das Gebiet wieder schier hat. Meistens ist es so, dass man gleich wieder von vorne anfangen kann.«

»Hast du keine Hilfe?«

»Bis vor einigen Tagen hatte ich zwei Helfer, die sich sehr für den Naturschutz eingesetzt haben. Ehrenamtlich, natürlich. Doch von einem Tag auf den anderen waren sie verschwunden. Ich habe versucht, sie über Telefon zu erreichen, doch sie haben sich nie wieder gemeldet, obwohl ich ihnen Nachrichten auf die Mailbox gesprochen habe. Andere Naturliebhaber zu überreden, mitzuhelfen, ist nahezu unmöglich. Viele nehmen an den gesellschaftlichen Veranstaltungen teil, doch wenn es um die körperliche Arbeit geht, dann sind sie beruflich zu stark eingebunden.«

»Leider ein Phänomen, das deutschlandweit herrscht. Traurig, aber wahr. Ich nehme an, du hast hautnah miterlebt, wie das Küstenmotorschiff vor der Insel auf Grund gelaufen ist und das Bergungsschiff explodiert ist?«

»Ja und nein. Wie das Kümo auf Grund gelaufen ist, habe ich nicht gesehen. Ich war allerdings auf der Insel. Ein ungewöhnliches Geräusch hat mich alarmiert. Du musst verstehen, wenn man so oft und schon so lange auf Pagensand ist, dann ist man mit jedem Laut vertraut. Mit dem Wellenschlag, dem Knarren der Bäume im Wind, dem Gesang oder Kreischen der Vögel, jedem natürlichen, immer wiederkehrenden Ton. Wenn ich dann etwas höre, was außerhalb dieses Klangspektrums liegt, dann nehme ich es sofort wahr und gehe der Sache nach. Ich sah, wie die Besatzung sich abmühte, das Schiff wieder flott zu bekommen, doch da Ebbe herrschte, waren alle Bemühungen erfolglos.«

»Hat das Kümo Schäden im Naturschutzgebiet verursacht?«

»Nein, das Kümo nicht, aber die anschließenden Bergungsversuche. Und natürlich das Unglück des Bergungsschiffes und der Orkan.«

Tina versuchte ihn unmerklich auf die Geschehnisse um die beiden vor Pagensand liegenden Schiffe zu lenken, was ihr auch gelang. So erfuhr sie, dass Hasenkötter seit der Havarie des Kümos bis einschließlich heute auf der Insel gezeltet hatte. Zum einen wollte er sofort einschreiten können, wenn die Schiffsbesatzungen es sich auf der Insel bequem machen oder gar Grillfeste veranstalten sollte, zum anderen wollte er verhindern, dass von den Schiffen Umweltverschmutzungen verursacht wurden – wie Abfälle über Bord werfen, Öl ablassen oder Plastik und andere Teile in der Elbe entsorgen. Er war Tag und Nacht auf der Insel geblieben. Nur als der Orkan aufzog und Hochwasser angesagt war, hatte er sein Zelt abgebaut. Während seiner Wache hatte er eigenartige Vorgänge beobachtet, für die er bis heute keine Erklärung fand. Tina wurde sofort hellhörig und fasste nach.

»Jetzt hast du mich neugierig gemacht. Auch wenn es nicht direkt zu meinem Thema gehört – was hast du beobachtet?«

Tina war besorgt, Hasenkötter könnte merken, dass sie mehr an den eigenartigen Vorfällen interessiert war als an den Schäden der Natur, und die Unterhaltung abbrechen. Das Gegenteil war der Fall. Offensichtlich war er froh, eine Zuhörerin gefunden zu haben.

»Ich habe dir ja schon gesagt, dass ich auf Pagensand gezeltet habe. Besonders während der Abend- und Morgendämmerung habe ich die Schiffe beobachtet. Dabei habe ich gesehen, wie jemand – ob Frau oder Mann, konnte ich nicht erkennen – mit einem unbeleuchteten Schlauchboot die Nordspitze der Insel umrundete und zum Kümo fuhr. Es dauerte fast eine Stunde, bis er wieder zurückfuhr.«

»Daran ist doch nichts Ungewöhnliches. Sicher wollte er jemand auf dem Kümo besuchen.«

»Das konnte er nicht, denn die Besatzung war schon von Bord gegangen. Am nächsten Morgen sah ich dann, wie ein Boot von dem Bergungsschiff ablegte und zum Kümo übersetzte. Der Mann aus dem Boot blieb mehrere Stunden an Bord und fuhr dann zurück.«

»Sicher gibt es dafür eine ganz normale Erklärung.«

»Möglich, jedenfalls für den Mann vom Bergungsschiff. Für den nächtlichen Besucher fällt mir keine ein. Es kommt aber noch mysteriöser. Zwei Tage später geschieht das Gleiche noch einmal. Wieder kommt das Schlauchboot mit derselben Gestalt am Ruder in der Nacht um die Nordspitze von Pagensand und fährt zum Kümo. Wo es anlegte, konnte ich nicht sehen. Es verschwand auf der mir abgewandten Seite. Und nun wird es noch mysteriöser. Fast zur gleichen Zeit legte ein Boot vom Bergungsschiff ab und lief ebenfalls zum Kümo. Nach vielleicht einer halben Stunde – ich habe nicht auf die Uhr gesehen – fährt es zurück zum Bergungsschiff. Von dem Schlauchboot und dem Mann, der es bediente, habe ich in der Nacht nichts mehr gesehen.«

»Das ist tatsächlich merkwürdig.«

»Sag ich doch.«

»Und? Was hältst du davon?«

»Keine Ahnung, habe mir selbst den Kopf darüber zerbrochen, ohne eine plausible Erklärung zu finden.«

»Ist danach noch etwas passiert?«

»Nichts Ungewöhnliches. Am nächsten Morgen fuhr wieder ein Boot vom Bergungsschiff zum Kümo hinüber. Es legte nach einiger Zeit wieder ab und überquerte die Elbe in Richtung Stade. Ich konnte es erst sehen, als es schon ziemlich entfernt war. Davor war es durch den Kümo verdeckt gewesen. Im Boot schien ein ziemlich großes Paket gelegen zu haben, glaube ich. Es fiel mir überhaupt nur auf, weil es so groß war.«

»Wahrscheinlich musste er etwas zur Reparatur nach Stade bringen.«

»Das ist gut möglich, denn als er Stunden später zurückkam, war sein Boot, soweit ich sehen konnte, leer.«

Tina wusste nicht, wie sie die Geschichte deuten sollte. Ein unbestimmtes Gefühl sagte ihr, dass dies für ihre Ermittlungen wichtig sein könnte.

Sie unterhielt sich noch eine Weile mit Hasenkötter über die Natur und verabschiedete sich dann. Als sie wieder beim Bulli war, kam ihr ein Gedanke. Sie zog das Smartphone aus der Tasche und sandte eine E-Mail an Hendriksen. Zu ihrer Freude nahm er sie gleich an und beantwortete sie. Auf dem Display des Smartphones erschien der Kopf des Toten, der in die Plastikfolie eingewickelt gewesen war. Sie ging zum Café zurück und wollte gerade eintreten, als Hasenkötter herauskam.

Tina trat einen Schritt zurück, damit er durch die Tür gehen konnte.

»Hast du noch einen Augenblick Zeit?«

Hasenkötter sah sie verwundert an. »Natürlich. Hast du noch eine Frage?«

Tina hielt ihm das Smartphone hin. »Hast du diesen Mann schon einmal gesehen?«

Hasenkötter nahm ihr das Smartphone aus der Hand und ging in den Schatten seines Kleinlasters, um das Bild besser sehen zu können.

»Dethlef! Das ist Dethlef! Wie sieht der denn aus?«, brachte er wenige Sekunden später hervor.

»Du kennst ihn? Bist du sicher?«, fragte Tina scheinbar ruhig, obwohl sie innerlich aufgewühlt war.

»Natürlich bin ich sicher. Das ist Dethlef Dunkerts, einer meiner beiden Helfer, von denen ich dir erzählt habe. Wie kommst du denn zu dem Bild, und warum sieht er so furchtbar aus? Hatte er einen Unfall?«

»Das kann man wohl sagen. Er ist ertrunken und lag längere Zeit im Wasser, bevor er geborgen wurde. Ich war dabei, deshalb habe ich sein Bild.«

»Ertrunken? Wieso? Ich verstehe es nicht.«

»Das weiß ich leider auch nicht. Die Polizei ermittelt. Das Einzige, was ich dir sagen kann, ist, dass er in eine Plastikfolie eingewickelt war.«

»Plastikfolie? Du denkst …«

»Wäre möglich.«

»Dascha een Ding!«

»Kannst du mir den Namen deines anderen Helfers sagen? Er wird doch auch vermisst, oder?«

»Mein Gott, du meinst …?«

Tina zuckte mit den Schultern. »Mag sein, dass ihm auch etwas zugestoßen ist. Wenn die Polizei den Namen kennt, dann kann sie effektiv nach ihm suchen und ihn finden. Jedenfalls, wenn er noch am Leben ist.«

»Sein Freund – ich hatte das Gefühl, die beiden standen sich näher als Freunde – heißt Björn, Björn Backhaus. Er ist einige Jahre älter als Dethlef.«

Hasenkötter war weiß wie eine Wand. Er lehnte an der Seitenwand seines Kleinlasters und schüttelte immer wieder den Kopf.

Tina verstand seine Gefühle, sie wollte sich jedoch nicht durch seinen Kummer festhalten lassen und verabschiedete sich schnell.

Sie ging zurück zum Van, nahm Fernglas und Kamera heraus und folgte der Straße vor dem Deich. Mit dem Fernglas suchte sie die Inseln und das Elbvorland ab, fand jedoch niemanden, der angelte oder im Deichvorland arbeitete. Eigentlich hatte sie das auch nicht erwartet, denn für Angler war es noch zu früh und etwaige Arbeiter hatten wahrscheinlich bereits Feierabend gemacht.

Als sie einmal mehr ziellos den Bereich durch das Fernglas betrachtete, fiel ihr ein Mann auf, der in Höhe der Südspitze von Pagensand auf dem Deich stand und mit einem Fernglas offenbar die Bergungsarbeiten an dem explodierten Schiff beobachtete. Sie hängte sich das Fernglas um, nahm die Kamera von der Schulter und richtete das Objektiv auf die Gestalt. Trotz höchster Vergrößerung lohnte sich eine Aufnahme von dem Mann nicht. Die Entfernung war zu groß. Das Foto wäre unscharf. Sie musste näher an ihr Motiv heran.

Nach einiger Zeit sah sie, dass ein Fluss den Deich durchquerte und der Mann auf der anderen Seite des Flusses auf der Deichkrone stand. Sie nahm wieder die Kamera zur Hand und prüfte, ob sie auf automatische Schärfeeinstellung stand. Dann nahm sie ein paar Bilder von Pagensand auf und richtete schließlich die Kamera auf den Deich. Sie erhielt ein gutes Profilbild, wie sie auf dem Bildschirm sah. Als sie ihn ein zweites Mal aufnehmen wollte, schaute der Mann mit seinem Fernglas direkt in ihre Linse. Obwohl das Fernglas den oberen Teil des Gesichts verbarg, nahm sie ihn auf und schwenkte anschließend die Kamera auf ein anderes Motiv. Ob ihr Zielobjekt erkannt hatte, dass es von ihr aufgenommen worden war, konnte sie nicht sagen. Ihrem Gefühl nach musste er sie bemerkt haben.

Sie schlenderte bis zu dem Fluss, drehte dort um, ging zum Van und fuhr zur Agentur zurück. Als sie dort ankam, war der Feierabend längst angebrochen. Sie fuhr den VW in die Tiefgarage und stieg die Treppe zu den Büroräumen empor. In ihrem Arbeitszimmer setzte sie sich an den Computer und rief als erstes den Ordner mit den aktuellen Fällen auf. Zu ihrer Freude hatte Dörte bereits etliche Eintragungen vorgenommen, und auch Hendriksen hatte kurz berichtet, was er am Tag unternommen und welche Informationen er erhalten hatte. Sie selbst schrieb anschließend ihren Bericht auf ein Entwurf-File und scannte die beiden Aufnahmen von dem Mann auf dem Deich ein. Als sie den Text nochmals überarbeitet hatte, kopierte sie ihn in den Fallordner.

Danach ging sie nach oben in Lizzis Apartment. Hier traf sie Petra an, die kurz vor ihr nach Hause gekommen war. Mit vor Freude geröteten Wangen berichtete sie Tina, dass es Lizzi erheblich besser ginge und sie voraussichtlich in ein paar Tagen das Krankenhaus verlassen könne.

Kapitel 16

Hendriksen schaute noch am Abend in seinen Laptop, um zu sehen, ob Tina, wie sie selbst vorgeschlagen hatte, einen Bericht über ihre Ermittlungen eingegeben hatte. Er fand jedoch nichts. Trotzdem hielt er ihre Idee für gut. *Ich darf sie nicht laufen lassen*, dachte er und nahm sich vor, ihr den Job als Privatermittlerin so schmackhaft wie möglich zu machen. Sollten sie die geraubten Diamanten finden, dann könnte er seine Überredungsversuche mit einem großzügigen Honorar untermauern.

Hendriksen arbeitete noch bis in die Nacht hinein. Trotzdem war er um sieben Uhr schon wieder wach. Er hatte vor dem Schlafengehen seine innere Uhr auf diese Urzeit gestellt, und sie hatte ihn pünktlich geweckt.

Nachdem er ausgiebig kalt geduscht und sich angezogen hatte, schwang er sich auf Biki und radelte zur Agentur. Er wollte unbedingt mit Tina sprechen, bevor sie zu neuen Ermittlungen loszog. Zwar hätte er das auch telefonisch erledigen können, doch er zog das persönliche Gespräch vor. Außerdem wollte er sie wiedersehen.

Unterwegs hielt er bei einer Bäckerei an und kaufte zehn Brötchen. Butter und Marmelade hoffte er oben bei Lizzi zu finden.

Als er in der Agentur ankam, war noch niemand im Büro. Der Arbeitsbeginn war ja auch erst um neun Uhr, wobei das nur für Dörte zutraf. Für Lizzi – und jetzt Tina – war der Dienstbeginn fließend, da ihre Ermittlungen nicht von Bürostunden abhängig gemacht werden konnten.

Hendriksen und Tina verständigten wenn möglich Dörte, wann sie planten, am nächsten Morgen im Büro zu sein. Dörte trug die Zeiten in eine Liste ein, so dass beide wussten, wann der andere persönlich zu sprechen war. Dank des Fallprotokolls, das Tina eingeführt hatte, wussten beide über den Stand der Ermittlungen und über die Pläne des anderen Bescheid.

Hendriksen setzte die Kaffeemaschine in Gang, brühte seinen Pfefferminztee auf und rief dann oben Tina an, um mitzuteilen, dass er Brötchen zum Frühstück besorgt hatte. Er bat sie, ihm zu sagen, wann die Damen empfangsbereit seien.

»Du kannst sofort heraufkommen. Wir wollten gerade frühstücken – Müsli, aber Brötchen sind uns lieber.«

Hendriksen nahm die Brötchen und seinen Becher und stieg die Treppe nach oben.

Petra war gerade dabei, die Schüsseln mit Müsli wieder abzuräumen, als er mit einem fröhlichen »Guten Morgen« das Apartment betrat.

Während des Frühstücks ging Hendriksen nicht auf die Ermittlungen ein. Er fragte Petra nach ihren Plänen für den Tag, und sie erzählte ihm, dass sie zu Uni-Klinik fahren und den Tag mit Lizzi verbringen wolle, sofern es die Ärzte zuließen.

Nach dem Frühstück half er mit, die Küche in Ordnung zu bringen. Dann verabschiedete er sich von Petra und bat Tina, so bald wie möglich ins Büro zu kommen. Tina nahm es wörtlich und folgte ihm sofort.

In seinem Büro sprachen sie die Ergebnisse ihrer Nachforschungen durch und analysierten, was sich daraus für Folgen ergeben könnten. Was sie zu diesem Zeitpunkt wussten, war allenfalls dazu geeignet, Hypothesen aufzustellen. Das bezog sich insbesondere auf Hasenkötters Bemerkung, Dethlef Dunkerts und Björn Backhaus könnten homosexuell sein. Zumindest war das Hendriksens Interpretation. Tina stimmte ihm, wenn auch zögernd, zu. Hatten die beiden etwas mit dem Diamantenraub zu tun? Tina wollte versuchen, Backhaus aufzuspüren, während sich Hendriksen in De Boers Umfeld umsehen sollte.

Nachdem sie ihre Vorhaben aufeinander abgestimmt hatten, trennten sie sich. Tina nahm wieder den Bulli und fuhr zur Adresse von Backhaus. Hendriksen verzichtete auf ein Auto. Er setzte sich auf Biki und radelte zu den Colonnaden. Mit dem Fahrrad war es nur ein Katzensprung. Vor dem Geschäft stieg er ab, nahm sein Rad auf die Schulter und betrat den Verkaufsraum. Er lehnte das Rad an die Brüstung des Schaufensters, drehte sich um und begrüßte völlig unbefangen die Verkäuferin, die ihn perplex ansah.

»Einen wunderschönen guten Morgen. Ich bin Dr. Hendriksen und möchte Frau De Boer sprechen. Ist sie in ihrem Büro?«

Wie selbstverständlich ging er durch die Tür zu den hinteren Räumen und klopfte an die Tür zu Frau De Boers Büro. Auf die Aufforderung, einzutreten, öffnete er die Tür, gerade als die Verkäuferin hinter ihm hergeeilt kam.

»Guten Morgen, Frau De Boer«, begrüßte er die Dame, die hinter dem Schreibtisch saß und in einem Schmuckkatalog blätterte. »Ich bin Dr. Hendriksen, Chef der Hamburger Agentur für Vertrauliche Ermittlungen. Wir sind von der Ohm-Kröger-Rückversicherungsgesellschaft-AG in Johannesburg beauftragt, den Raub der Diamanten aufzuklären. Eine meiner Mitarbeiterinnen hat bereits mit Ihnen gesprochen. Ihren Worten habe ich entnommen, dass das Gespräch etwas ruppig verlief. Ich möchte mich in aller Form für das Auftreten meiner Mitarbeiterin entschuldigen.«

Ohne mit der Wimper zu zucken oder Luft zu holen, hatte er den Spruch heruntergespult und dabei charmant gelächelt. Wie erwartet schien er Frau De Boer mit seinem Wortschwall überrumpelt zu haben, denn sie deutete wortlos auf den Besucherstuhl vor ihrem Schreibtisch. Hendriksen setzte sich, noch immer lächelnd.

»Ich bitte Sie, meinen Überfall zu entschuldigen, doch die Versicherung sitzt mir im Nacken, und ich bedarf zur Klärung des Falles noch einiger Auskünfte. Ich gehe davon aus, dass Ihnen sehr daran gelegen ist, dass das Gerücht, Sie hätten die Diamanten unterschlagen, so schnell wie möglich aus der Welt geschafft wird.«

Dass er dieses Gerücht eben erst erfunden hatte, sagte er ihr nicht. Frau De Boer reagierte, wie er erwartet hatte.

»Was für ein Gerücht? Das ist doch absoluter Unsinn. Ich habe so etwas noch nicht gehört. Wenn sich das herumsprechen sollte, kann ich meine Geschäfte schließen«, stieß sie aufgebracht hervor.

In diesem Moment klopfte es leise. Die Verkäuferin steckte ihren Kopf durch den Türspalt. Hendriksen sah ihr Spiegelbild in der Scheibe eines Glaskastens.

»Entschuldigen Sie, Frau De Boer, der Herr ist einfach ...«

»Ist gut, lass uns allein.«

»Aber er hat sein Fah–«

»Ich habe gesagt, lass uns allein. Ich will fürs Nächste nicht gestört werden. Verstanden?« Ihre Stimme klang herrisch. *Wie ein Feldwebel*, dachte Hendriksen.

»Ja, Frau De Boer.«

Die Verkäuferin zog eilig den Kopf zurück und schloss die Tür.

Frau De Boer wandte sich wieder Hendriksen zu. In ihren Augen konnte er erkennen, wie angespannt sie war. Offensichtlich hatte sie mit so einer Situation nicht gerechnet. Fast tat sie ihm leid.

»Wo haben Sie das Gerücht gehört?«

»Das kann ich Ihnen leider nicht sagen. Sie wissen ja, wie es so mit Gerüchten ist. Man steht zusammen, unterhält sich, und dann hört man von irgendwoher, dass jemand von so etwas spricht. Ich habe es auch nur erwähnt, damit Sie sehen, wie dringend es ist, den Fall aufzuklären. Und das geht nur, wenn ich so schnell wie möglich die Diamanten wiederbeschaffe.«

Frau De Boer nickte zustimmend. »Mein Gott, ich darf gar nicht daran denken, was geschieht, wenn es sich herumspricht. Ich bin erledigt.«

»Noch ist es nicht so weit. Noch haben Sie mich. Ich setze meine ganze Kraft ein, um Ihnen zu helfen und die Diamanten wiederzubeschaffen.«

»Ich danke Ihnen. Sie können gar nicht ermessen, wie sehr ich es schätze, Herr Dr. Hendriksen. Was immer in meiner Macht steht – ich helfe Ihnen. Fragen Sie, ich werde antworten.«

Na, geht doch, dachte Hendriksen. *Man muss die Menschen nur richtig ansprechen, und sie werden weich wie Butter.*

Laut sagte er: »Ich danke Ihnen. Zusammen werden wir die Kuh schon vom Eis bekommen. Was mich besonders interessiert, ist das Verhältnis Ihres verstorbenen Mannes zu Björn Backhaus.«

Frau De Boer überlegte einige Augenblicke, bevor sie antwortete.

»Die Männer kannten sich schon lange. Mein Mann hatte volles Vertrauen zu ihm.« Wieder zögerte sie, bevor sie fortfuhr, wobei Hendriksen das Gefühl hatte, dass sie mehr zu sich selbst sprach als zu ihm.

»Mehr jedenfalls als zu mir. Ich wusste nichts von dem Diamantentransport. Auch nicht, dass sie hier zwischengelagert wurden.«

»Aber dass bei Ihnen immer wieder Wertsachen gelagert wurden, das wussten Sie schon?«, flocht Hendriksen ein.

»Ja, das schon. Mein Mann hatte deshalb extra diesen schweren Tresor einbauen lassen. Er sagte, damit könnten wir, unabhängig vom Schmuck, gute Geschäfte machen.«

Hendriksen ging auf die Antwort nicht ein, konnte sich jedoch denken, dass De Boer dabei vor allem den Besitzern von Schwarzgeld eine sichere Unterbringung bieten wollte. Die Rendite für solche Fälle war sicherlich gebührend hoch gewesen. Er entnahm der Antwort, dass De Boer doch keine so weiße Weste gehabt hatte wie allgemein angenommen.

»Was ich noch hinzufügen muss«, fuhr Frau De Boer fort, »ist, dass er Backhaus zum Prokuristen ernannt und der damit Zeichenbefugnis erhalten hatte. Das hat er hinter meinem Rücken gemacht.«

»Hat Sie das nicht fürchterlich erbost?«

»Natürlich hat es das. Wenn ich ehrlich bin, war ich eifersüchtig auf Backhaus.«

»Mochten Sie ihn deshalb nicht?«

»Wer hat Ihnen denn das gesagt?«

»Ich habe es den Aufzeichnungen meiner Mitarbeiterin entnommen.«

Frau De Boer nahm sich Zeit mit der Antwort. »Ich weiß es nicht«, antwortete sie schließlich. »Sicher hat es mit dazu beigetragen, doch der Hauptgrund war wohl, dass ich mit ihm nicht warm wurde. Ich mochte seine ganze Art nicht, wie er sprach, sich gab, wie er mit unserer Verkäuferin umging. Ich kann mein Gefühl nicht in Worte fassen. Irgendwie wirkte er nicht wie ein Mann auf mich. Ich fühlte mich von ihm abgestoßen. Das ist jetzt sehr krass ausgedrückt, aber meine Gefühle gingen in diese Richtung. Allerdings schien diese Abneigung auf Gegenseitigkeit zu beruhen. Nicht, dass ich das beweisen könnte oder er einen Anlass dazu gegeben hätte, doch als Frau spürt man, wenn jemand etwas gegen einen hat. Das war wohl auch der Grund, warum wir nicht privat miteinander verkehrten.«

»Ich verstehe Sie schon. Hat es in der Firma jemals Unstimmigkeiten gegeben? Hat sich Ihr Mann einmal beklagt, dass die Buchführung nicht stimmte oder dass Schmuckstücke abhanden gekommen waren?«

»Was die Buchführung betrifft – nie, denn *ich* mache sie, und dann haben wir dafür auch noch unseren Steuerberater. Dass Fehlbestände beim Schmuck oder bei der Kasse auftraten, kam immer wieder vor. Es hielt sich aber in dem branchenüblichen Rahmen. Größere Objekte, bei denen sich das Risiko einer Unterschlagung gelohnt hätte, waren immer entsprechend gesichert. Ich kann nicht sagen, dass Backhaus sich auf unsere Kosten bereichert hätte, denn darauf wollen Sie doch hinaus.«

»Das haben Sie richtig erkannt. Es mag für Sie ungewöhnlich sein, solche Fragen zu hören. Sie sollten jedoch bedenken, dass ich von Ihrem Metier wenig Ahnung habe und, um mir ein realistisches Bild machen zu können, Informationen einholen muss, und das geht nur über Fragen. Damit komme ich zu ein paar delikaten Sachen. Sie brauchen selbstverständlich nicht zu antworten. Es wäre jedoch sehr hilfreich für meine Ermittlungen, wenn Sie es täten.«

»Fragen Sie nur.«

»Sie kennen ja Herrn Backhaus schon lange. Könnten Sie sich vorstellen, dass er schwul ist?«

Wieder ließ sie sich Zeit zum Nachdenken. »Schwer zu sagen. Diese Frage habe ich mir selbst schon gestellt. Vorstellen könnte ich es mir schon. Es würde auf jeden Fall unser unterkühltes Verhältnis erklären.«

»Nehmen wir einmal an, er wäre es. Könnten Sie sich vorstellen, dass er mit Ihrem Mann ein Verhältnis gehabt hat?«

»Nie! Unmöglich! Als Ehefrau muss ich das wissen.« Diesmal kam die Antwort wie aus der Pistole geschossen.

»Wie würden Sie Backhaus einschätzen? Würde er in einer homosexuellen Beziehung eher den weiblichen oder den männlichen Partner darstellen?«

»Den weiblichen, würde ich meinen«, sagte sie zögerlich.

»Könnten Sie sich vorstellen, dass er die Kraft und die

kriminelle Energie aufbringen würde, so einen Diamantendiebstahl durchzuführen?«

Frau De Boer schüttelte den Kopf. »Nein, kann ich mir nicht vorstellen.«

Hendriksen griff in die Tasche, zog sein Smartphone heraus und wählte das Bild von dem toten Dethlef Dunkerts aus. Er reichte das Smartphone Frau De Boer.

»Haben Sie diesen Mann schon einmal gesehen?«

»Igitt, der sieht ja unheimlich aus«, rief sie spontan.

»Ja, er ist wirklich nicht gut getroffen.« Hendriksen musste ein Grinsen unterdrücken.

»Ist er tot?«

»Ja, ertrunken. Haben Sie ihn schon einmal gesehen?«

»Ja, ab und zu hat er Backhaus abgeholt. Die beiden sollen sich intensiv um den Naturschutz gekümmert haben, das jedenfalls hat mir mein Mann erzählt. Backhaus hat ihn auch wiederholt aufgefordert mitzumachen, doch das war nun wirklich nicht Ferdis Ding.«

»Danke, Frau De Boer. Das war's schon. Sie haben mir sehr geholfen. Nochmals herzlichen Dank.«

»Gern geschehen, Herr Dr. Hendriksen. Sorgen Sie nur dafür, dass wir die Gerüchteküche zum Schweigen bringen.«

»Ich werde mein Bestes tun, das verspreche ich.«

Frau De Boer begleitete Hendriksen nach draußen. Als sie das Mountainbike vor der Auslage erblickte und sah, wie Hendriksen es zur Tür schob, sah sie ihn missbilligend an, sagte aber nichts.

Hendriksen fuhr die Colonnaden einmal rauf und einmal runter. Er wollte sich einen Überblick über die Straße verschaffen und sehen, von welchen Geschäften aus man einen Blick auf den Juwelierladen hatte. Am vielversprechendsten erschien ihm das Café, in dem sich Lizzi mit der Verkäuferin getroffen hatte. Vor dem Café klappte er Biki zusammen und stellte es neben den Tisch, an dem er Platz nahm. Die fragenden Blicke der Gäste und des Personals ignorierte er wie immer. Er bestellte sich einen Pfefferminztee und ein Käsebrot. Als ihm beides gebracht wurde, erkundigte er sich bei der Bedienung, wer an dem Tag des Überfalls Dienst gehabt hatte. Zu seiner Freude war es die junge Frau, die ihn bediente. Da nicht viele Gäste anwesend waren, ließ sie sich in ein Gespräch verwickeln. Viel Neues erfuhr er allerdings nicht, da der Raubmord erst geschehen war, nachdem das Café geschlossen hatte. Während ihrer Arbeitszeit hatte sie keinen Unbekannten herumlungern sehen. Am nächsten Tag allerdings war sie von zwei Ausländern zu dem Überfall befragt worden. Die Männer waren tadellos angezogen, trugen dunkle Anzüge – an die Farbe konnte sie sich nicht mehr erinnern. Sie war jedoch überzeugt, dass sie maßgeschneidert waren. Die Männer waren sehr höflich und sprachen mit einem fremdländischen Akzent. Sie hielt ihn für russisch, auf jeden Fall für osteuropäisch.

Hendriksen zeigte ihr das Bild von Dethlef Dunkerts. »Haben Sie diesen Herrn schon einmal gesehen?

»Ja, der war öfter hier im Café. Immer abends zur gleichen Zeit. Er hat sich hier mit einem Angestellten aus dem Juweliergeschäft getroffen. Die beiden sind immer zusammen weggegangen.«

»Kamen Ihnen die Männer irgendwie merkwürdig vor?«

»Sie meinen, ob die schwul waren? Klar waren sie das. Als Frau merkt man so etwas sofort«, beantwortete sie ihre Frage gleich selbst.

Plötzlich hatte Hendriksen eine Eingebung. »Haben Sie den Herrn auch an dem Tag des Raubmords gesehen?«

Die Bedienung dachte eine Weile nach, bevor sie antwortete: »Nicht hier im Café.«

»Wo denn?«

»Ich bin ihm auf dem Weg zum Stephansplatz begegnet. Ich fahre immer mit der S-Bahn von Dammtor-Bahnhof nach Klein Flottbeck. Da wohne ich.«

»Um welche Uhrzeit war das? Bitte versuchen Sie sich genau zu erinnern.«

»Mal sehen, wir hatten an dem Tag viel zu tun. Eine chinesische Reisegruppe war hier, und die haben viel Arbeit gemacht. Ich war ziemlich lange damit beschäftigt, die Tische sauber zu machen. Ich denke, ich bin erst gegen zehn Uhr abends weggekommen. Ja, es muss kurz vor zehn Uhr gewesen sein, denn ich habe meine S-Bahn um Viertel nach zehn noch bekommen.«

Die Bedienung wurde abgerufen. Ein Gast wollte zahlen.

Hendriksen legte einen Zehn-Euro-Schein auf den Tisch und ging ebenfalls.

Er versuchte noch an einigen anderen Stellen Informationen einzuholen, doch niemand konnte ihm mehr sagen, als er schon wusste. Er entschloss sich deshalb, in die Agentur zu fahren und seinen Bericht zu schreiben. Als er endlich fertig war und zu seinem Hausboot radelte, hatte er das Gefühl, von einem dunklen BMW verfolgt zu werden. Er bog in eine Einbahnstraße ab, und fuhr sie entgegen der

Fahrtrichtung entlang. Das Hupen wütender Autofahrer ignorierte er. Der dunkle BMW war nicht mehr hinter ihm. *Den hab ich abgeschüttelt,* dachte er und fuhr mit sich zufrieden weiter. Als er jedoch in die Straße, von der der Steg zu seinem Boot abging, einbog, sah er einen dunklen BMW ein Stück entfernt parken. Er konnte zwei Männer als Insassen ausmachen.

Hendriksen tat, als hätte er sie nicht bemerkt. Er stellte mit seinem Telefon die Alarmanlage ab, hob das Rad vom Ponton aufs Boot, schloss das Führerhaus auf, stellte das Fahrrad an der gewohnten Stelle ab und stieg die Treppe in den Salon hinunter. Dort ging er zu einem Fenster und beobachtete den Steg. Zehn Minuten geschah nichts. Schon glaubte er, sein Verdacht wäre unsinnig gewesen, als zwei Männer in dunklen Anzügen in den Fußweg zum Boot einbogen.

Da bin ich mal gespannt, was die Herren von mir wollen, sagte er in Gedanken zu sich selbst.

Die Männer betraten den Ponton. Einer ging zum Heck.

»Ahoi, Dwarslooper«, rief er, nachdem er den Namen des Bootes gelesen hatte.

Hendriksen ging zum Führerhaus und öffnete die Tür. »Was gibt's?«

»Wir möchten Sie sprechen. Dürfen wir an Bord kommen?«, fragte der, der zuerst gesprochen hatte. Er sprach das Deutsch exakt aus, aber mit einem starken Akzent. Russisch, dachte Hendriksen.

»Worum geht es?«

Hendriksen sah nicht ein, ihnen gleich entgegenzukommen. Nach seinem Gespräch mit der Bedienung im Café ging er davon aus, dass die Männer sich in irgendeiner Form mit dem Diamantenraub beschäftigten. Wahrscheinlich waren sie im Auftrag des russischen Käufers unterwegs.

»Wir möchten Ihnen ein Angebot unterbreiten.«

»Gut, kommen Sie an Bord.«

Die Männer stiegen aufs Schiff. Hendriksen trat zur Seite, damit sie eintreten konnten.

»Die Treppe rechts hinunter«, dirigierte er sie. »Bitte nehmen Sie Platz«, sagte er, als auch er in den Salon herabgestiegen war. »Darf ich Ihnen eine Erfrischung anbieten?«

Die Männer lehnten dankend ab.

Als auch Hendriksen sich gesetzt hatte, fragte derjenige, der bislang gesprochen hatte: »Sind Sie Herr Hendriksen?«

»Dr. Hendriksen, wenn ich bitten darf.«

»Entschuldigen Sie«, antwortete der Sprecher. »Wir …«

»Bevor wir miteinander sprechen, möchte ich zunächst wissen, wer Sie sind.«

Der Sprecher zögerte einige Augenblicke und nannte dann ihre Namen.

»Okay, was wollen Sie?«

»Gehen wir richtig in der Annahme, dass Sie die Diamanten von dem Juwelierladen De Boer suchen?«

»Über meine Aufträge gebe ich keine Auskünfte.«

»Dann nehme ich an, Sie tun es. Unser Auftraggeber möchte, dass Sie ihm die Diamanten aushändigen, wenn Sie sie finden. Sie bekommen ein gutes Honorar dafür.«

»Wer ist Ihr Auftraggeber?«

»Darüber spreche ich nicht.«

»Ist mir letztlich auch egal. Sagen Sie dem unbekannten Auftraggeber, ich habe schon einen Vertrag, und ich pflege meine Aufträge zu erfüllen.«

Die Männer sahen sich an, sprachen einige Worte auf Russisch, bevor der Sprecher antwortete: »Unser Auftraggeber zahlt Ihnen mehr, als Sie jetzt bekommen.«

»Klingt gut, aber ich kann das Angebot nicht annehmen, egal wie viel er mir bieten würde.«

»Sie würden doppelt so viel Geld bekommen. Denken Sie darüber nach. Wir melden uns morgen wieder.«

Die Russen erhoben sich.

»Sparen Sie sich die Mühe. Ich habe Ihnen gesagt, dass ich mich an meinen Auftrag gebunden fühle und meine Meinung nicht ändern werde, egal wie viel ihr Auftraggeber mir bietet.«

Wieder sprachen die beiden miteinander. Hendriksen hatte das Gefühl, dass sie stritten.

»Unser Auftraggeber«, sagte der Sprecher, »akzeptiert keine Ablehnung seines Wunsches. Er kann dann sehr unangenehm werden, und das ist gefährlich für Sie.«

»Heißt das, Sie drohen mir?«

»Nicht drohen, nur sagen, was wahr ist.«

»Dann sagen Sie Ihrem Auftraggeber, dass wir hier in Deutschland sind und nicht im korrupten Russland. Hier funktionieren solche Geschäftsmethoden nicht. Und jetzt bitte ich Sie zu gehen.«

»Sie sind dumm.«

»Bitte!« Hendriksen deutete auf den Aufgang.

Die beiden Männer nickten ihm zu und gingen.

Das kann ja heiter werden, dachte Hendriksen, zog die Tür zu und verriegelte sie.

Kapitel 17

Auch Tina hatte die Unterlagen durchgelesen und war zu dem Schluss gelangt, dass sie zunächst die Ehefrau von Björn Backhaus besuchen sollte. Die Ausbeute, die sie in den Akten gefunden hatte, war dürftig. Durch geschicktes Befragen hoffte sie, mehr Auskünfte über den Mann und möglicherweise auch über seinen Freund Dunkerts zu erhalten.

Sie rief Frau De Beor an und ließ sich die Adresse und Telefonnummer von Frau Backhaus geben. Sie wohnte, wie auch Backhaus' Freund oder Liebhaber, in Hamburg-Rissen, in der Brunhildstraße 28. Sie verabredete sich mit Frau Backhaus für elf Uhr vormittags.

Es kostete sie ein gutes Stück Überredungskunst, Frau Backhaus dazu zu bringen, einem Treffen zuzustimmen. Wie sie Tina sagte, war sie es leid, allen möglichen Personen Rede und Antwort zu stehen. Noch immer lungerten Reporter vor ihrem Anwesen herum, und es gelang ihr nur dann, unbelästigt aus dem Haus zu kommen, wenn sie sich ins Auto setzte und aus der Garage auf die Straße fuhr. Inzwischen, so erzählte sie, hätten die Reporter registriert, dass sie nicht anhielt. Wenn sie nicht angefahren werden wollten, mussten sie aus dem Weg springen.

Tina informierte Dörte, was sie an diesem Tag plante, und ging dann in die Garage, um mit dem Van nach Rissen zu fahren. Der VW war wegen der Bequemlichkeit und wegen der Erinnerungen zu ihrem Lieblingsfahrzeug geworden.

Die Fahrt nach Rissen war angenehm. An keiner Ampel gab es Staus. Ihr Navi führte sie auf schnellstem Weg zu der eingegebenen Adresse. Als sie anhielt, stiegen zwei Männer aus in der Nähe geparkten Autos und eilten auf sie zu.

»Wollen Sie zu Frau Backhaus?«, fragte einer.
»Hat Herr Backhaus seinen Chef umgebracht?«
»Steckt er hinter dem Schmuckraub?«
»Wissen Sie, wo er sich aufhält?«
»Was wollen Sie bei Frau Backhaus?«
»Hat die Polizei ihn gefunden?«

Die Fragen prasselten mit einer enormen Geschwindigkeit auf sie ein. Tina hatte nicht die Absicht, irgendeine zu beantworten. Wie sie es bei der Polizei gelernt hatte, sagte sie nur: »Kein Kommentar.« Sie drängte die Männer zur Seite und ging zur Eingangstür eines modernen Einfamilienhauses. Es lag in einer idyllischen Gegend am Ende eines Wendehammers.

Die Reporter folgten ihr. Dass sie sich strafbar machten, weil sie unerlaubt das Grundstück betraten, schien sie nicht zu stören.

Tina klingelte und blockierte mit ihrem Körper die Tür.

Frau Backhaus hatte die Reporter offenbar durch den Spion in der Tür gesehen. Sie öffnete die Tür nur so weit, dass Tina hindurchschlüpfen konnte. Trotzdem versuchten die Männer, ihre Mikrofone über Tina hinweg in das Haus zu halten.

Tina zwängte sich durch den Spalt und drückte die Tür mit aller Gewalt zu. Ein Schmerzensschrei war die Antwort.

»Wollen wir dem armen Menschen ein Pflaster rausreichen?«, fragte sie Frau Backhaus.

»Um Himmels willen, nein, endlich wird wenigstens einer für seine Aufdringlichkeit bestraft. Es ist widerlich, wie sich die Kerle benehmen. Ich kann nicht einmal mehr in meinen eigenen Garten gehen. Am liebsten würde ich mit der Schrotflinte meines Mannes auf sie schießen.«

»Machen Sie keine Scherze darüber. Die Kerle sind es nicht wert, dass Sie sich ihretwegen strafbar machen. Aber jetzt erst einmal einen guten Tag, Frau Backhaus, und vielen Dank, dass Sie mich empfangen.«

Frau Backhaus war eine kleine drahtige Frau, die ihre grauen Haare mit blonden Strähnen gefärbt hatte. Sie mochte in den Fünfzigern sein, sah aber jünger aus.

»Ebenfalls einen guten Tag. Ich hatte es schon bereut, mich zu diesem Gespräch bereiterklärt zu haben, aber nachdem Sie einem Reporter die Hand eingequetscht haben, bin ich Ihnen dankbar, dass Sie gekommen sind. Was darf ich Ihnen als Erfrischung anbieten – Tee, Kaffee, eine heiße Schokolade, oder möchten Sie lieber etwas Kräftigeres? Ich hätte einen trockenen Sherry.«

Tina lachte. »Liebe Frau Backhaus, ich bin nicht gekommen, um mich von Ihnen verwöhnen zu lassen. Einen Kaffee nehme ich jedoch gerne an, aber nur wenn es Ihnen keine Mühe macht.«

»Es macht mir keine Mühe. Ich bin im Gegenteil froh, mal wieder mit jemand Vernünftigem zu sprechen. Seit dem Verschwinden meines Mannes lebe ich hier wie in einem Käfig. Niemand besucht mich. Selbst meine engsten Freundinnen meiden das Haus aus Angst, sie könnten in die Hände dieser Schmierfinken fallen.«

»Es ist schon eine dumme Situation. Ich kann Ihnen jedoch versichern, es wird nicht mehr lange dauern, bis sich die Lage wieder normalisiert.«

»Ihr Wort in Gottes Ohr. Bitte gehen Sie durch die rechte Tür in die Wohnstube. Ich setze nur schnell den Kaffee auf. Wie trinken Sie ihn – Milch, Sahne, Zucker?«

»Für mich bitte schwarz.«

Während sich Frau Backhaus der Küche zuwandte, betrat Tina das Wohnzimmer. Es hatte nach Süden ein Panoramafenster. Die Einrichtung war zeitlos. Sie bestand aus einer Wohnlandschaft mit zwei Sesseln, einem Couchtisch, einer Bücherwand und einer Kommode, die eindeutig antik war. Der Boden war mit Auslegeware bedeckt. An den Wänden hingen vergrößerte Fotos von heimischen Vögeln. Wer immer sie aufgenommen hatte, schien ein Gespür für Dynamik zu haben.

Tina nahm auf der Schmalseite der Wohnlandschaft Platz.

Frau Backhaus kam kurz darauf mit einem Tablett herein, auf dem Tassen, eine Thermoskanne, ein Sahnekännchen und eine Schale mit Gebäck standen. Sie stellte alles vor Tina hin und setzte sich dann zu ihr.

»Bitte, bedienen Sie sich«, sagte sie und deutete auf das Gebäck, während sie Kaffee einschenkte.

Tina sah, wie ihre Lippen zitterten. Einen Grund dafür konnte sie nicht erkennen, außer dass sie noch immer über die Dreistigkeit der Reporter erregt war. Ihre nächste Bemerkung bestätigte diese Annahme.

»Sie können sich nicht vorstellen, was hier los war«, sprudelte es aus ihr heraus. »Bis vor die Terrassentür sind sie gekommen. Ich musste die Vorhänge vorziehen, um sie nicht zu sehen.«

Tina unterbrach den Redestrom nur hin und wieder, um sie zum Weitersprechen zu animieren, denn sie merkte, dass sie ruhiger wurde, je länger sie sprach. Tina spürte, dass Frau Backhaus bislang keine Gelegenheit gehabt hatte, sich ihren Frust von der Seele zu reden. Sie wusste aus Erfahrung, dass Menschen, die Gelegenheit bekamen, sich Belastendes von der Seele zu reden, später zugänglicher waren für Fragen. Die psychische Erleichterung schuf eine Art Vertrauensverhältnis zum Gesprächspartner.

Nachdem Frau Backhaus' Redestrom versiegt war, lenkte Tina sie behutsam auf andere Themen.

»Ich habe in den Akten gelesen, dass Ihr Mann ein Naturfreund war.« Sie ließ offen, ob sie es als Frage oder Behauptung gemeint hatte.

»O ja«, bestätigte Frau Backhaus. »Er war mehr im Naturschutzgebiet als zu Hause. Die Fotos an der Wand sind alle von ihm.«

»Ich habe sie schon bewundert. Ihr Mann hat eine künstlerische Ader und einen Blick fürs Detail.«

»Das hat er. Natur und Fotografie sind sein Hobby.«

»Ich habe vor kurzem mit dem Vertrauensmann des Naturschutzgebiets bei Pagensand gesprochen. Er sagte mir, Ihr Mann und sein Freund wären ihm eine große Stütze. Wenn ich ihn richtig verstanden habe, dann waren sie sogar seine einzigen regelmäßigen Helfer.«

»Sie meinen sicher Gerd Hasenkötter. Ja, es stimmt, Björn

und dieser Dethlef haben oft für ihn gearbeitet. An Wochenenden war Björn manchmal die ganze Nacht draußen, nicht um zu arbeiten, sondern um zu fotografieren. Meistens hat er dann in unserem Haus in Haseldorf übernachtet – zusammen mit seinem Freund«, sagte sie, und Tina spürte die Ablehnung. »Ich habe dort einen Bauernhof, einen Resthof, von meinen Eltern geerbt.«

»Meinen Sie Dethlef Dunkerts?«

»Ja, genau den.«

»Aus der Art, wie Sie es sagen, klingt es so, als würden Sie ihn nicht mögen.«

»Das können Sie laut sagen. Er hat einen schlechten Einfluss auf meinen Mann. Ich habe das Gefühl, Björn ist ihm völlig hörig. Wenn der etwas sagt, dann macht Björn das sofort. Wenn ich hingegen etwas will, dann passiert gar nichts.«

»Es klingt, als wären Sie etwas eifersüchtig auf ihn.«

Frau Backhaus lachte. Es war kein fröhliches Lachen. »Eifersüchtig ist das völlig falsche Wort. Hätten Sie neidisch gesagt, hätte ich zugestimmt.«

»Wie darf ich das verstehen? Wenn Sie meine Fragen für impertinent halten, sagen Sie es bitte. Ich frage nicht aus Neugier, sondern nur um ein klareres Bild von der gesamten Situation zu gewinnen. Nur so wird es unserer Agentur gelingen, das Verschwinden Ihres Mannes und den Raubmord aufzuklären.«

»Nein, nein, haben Sie keine Hemmungen, mir Fragen zu stellen. Es tut mir gut, einmal über alles reden zu können, ohne annehmen zu müssen, man könnte meine Worte falsch auslegen. Bei der Polizei musste ich jedes Wort auf die Goldwaage legen. Sie hatten meinen Mann und mich in Verdacht, das Juweliergeschäft ausgeraubt und Herrn De Boer ermordet zu haben. Ach ja, was Ihre Frage angeht ...« Sie ließ den Satz unvollendet und schien zu überlegen, was sie sagen wollte. Plötzlich rief sie: »Ach zum Teufel! Bald werden es sowieso alle wissen. Mein Mann ist schwul. Ein normales Eheleben führen wir schon seit langem nicht mehr.«

Obwohl Tina es schon geahnt hatte, war sie doch verblüfft über das Geständnis. Sie hob beschwichtigend die Hände.

»Ich verstehe, aber Sie brauchen darüber nicht zu reden. Ich will nicht in Ihre Intimsphäre eindringen. Bitte verstehen Sie mich, ich bin kein Voyeur.«

»Es ist nett, dass Sie das sagen, aber bald erfährt es doch jeder. Wir hatten die ersten paar Jahre eine glückliche Ehe, jedenfalls habe ich das so empfunden, auch wenn wir keine Kinder bekamen. Dann trat dieser Dethlef in unser Leben und innerhalb eines halben Jahres hatte sich alles geändert.«

»Haben Sie daran gedacht, Ihren Mann zu verlassen?«

Wieder lachte sie humorlos. »Unzählige Male, aber was hätte ich tun sollen? Ich habe nichts gelernt, sondern gleich von der Schulbank weg geheiratet. Außerdem habe ich hier ein angenehmes Leben und eine soziale Stellung. Sollte ich das alles aufgeben? Nein, habe ich mir gesagt und mit meinem Mann einen Kompromiss geschlossen. Ich kümmere mich nicht um sein Leben und er sich nicht um meines. Mit einer Ausnahme: Er darf für alles bezahlen«, fügte sie brutal hinzu.

»Wenn das so ist, hätte ich noch eine Frage: Könnten Sie sich vorstellen, dass Ihr Mann den Raubmord begangen hat?«

Wieder lachte Frau Backhaus. Diesmal klang es fröhlicher. »Björn? Ausgeschlossen! Er ist so ein Weichei, entschuldigen Sie den Ausdruck, und er wäre außerstande, auch nur einer Fliege etwas zuleide zu tun. Und dann die ganze Planung des Überfalls, und was noch schlimmer ist, das Diebesgut an den Mann zu bringen. Nein, allein der Gedanke ist lachhaft. Das habe ich der Polizei auch gesagt. Es hat sie aber nicht davon abgehalten, das Haus auf den Kopf zu stellen. So ein Quatsch. Selbst mein Mann hätte in all seiner Naivität die Beute doch niemals hier versteckt.«

»Ich möchte noch einmal auf Dethlef Dunkerts zurückkommen. Was war das für ein Mensch?«

»Sie sprechen in der Vergangenheit. Gibt es dafür einen Grund?«

Tina holte das Smartphone aus der Tasche und zeigte Frau Backhaus das Bild des Ertrunkenen.

»Tot?«

»Ertrunken. Wussten Sie das nicht?«

»Ich hatte keine Ahnung. Wie ist das passiert?«

»Er wurde ermordet.«

»Björn – unmöglich!«

»Wir wissen nicht, wer ihn ermordet hat oder warum.«

»Und Björn? Was ist mit Björn? Haben Sie etwas von ihm gehört?«

»Tut mir leid, Frau Backhaus, aber von ihm fehlt jede Spur.«

»Erwarten Sie nicht von mir, dass ich Trauer zeige. Ich bin froh, dass Björn den Kerl los ist. Ich weiß, es klingt scheußlich, so etwas zu sagen, aber in diesem Fall kann ich einfach nichts anderes sagen.«

»Ist schon gut, Frau Backhaus. Ich habe noch zwei Fragen, dann sind Sie mich fürs Erste los. Was für ein Mensch war dieser Dunkerts?«

Frau Backhaus überlegte nicht lange. »Ein arroganter, überheblicher Mistkerl. Ihn sehen und nicht mögen, war eins. Ich glaube, er empfand das Gleiche für mich. Das war wohl auch einer der Gründe, warum ihn Björn nie mehr hierher gebracht hat. Alles, was ich über ihn weiß, stammt aus Björns Erzählungen, und die waren ganz bestimmt nicht objektiv.«

»Würden Sie ihm zutrauen, den Raubmord begangen zu haben?«

»Ich wüsste nicht, wie er es angestellt haben sollte. Ohne die Hilfe meines Mannes wäre es nicht gegan–« Sie hielt plötzlich inne. »Sie denken … Mein Gott, das wäre ja entsetzlich. Nein, ich kann es nicht glauben.«

»Aber denkbar wäre es schon?«

»Ich will dazu nichts sagen. Der Gedanke hat mich gerade überwältigt.«

»Das kann ich verstehen, Frau Backhaus. Ich lasse Sie jetzt in Ruhe. Könnten Sie mir noch die Adresse Ihres Hofs in Haseldorf geben? Ich möchte mich dort umsehen.«

Frau Backhaus stand schweigend auf und ging in die Halle. Tina spürte, wie durcheinander sie war.

»Hier sind die Schlüssel«, sagte Frau Backhaus. »Die Adresse steht auf dem Schild.«

Tina nahm die verstörte Frau in die Arme. Dann verabschiedete sie sich und ging zum Van. Die beiden Reporter waren verschwunden.

In gewisser Weise bedauerte sie es, die Untersuchungen

nicht in ihrer Eigenschaft als Kriminalbeamtin durchführen zu können. Auf der anderen Seite hatte es Vorteile, als Privatdetektivin nicht an Verordnungen und Vorschriften gebunden zu sein.

Ihr nächstes Ziel lag ebenfalls in Rissen, jedoch im entgegengesetzten Ortsteil in der Nähe der Elbe. Nachdem Sie mit Frau Backhaus gesprochen hatte, wollte sie hören, was die Nachbarn über Dethlef Dunkerts zu sagen hatten. Erkenntnisse über seinen Charakter könnten auf ein mögliches Motiv des Mörders hinweisen. Ein Gedanke war ihr gekommen, der zwar weit hergeholt schien, aber trotzdem nicht ganz von der Hand zu weisen war. Nach Frau Backhaus' Ansicht war ihr Mann zu so einer Tat wie Raubmord nicht fähig – Weichei, wie sie gesagt hatte. Was jedoch, wenn Dunkerts der treibende Teil gewesen war? Die Wahrscheinlichkeit, dass Backhaus seinem Geliebten von der Diamanteneinlagerung erzählt haben könnte, war hoch. Sicher hatte Dunkerts die Möglichkeit gesehen, schnell auf einfache Weise reich zu werden. So wie Frau Backhaus ihren Mann und sein Verhältnis zu Dunkerts beschrieben hatte, dürfte es nicht schwer gewesen sein, ihn zu überreden, die Diamanten und den Schmuck zu rauben. Vielleicht hatte er Backhaus auch unter Druck gesetzt, ihm gedroht, seine Homosexualität publik zu machen.

Je länger sie darüber nachdachte, desto wahrscheinlicher kam ihr diese Möglichkeit vor. Dass Backhaus verschwunden und Dunkerts tot aufgetaucht war, konnte bedeuten, dass Backhaus doch nicht so ein Weichei war. Vielleicht waren sie sich beim Verteilen der Beute in die Haare geraten, und Dunkerts hatte den Kürzeren gezogen.

Was Tina irritierte und so gar nicht ins Bild passte, war, dass Dunkerts in eine Plastikfolie eingewickelt worden war.

Sie nahm sich vor, ihre Gedanken bei nächster Gelegenheit mit Hendriksen zu diskutieren.

Inzwischen war es nach sieben Uhr abends. Sie musste sich beeilen, um Dunkerts Nachbarn noch vor der Tagesschau zu sprechen. Während der Nachrichten und dem anschließenden Abendprogramm rechnete sie sich keine Chancen aus, jemanden zu treffen, der bereitwillig mit ihr über den Nachbarn sprechen würde.

Schneller als erlaubt durchquerte sie Rissen und parkte zwanzig Minuten später vor dem Mehrparteienhaus im Wateweg 25. Sie wollte gerade bei einer Partei klingeln, als zwei Männer mittleren Alters aus der Eingangstür traten. Sie hielten ihr höflich die Tür auf. Tina bedankte sich bei den in graue Anzüge gekleideten Männern. Wie sie aus der Anordnung der Briefkästen schloss, lag Dunkerts Wohnung im zweiten Stock. Sie ging drei Stufen zum Erdgeschoss hoch und klingelte an der Tür zur ersten Wohnung. Sie hörte Schritte und einen Mann fluchen. Dann wurde die Tür geöffnet. Ein Herr um die Vierzig im Jogginganzug sah sie mit finsterem Blick an.

»Was wollen Sie?«

Tina zeigte ihr charmantestes Lächeln. »Mein Name ist Tina Engels. Ich komme von der Hamburger Agentur für Vertrauliche Ermittlungen und möchte Sie bitten, mir ein paar Minuten Ihrer Zeit zu schenken.« Sie zeigte ihren Ausweis von der Agentur.

Der Mann sah nicht auf den Ausweis, sondern fragte barsch: »Wollen Sie etwa auch etwas über Dunkerts wissen?«

»Ja, wenn Sie so freundlich wären, mir zu sagen, was für ein Mensch er …«

Der Mann ließ sie nicht zu Ende sprechen. »Verdammt noch mal, hat man denn keine Ruhe vor dem Kerl? Erst rennt einem die Polizei die Bude ein, dann zwei Asylanten und jetzt Sie. Mir reicht's. Verschwinden Sie.«

Mit einem lauten Krach schlug er ihr die Tür vor der Nase zu.

Tina stand einen Augenblick verdattert da, dann erst registrierte sie, dass zwei »Asylanten« sich ebenfalls nach Dunkerts erkundigt hatten.

Tina versuchte es noch bei zwei anderen Nachbarn, doch die Reaktionen waren ähnlich.

Unverrichteter Dinge fuhr sie zur Agentur zurück. Hier war alles ruhig. Dörte hatte bereits Feierabend, und Petra war noch nicht aus dem Krankenhaus zurück. Sie schien jede Minute mit Lizzi verbringen zu wollen. Irgendwie beneidete sie die beiden.

Kapitel 18

Hendriksen saß noch lange nachdenklich im Salon seines Wohnbootes. Er nahm die Drohung der beiden Russen sehr ernst. Dass die beiden Männer Russen waren und ihr Auftraggeber der Käufer der Diamanten, davon war er überzeugt, denn wer sonst wusste von dem Diebstahl? Die Polizei ging, soweit er wusste, nur von einem Juwelenraubmord aus. Ihn beschäftigte die Frage, wie die Russen erfahren hatten, dass er beauftragt war, die Diamanten wiederzubeschaffen. Als einzige Quelle kam Frau Vanderfries oder jemand aus ihrem Umfeld infrage. Es war an der Zeit, sich mit ihr darüber zu unterhalten. Es war zu spät für einen Besuch, also griff er zum Telefon und wählte die Handynummer der Versicherungsrepräsentantin. Es dauerte eine ganze Weile, bis sich eine verschlafene Frauenstimme mit »Hallo« meldete.

»Guten Abend, Frau Vanderfries, hier spricht Marten Hendriksen. Es tut mir leid, dass ich so spät noch anrufe und Sie offenbar geweckt habe, aber es ist eine Entwicklung eingetreten, die wir dringend besprechen müssen.«

»Ach, Sie sind es, Herr Dr. Hendriksen. Ist schon in Ordnung. Normalerweise bin ich nicht so früh im Bett, aber ich habe mir eine lästige Grippe eingefangen.«

»Dann tut es mir umso mehr leid, Sie gestört zu haben. Auf jeden Fall wünsche ich Ihnen gute Besserung.«

Hendriksen hörte, wie sie in ein Taschentuch schnäuzte.

»Entschuldigung. Worum geht es?«

»Haben Sie gegenüber irgendjemandem geäußert, dass Sie mich beauftragt haben, die Diamanten zu finden?«

»Nein, wie kommen Sie darauf?«

»Ich bekam vorhin Besuch von zwei netten Russen, die mich überreden wollten, ihnen die Diamanten auszuliefern, sobald ich sie gefunden habe. Ein angemessen hohes Honorar haben sie mir auch geboten.«

»Was haben Sie ihnen gesagt?« Trotz ihrer Grippe war aus ihrer Stimme Besorgnis herauszuhören.

»Keine Angst, ich lasse Sie nicht im Stich, und das habe ich denen auch gesagt. Sie nahmen es nicht sehr wohlwollend auf und drohten mir – womit genau, haben sie nicht gesagt. Um die Männer brauchen Sie sich nicht zu kümmern, dafür sorge ich. Was ich wissen will: Woher können sie wissen, dass Sie mich mit der Suche beauftragt haben? Diese Frage zu klären ist deshalb besonders wichtig, weil meine Pläne, sobald ich sie mit Ihnen bespreche, offenbar verraten werden, bevor ich sie ausführen kann.«

»Ich kann Ihnen versichern, ich habe niemandem von Ihrem Auftrag erzählt, auch nicht, dass ich die Absicht habe, einen Privatdetektiv zur Wiederbeschaffung zu engagieren.« Sie schwieg einen Augenblick und fuhr dann fort: »Es stimmt nicht ganz, was ich gesagt habe. Ich habe natürlich unsere Geschäftsleitung in Johannesburg über meine Pläne informiert, denn von ihr benötigte ich das Go, Sie zu engagieren.«

»Schiet! Könnte es dort eine undichte Stelle geben?«

»Das halte ich für ausgeschlossen. Das Geschäft mit Diamanten ist streng geheim. Insbesondere seitdem die Russen ihre Diamanten auf den Markt werfen. Zum Glück ist deren Qualität nicht mit unserer vergleichbar. Für die Damen und Herren – es sind insgesamt fünf – lege ich meine Hand ins Feuer.«

»Und in Ihrem eigenen Büro?«

»Da weiß es niemand. Solche Dinge bespreche ich nicht mit meinen Angestellten.«

»Warum kamen die Russen dann zu mir?«

»Keine Ahnung. Möglich ist, dass sie Sie nach dem Ausschlussverfahren entdeckt haben. Das sind ja keine Dummköpfe.«

»Sie meinen, sie haben sich gefragt, wen die Versicherung damit beauftragt haben könnte, die Steinchen wiederzubeschaffen? Und sind dabei auf meinen Namen gestoßen?«

»Wäre eine Möglichkeit. Ich halte das eher für wahrscheinlich, als dass wir irgendwo ein Leck haben.«

Hendriksen dachte nach. »Sie könnten recht haben. Trotzdem bitte ich darum, dass Sie mit dem, was wir besprechen, sehr restriktiv umgehen.«

»Darauf können Sie sich hundertprozentig verlassen.«

»Dann entschuldige ich mich noch einmal für die späte Störung und wünsche Ihnen eine gute Nacht.«

Nachdem er das Gespräch beendet hatte, brühte er sich einen Pfefferminztee auf und überdachte das Telefongespräch. Vanderfries' Bemerkung, die Russen hätten ihn aus eigenem Antrieb ausgekundschaftet, war glaubhaft. Die Frage war, ob sie auch wussten, dass Tina für ihn arbeitete, und hatten sie Nachforschungen über sie angestellt? Wenn ja, dann war auch sie in Gefahr, und vielleicht auch Dörte, die tagsüber fast immer allein im Büro saß. Hier galt es, schnell Maßnahmen zur Sicherheit der Frauen zu ergreifen.

Er sah auf die Uhr und war erstaunt, wie schnell die Zeit vergangen war. Obwohl es schon nach Mitternacht war, rief er Tina auf ihrem Handy an. Zum zweiten Mal an diesem Abend antwortete eine verschlafene Stimme.

»Weißt du, wie spät es ist?«

»Ja, tut mir auch leid, deinen Schönheitsschlaf zu stören, doch es hat sich eine unangenehme Lage ergeben.«

In Stichworten berichtete er ihr von den Ereignissen des Abends und was für Gefahren sich daraus ergeben könnten. Dann erklärte er, welche Sicherheitsmaßnahmen er plante. Wie erwartet protestierte sie dagegen, doch er blieb hart und bat sie, nichts auf eigene Faust zu unternehmen. Er beendete das Telefonat erst, nachdem sie ihm versprochen hatte, sich an die geplanten Maßnahmen zu halten.

Als nächstes rief er Hermann an. Auch ihn informierte er kurz über die Lage.

»Du und die Rentnergang müsst für unsere Sicherheit sorgen«, sagte Hendriksen, nachdem er sicher war, dass Hermann die Gefahr verstanden hatte.

»Dat geit kloor, Chef. Ick segg Hinnerk und Kuddel bischeed.«

»Hermann, sprich Hochdeutsch!«

»Tschuldigung, Chef, dat leggt … das liegt daran, dass du mich aus dem Schlaf gerissen hast.«

»Schon gut. Also pass auf. Du besorgst dir Nero …«

»Der ist hier«, unterbrach Hermann.

»Umso besser. Noch mal: Du und Nero, ihr seid für Tinas Sicherheit verantwortlich. Hinnerk und Kuddel sollen

Dörte bewachen und natürlich auch die Wohnung, in der Petra und Tina wohnen.«

»Dat geit kloor – Entschuldigung, das geht in Ordnung. Und was ist mit dir? Wer sorgt für deene Sicherheit?«

»Ich komme allein klar.«

»Das glaub ich nicht. Du bist genauso in Gefahr wie die Deerns – eh, Frauen.«

»Wir machen es erst einmal so, wie ich es angeordnet habe. Morgen im Büro sprechen wir noch mal darüber. Hinnerk oder Kuddel sollen Dörte abholen und ins Büro bringen. Wenn ihr drei da seid, dann sollen Hinnerk und Kuddel Petra ins Krankenhaus begleiten, sofern sie morgens hin will. Sie muss in unser Sicherheitskonzept mit einbezogen werden, denn wenn die Kerle sie kidnappen, sind wir genauso erpressbar, als wenn sie jemand von uns aufgreifen. Hast du alles verstanden?«

»Kloor, Chef.«

»Dann bis morgen.«

»Jo.«

Nachdem die Sicherheitsfrage geklärt war, ging Hendriksen erleichtert schlafen.

Am nächsten Morgen stand er früh auf und radelte bereits eine Stunde vor seiner normalen Zeit zur Agentur. Der frühe Aufbruch hatte zwei Gründe. Zum einen wollte er sicherstellen, dass er Petra und Tina noch antraf. Bei Tina war er sich nie sicher, ob sie sich an seine Anweisungen halten würde. Der andere Grund war, dass er feststellen wollte, ob ihn die Russen rund um die Uhr überwachten. Würde er heute Morgen Verfolger bemerken, dann musste er davon ausgehen. Für ihre weitere Arbeit wäre es eine Erschwernis, denn dann mussten sie zusätzlich Maßnahmen ergreifen, die die Russen daran hinderten, ihre Ermittlungen auszuforschen.

Als er bei der Agentur ankam, hatte er keine Verfolger bemerkt. Er ging mit Biki auf der Schulter die Stufen hoch, schloss auf und stellte das Fahrrad in seinem Büro ab. Dann ging er zur Pantryküche im Empfangsraum, setzte die Kaffeemaschine in Gang und brühte sich selbst einen Pfefferminztee auf. In seinem Zimmer rief er als allererstes das Falltagebuch auf und kam zu dem Schluss, den Bauernhof von Frau Backhaus in Haseldorf besuchen zu müssen. Wenn die beiden Männer den Hof als Liebesnest genutzt hatten, dann könnte es dort Hinweise auf den Raubmord geben. Vorausgesetzt, Backhaus und Dunkerts waren überhaupt die Täter.

Eine halbe Stunde vor Bürobeginn traf Hermann mit Nero ein. Letzterer begann sofort mit einer Erkundungstour durch die Büros, um danach die Treppe zum Apartment hochzuklettern. Mit kräftigen Tatzenhieben gegen die Tür forderte er Einlass.

»Irgendwelche Probleme auf der Herfahrt?«, fragte er Hermann, der sich statt eines Kaffees ein Bier aus dem Kühlschrank genommen hatte. Er beäugte die Flasche mit scheelem Blick, denn Hendriksen hatte dafür gesorgt, dass es in der Agentur nur alkoholfreies Bier gab.

Kurz vor neun Uhr traf Dörte mit ihrem Sicherheitsteam ein. Auch sie hatten nichts Ungewöhnliches bemerkt.

Hendriksen wartete, bis Tina und Petra nach unten kamen, und versammelte dann alle in seinem Zimmer.

Noch einmal erklärte er, warum er die Sicherheitsmaßnahmen getroffen hatte, und forderte sie auf, sich daran zu halten, schon um der Rentnergang ihre Aufgabe nicht unnötig zu erschweren. Sollte eine seiner Mitarbeiterinnen gekidnappt werden, würde es alle in der Agentur treffen.

»Das bedeutet, auch du bedarfst einer Sicherung«, sagte Tina kategorisch. Alle Beteuerungen, er könne selbst auf sich aufpassen, wischte sie beiseite.

Eine Viertelstunde später befand er sich zusammen mit Hermann in dessen Auto auf dem Weg zur Haftanstalt, in der Onno auf seine Verhandlung wartete.

Bis er alle Schranken passiert hatte, vergingen zwanzig Minuten. Weitere zehn Minuten dauerte es, bevor ein Wärter seinen Freund in den Besucherraum brachte.

Hendriksen musste sich zusammennehmen, um nicht zu zeigen, wie entsetzt er bei seinem Anblick war. Obwohl er erst seit kurzem einsaß, wirkte der sonst so lustige Onno wie ein Häuflein Elend. Trotz seiner Bräune sah er bleich aus. Die Wangen waren eingefallen, der sonst strahlende Blick wirkte trübe, die Mundwinkel hingen nach unten und zeugten von seiner Mutlosigkeit.

Hendriksen begrüßte ihn betont forsch.

Onno antwortete mit einem laschen »Ich freue mich, dich zu sehen.«

»Mensch, Onno, wo ist dein Tatendrang geblieben? Denk daran, was wir alles durchgestanden haben. Zusammen sind wir heil aus jeder misslichen Lage herausgekommen, und das werden wir auch diesmal. Also Kopf hoch, alter Bergkamerad.«

Hendriksen wollte ihn aufrütteln, denn er hatte das Gefühl, dass Onno auf dem besten Wege war, sich aufzugeben.

»Du hast gut reden. Du bist draußen und kannst aktiv sein, und ich sitze hier drinnen und kann nichts zu meiner Verteidigung beitragen. Das Einzige, was ich tue, ist in meiner Zelle hin und her zu laufen. Ich zermartere mir den Kopf, wie die Katastrophe geschehen konnte, und das Ergebnis ist, dass ich langsam verrückt werde. Nicht ein hilfreicher Gedanke taucht in meinem Gehirn auf. Ich meditiere – nichts. Ich habe alle uns bekannten Entspannungsübungen ausprobiert, aber einen Zugang zu den Erkenntnissen des Unterbewusstseins habe ich nicht herstellen können.«

»Ich kann dich verstehen, Onno. Nur so funktioniert das nicht. Das weißt du selbst, erzwingen kannst du nichts. Wenn du Zugang zu deinem Unterbewusstsein haben willst, dann musst du gelassen sein und auf Antworten warten. Unter Druck passiert gar nichts, das haben wir doch schon erlebt.«

Onno lachte gequält. »Leicht gesagt, aber schwer getan.«

»Ich weiß, mein Freund, ich weiß, aber anders geht es nicht. Ich habe deine Lage und die Anklagepunkte auch immer wieder durchdacht und glaube, dass es zu keiner Gerichtsverhandlung kommen wird. Alles, was man dir vorwirft, sind Hypothesen. Nichts davon kann mit gerichtsverwertbaren Beweisen untermauert werden. Also Kopf hoch, und kämpfe. Behaupte, alle Anschuldigungen sind falsch. Je drümpeliger du aussiehst, desto eher glauben sie, es läge an deinen Schuldgefühlen, und desto mehr werden sie dich in die Mangel nehmen. Also nochmals, Kopf hoch. Deine Sache sieht besser aus, als du glaubst.«

»Ich weiß, Marten, und ich danke dir für deine aufbauenden Worte. Etwas Ähnliches hat mir auch mein Anwalt gesagt. Doch auch wenn das Verfahren eingestellt werden sollte, ist der Ruf unseres Unternehmens dahin. Niemand wird einer Firma mit zweifelhaftem Ruf Aufträge geben. Eine alte Hamburger Firma geht bankrott. Ich glaube nicht, dass mein Vater das überleben wird. Nein, Marten, das Einzige, was hilft, ist, dass ich in allen Anklagepunkten freigesprochen werde. Wenn es einen Täter gibt, dann muss er gestellt werden. Selbst ein toter Täter nützt uns nichts, denn die Gerüchte würden bleiben.«

»Okay, noch ist es nicht so weit. Ich werde herausfinden, was wirklich passiert ist, und solange ich das tue, wirst du mir dadurch helfen, dass du mich mit deinem Wissen und deiner Tatkraft unterstützt. Auch ich brauche Ansporn, immer wieder neue Wege zu gehen, wenn die alten in eine Sackgasse führen. Und diesen Ansporn, den will ich von dir bekommen. Du musst mich davon abhalten, aufzugeben. Denk einfach, wir wären in einer Steilwand und müssten uns gegenseitig motivieren, nicht aufzugeben. Und jetzt genug gejammert. Jetzt werden wir die Katastrophe Punkt für Punkt durchsprechen. Immer wieder und wieder, denn mit jedem Schritt kann uns etwas Neues einfallen.«

Leider war die verbleibende Besucherzeit zu kurz, um jeder Frage nachzugehen und die einzelnen Informationen zu diskutieren. Doch als Onno sich erhob, um vom Wärter zurück in seine Zelle geführt zu werden, sah Hendriksen, dass sein Freund wieder Farbe im Gesicht hatte und seine Augen nicht mehr ins Leere starrten. Er wusste aber auch, dass er eine große Verantwortung auf sich geladen hatte.

Als das letzte Gittertor hinter ihm schloss und er auf dem Bürgersteig vor dem Eingang der Strafvollzugsanstalt stand, atmete er erst einmal tief durch. Die Gefängnisatmosphäre hatte schon etwas Bedrückendes. Er konnte verstehen, dass Onno deprimiert war. Schließlich war er die Freiheit gewohnt.

Er schüttelte sich, um die trüben Empfindungen loszuwerden. Dann machte er sich auf die Suche nach Hermann. Der hatte ihn aus dem Gefängnis kommen sehen und blendete die Scheinwerfer auf.

»Alls kloor?«, fragte er, als Hendriksen auf der Beifahrerseite einstieg.

»Nicht wirklich, Hermann. Wenn wir nicht bald herausfinden, was mit der *Elbe 4* passiert ist, dann geht mein Freund vor die Hunde.«

»Tschja, Chef, dat is ein Problem. Ick weiß auch nicht, wat wi da doon können.«

»Hochdeutsch, Hermann, Hochdeutsch.«

»Entschuldigung. Wohin nun?«

»Zurück zur Agentur, und danach will ich nach Haseldorf fahren. Du und Nero, ihr kommt mit.«

»Dat geit kloor.«

Hendriksen sah Hermann missbilligend an. Der grinste nur.

In der Agentur war in der Zwischenzeit nichts passiert. Alles ging seinen gewohnten Gang, von den Russen keine Spur.

Hendriksen ging zu Dörte. »Finde bitte heraus, ob Tim Wedeking inzwischen Besuch empfängt. Er ist das Besatzungsmitglied, das die Explosion des Bergungsschiffes überlebt hat. Soweit ich weiß, müsste er im Wedeler Krankenhaus liegen. Beschaffe auch seine Adresse in Holm und lass dir ein Foto von ihm mailen. Ich möchte ihn, wenn Tina und ich in Haseldorf fertig sind, aufsuchen.«

»Wird sofort erledigt. Ich schick dir alle Infos auf dein Smartphone.«

»Mach das.«

Hendriksen ging zu Tina hinüber. »Wie sieht's aus? Können wir jetzt nach Haseldorf fahren, oder hast du noch etwas Dringendes zu erledigen?«

»Alles klar, kann losgehen.«

Tina griff nach Jacke und Handtasche und folgte zusammen mit Hermann und Nero Hendriksen in die Tiefgarage.

Wie selbstverständlich wählte Hendriksen den Bulli aus und setzte sich ans Steuer. Die Aufmerksamkeit, die der Stadtverkehr erforderte, lenkte ihn von seinen Gedanken an Onno ab.

»Ich hab gehört, du willst das gerettete Crewmitglied der *Elbe 4* sprechen. Was versprichst du dir davon? Soviel ich weiß, leidet er doch an Amnesie, von seinen Verletzungen ganz zu schweigen«, fragte Tina, als sie die Osdorfer Landstraße erreicht hatten und nur noch geradeaus zu fahren brauchten.

»Um ehrlich zu sein, weiß ich das selbst nicht. Aber er ist der Einzige, der uns etwas über den Zustand des Schiffes kurz vor der Explosion sagen kann. Wenn wir nicht irgendwoher neue Hinweise bekommen, dann weiß ich nicht, wie wir diesen verdammten Fall lösen können.«

»Mach dir keinen Kopf. Wenn wir uns Backhaus' Haus in Haseldorf angesehen haben, dann setzen wir uns zu einem Brainstorming zusammen, und danach lassen wir den Fall ruhen. In der Regel taucht dann unvermutet eine Idee auf.«

»Du wirst lachen, fast das Gleiche habe ich Onno gesagt.«

Bis Hendriksen vor dem Restbauernhof parkte, sprachen sie kein Wort. Jeder hing seinen Gedanken nach. Hermann betüttelte Nero, der das Autofahren wenig und das Angeschnalltsein überhaupt nicht mochte.

Das Hofgebäude bestand aus einem zur Straße hin ausgerichteten Wohntrakt und einer daran angebauten Scheune. Davor wuchsen drei Linden, die vor Jahren einmal geköpft worden waren, jetzt aber wieder so in den Himmel gewachsen waren, dass sie die gesamte Vorderfront beschatteten. Zwischen Haus und Straße befand sich ein etwa zehn Meter breiter Grünstreifen. Die einstmals akkurat angelegten Blumenbeete waren zwischen dem wild wuchernden Gras kaum noch zu erkennen. Eine Sanddornhecke trennte das Grundstück von der Straße. Die Fahrstraße für die Wirtschaftsfahrzeuge führte rechts am Haus vorbei. Ein Fußweg zweigte davon ab und führte zur Eingangstür des Wohnhauses.

Hendriksen und Tina folgten dem Fußweg.

»Ich geh in den Garten und lass Nero toben«, sagte Hermann. Er ließ den Hund von der Leine, der sofort davonstürmte.

Nach ein paar Schritten hielt Hendriksen Tina zurück. »Siehst du etwas?«

Tina blickte sich um und betrachtete die Vorderfront des Hauses. Sie schüttelte den Kopf. »Mir fällt nichts auf.«

»Dann schau auf den Kieselsteinweg zum Haus.«

Wieder zuckte Tina verständnislos mit den Schultern.

Hendriksen bückte sich und deutete mit dem Finger auf den Boden.

»Fußspuren. Noch relativ frisch. Ich schätze, sie sind nicht älter als einen Tag.«

Nun bückte sich auch Tina. »Wieso glaubst du, dass sie erst einen Tag alt sind?«

»Dazu gehört ein forensisch geschulter Blick. Auf meinen Abenteuerreisen habe ich ihn wiederholt anwenden müssen, um festzustellen, wer sich außer mir noch in der Gegend herumtrieb. Schau dir an, wie unsere Fußspuren aussehen. Obwohl wir auf einem Kiesbett gehen, sind die Konturen unserer Schuhe deutlich sichtbar. Und nun sieh dir diese Spuren an. Sie sind zwar noch deutlich zu sehen, aber nicht mehr so scharf ausgeprägt wie unsere. Ein Zeichen, dass es schon ein paar Stunden her ist, dass hier jemand gegangen ist. Und wenn du genau hinsiehst, dann waren es zwei Männer.«

Als Hauptkommissarin wusste Tina, wie sie sich an einem möglichen Tatort verhalten musste. Sie trat sofort zur Seite und ging auf dem Grasstreifen, der den Kiesweg begrenzte, zur Haustür. Sie zog den Schlüssel aus der Tasche.

»Brauchst du nicht«, flüsterte Hendriksen, als sie näherkamen. »Die Tür ist aufgebrochen. Tritt bitte zur Seite. Ich gehe als Erster.«

Kapitel 19

Tina blockierte die Tür.

»Wer von uns ist Kriminalhauptkommissar?«, flüsterte sie, drehte sich um und griff sich an die Seite, doch da hing keine Pistole. *Mist*, dachte sie, ließ sich aber ihre Verlegenheit nicht anmerken. Vorsichtig zog sie die Tür auf. Sie hatte damit gerechnet, dass sie quietschen würde, doch sie ließ sich geräuschlos öffnen. Jemand musste sie erst vor kurzem geölt haben. Sie nickte Hendriksen zu und schlich lautlos in die Diele. Hendriksen folgte. Er stellte sich auf die andere Wandseite, damit ein möglicher Eindringling sich entscheiden musste, wen er zuerst angreifen sollte. Diese kurze Zeitspanne zwischen Sehen, Überlegen und Handeln konnte lebensrettend sein.

Sie verharrten ein paar Sekunden regungslos und lauschten. Kein Geräusch war zu hören. Vorsichtig schlichen sie weiter. Die Diele schien durchs ganze Wohnhaus zu gehen. An ihrem Ende gab es eine Tür. Hendriksen nahm an, dass sie in die angebaute Scheune führte. Sie schlichen weiter. Da die Diele mit Kacheln gefliest war, verursachten ihre Schritte keine Geräusche. Sie erreichten zwei gegenüberliegende Türen. Tina gab Hendriksen ein Zeichen, dass sie die Tür an ihrer Seite öffnen würde. Er nickte und ging in die Hocke. Sollte jemand in dem Raum sein, würde er automatisch in Gesichtshöhe blicken, wenn er das Geräusch der sich öffnenden Tür hörte.

Auch diese Tür ließ sich leise öffnen. Ein schneller Blick und Tina zog sie wieder zu. In dem Raum war niemand, dafür sah es drinnen aus, als hätte dort eine Affenhorde getobt.

Tina gab Hendriksen ein Zeichen, jetzt die Tür auf seiner Seite zu öffnen. Das Ergebnis war das gleiche – niemand anwesend, aber auch hier Chaos.

Nach der gleichen Methode überprüften sie alle Räume im Erdgeschoss. Danach die Räume im ersten Stock, anschließend die im zweiten Stock und schließlich den Spitzboden. Überall ergab sich das gleiche Bild.

»Wer immer dafür verantwortlich war, er hat ganze Arbeit geleistet. In diesem Durcheinander etwas zu finden, ist unmöglich«, sagte Tina mit einem Seufzer der Enttäuschung.

»Je größer die Herausforderung, desto größer der Ruhm«, antwortete Hendriksen lächelnd.

»Nach was suchen wir eigentlich?«

»Keine Ahnung«, antwortete er und fügte, als er ihre verdrehten Augen sah, hinzu: »Nach allem, was ungewöhnlich ist, was nicht hierher passt. Sollte unsere Annahme stimmen, dass Dunkerts und Backhaus den Raub ausgeführt haben, dann finden wir vielleicht ein Schmuckstück, das sich beim Teilen der Beute verkrümelt hat. Das vielleicht hinter den Nachttisch oder unter den Teppich gerutscht ist. Wenn wir Glück haben, finden wir den Behälter, in dem die Diamanten transportiert wurden, oder etwas in diese Richtung. Auch suchen wir nach Beweisen, dass Backhaus Dunkerts erschlagen hat. Es wäre ...«

»Schon gut, ich weiß, worauf du hinaus willst. Damit ich auch mal etwas zu sagen habe, schlage ich vor, du durchsuchst hier unten die Räume und ich die im ersten Stock. Wer zuerst fertig ist, beginnt mit dem zweiten Stock.«

»Einverstanden. Bleib stehen.«

»Warum?«

»Tu's einfach.«

Hendriksen trat mit zwei schnellen Schritten auf sie zu, nahm sie in die Arme und küsste sie.

Als sie sich voneinander lösten, schnaufte er: »Wat mutt, dat mutt. Jetzt kann ich mich gestärkt in das Tohuwabohu stürzen.«

Tina zog sich Latex-Handschuhe an – es war ihr zur Gewohnheit geworden, immer welche in der Handtasche zu haben – und begann ihre Suche im Schlafzimmer. Systematisch begann sie an einer Seite und arbeitete sich von Wand zu Wand durch das Wirrwarr von Kleidung und Möbeln. Was sie fand war nur Männerkleidung und in einer aus dem Nachttisch gerutschten Schublade eine Großpackung Kondome. Sie waren geordnet nach Form und Geschmacksrichtung. Neugierig stellte sie fest, dass es Schokolade gab, Erdbeere und – igitt – Tabak. Für sie stand fest, dass hier das Liebesnest von Dunkerts und Backhaus gewesen war. In den anderen Zimmern fand sie auch nichts Interessantes.

Hendriksen stand einem noch größeren Chaos gegenüber. Auch hier war alles aus den Schränken gekippt worden. Schubläden lagen am Boden. Das Polster einer Couch und zweier Sessel war kreuz und quer aufgeschlitzt und die Polsterung zum Teil herausgerissen worden. Er blieb bei dem Anblick im Türrahmen stehen und ließ das Bild der

Verwüstung auf sich wirken. Hier hatte jemand gründliche Arbeit geleistet. Es war eindeutig: Die Russen hatten nach den Diamanten gesucht, denn einen anderen Grund für den Zustand des Hauses konnte er sich nicht vorstellen. Da alle Zimmer so chaotisch aussahen, hatten sie die Beute offenbar nicht gefunden. Also bestand noch eine Chance, dass er die Diamanten vor ihnen finden könnte. Was ihn ärgerte, war, dass die Russen offenbar einen Vorsprung hatten.

Sein Blick schweifte durch den Raum. Er suchte das Ungewöhnliche, die Abweichung vom Alltäglichen, und er entdeckte etwas. Neben dem Wohnzimmerschrank gab es an der ursprünglich einmal weißen, inzwischen jedoch vom Tabakqualm vergilbten Wand einen fast handtellergroßen weißen Fleck. Er stieg über das Gerümpel, um ihn sich genauer anzusehen. Es war eine Delle in der Wand. Putz war herausgerissen worden. Auf Hendriksen machte es den Eindruck, als hätte jemand einen schweren Gegenstand gegen die Wand geworfen. Er sah sich am Boden um, konnte jedoch nichts erkennen, was sich für solch einen Wurf geeignet hätte. Am Fuß der Wand lag ein Haufen Gerümpel. Er bückte sich und räumte einen Teil der Sachen zur Seite. Etwas Dunkles schimmerte unter durcheinanderliegenden Papieren hervor. Hendriksen schob die Papiere ganz zur Seite und sah einen Aktenkoffer von der Größe eines Pilotenkoffers. Er war etwas aus der Form geraten. Er nahm ihn hoch und entdeckte zu seiner Freude eine am Handgriff befestigte Kette. Am anderen Ende befand sich eine offene Handschelle.

»Bingo!«, sagte er zu sich selbst. Der Aktenkoffer ließ nur den Schluss zu, dass es sich um den Transportbehälter der

Diamanten handelte. Eine weitere Untersuchung ergab, dass die Wände des Koffers aus einem Drahtgeflecht bestanden, das innen und außen mit Leder überzogen war. Ein Kratzversuch mit seinem Taschenmesser zeigte, dass der Draht zu hart war, um auch nur eine Schramme hineinzukratzen. Nirostastahl.

Er fotografierte den Aktenkoffer von allen Seiten und schickte die Bilder an die Versicherungsrepräsentantin Vanderfries.

Könnte das der Koffer sein, mit dem die Diamanten transportiert wurden? Bitte um schnelle Antwort auf mein Smartphone, fügte er als Text hinzu.

»Du kannst mit deiner Suche aufhören«, rief er nach oben. »Ich bin fündig geworden.«

»Komme«, lautete die Antwort.

Als Tina neben ihn trat, zeigte er ihr den Aktenkoffer und erklärte ihr, wofür er ihn hielt.

Tina wollte ihm gerade zustimmen, als sein Smartphone klingelte. Vanderfries.

Ja, es ist die Transporttasche. Haben Sie die Diamanten auch?, las er Tina vor.

Leider nicht, tippte er als Antwort und schickte sie ab.

Hermann hatte Nero den Auslauf gegönnt, denn er wusste, dass der Hund nach dem Stillsitzen im Auto nur herumtoben wollte. Hasen, Katzen und Menschen interessierten ihn nicht besonders und waren daher nicht in Gefahr.

Der Garten, der an die Scheune anschloss, war ein verwilderter Obstgarten. Pflaumen-, Birnen- und Apfelbäume standen durcheinander. Dass sie seit Jahren nicht mehr beschnitten worden waren, sah selbst ein Stadtmensch wie Hermann. Der Garten war mit Obststräuchern eingefriedet. In der Mitte des Obstgartens stand ein aus roten Backsteinen gemauerter Brunnen.

Hermann versuchte in die Scheune zu gelangen. Vor dem doppelflügeligen Tor, durch das einst die Wirtschaftsfahrzeuge gefahren waren, hing ein handtellergroßes Vorhängeschloss. Die kleinere Personentür im rechten Torflügel hatte ein einfaches Schloss. Er versuchte den Türgriff. Er ließ sich nach unten drücken. Mit etwas Kraft konnte er die Tür aufstoßen. Licht, das durch verdreckte Scheiben an beiden Seiten hereinfiel, tauchte die Scheune in ein Dämmerlicht. Zu beiden Seiten eines breiten Gangs befanden sich Geländer. Das angeknabberte Holz deutete darauf hin, dass hier früher Kühe gehalten worden waren. Die Kuhboxen waren überdacht. Eine wenig vertrauenerweckende Leiter lehnte an einer Seite. Hermann kletterte vorsichtig hinauf. Außer Resten von Heu konnte er auf beiden Seiten nichts erkennen. Von der Toreinfahrt aus gesehen hinten befand sich eine Tür. Hermann nahm an, dass sie ins Wohnhaus führte. Links und rechts am Ende war je eine Box abgeteilt. In einer befanden sich eine Werkbank und Werkzeuge aller Art. Die dicke Rostschicht auf den Eisenteilen verriet, dass sie schon seit einer Ewigkeit nicht mehr benutzt worden waren. Die Box auf der anderen Seite war vollgestopft mit Utensilien, die man zum Melken brauchte.

Hermann holte sich aus der gegenüberliegenden Box eine Eisenklaue und stocherte damit in den Utensilien herum. Er sah jedoch nichts, was seine Aufmerksamkeit erregt hätte.

Da die Scheune sonst leer war, ging er wieder nach draußen. Nero hatte seine Erkundung des Gartens offenbar eingestellt. Für den Brunnen schien er sich jedoch sehr zu interessieren. Er hatte seine Vorderfüße auf den Mauerring gelegt und schnüffelte ins Innere. Ab und zu ließ er ein Winseln und unwilliges Knurren hören.

»Was ist los, Nero?«, rief Hermann.

Nero ließ sich dadurch nicht stören, sondern versuchte, mit seinen Hinterbeinen an der Brunnenwand Fuß zu fassen. Es sah aus, als wollte er auf den Brunnenrand klettern. Da er sich bereits ein Stück an der Wand hochgestemmt hatte, bekam er von Hermann einen scharfen Befehl. Sofort stellte er seine Bemühungen ein, blieb aber beim Brunnen stehen und sah Hermann intensiv an.

»Ich komm schon«, beruhigte der ihn.

Als er beim Brunnen angekommen war, begann Nero wieder mit seinen Übungen. Hermann sah über den Rand in den Schacht, konnte jedoch nur Gestrüpp und Unrat erkennen.

»Da ist nichts, Nero. Komm mit, wir gehen ins Haus.«

Hermann drehte sich um, doch Nero blieb am Brunnen sitzen, sah ihn an und knurrte. Hermann war klar, was der Hund ihm damit sagen wollte: *Da unten ist etwas, das für mich wichtig ist.* Leider konnte Nero nicht sagen, um was genau es sich handelte, denn er konnte nicht unterscheiden zwischen einer toten Ratte und einem Kaninchen.

Im ersten Moment wollte Hermann Neros Verhalten ignorieren, doch dann entschloss er sich, Hendriksen und Tina davon zu berichten. Zuvor befahl er Nero, den Brunnen zu bewachen. Nero setzte sich daneben und würde niemanden heranlassen. Hermann fand Hendriksen und Tina in der Diele.

»Draußen alles abgesucht?«, fragte Hendriksen.

»Jo, Chef, alles kloor. Nero scheint etwas entdeckt zu haben. Auf dem Gelände steht ein gemauerter Brunnen, für den interessiert er sich. Könnte ein totes Tier sein.«

»Möglich, wir sollten es uns trotzdem ansehen.«

Hermann hatte, während Hendriksen sprach, einen Blick in die Stube geworfen. Bei dem Anblick des Durcheinanders rief er unwillkürlich aus: »Wart ihr das?«

»Keine Chance, Hermann, wir sind zwar schnell, aber dass wir in der kurzen Zeit so ein Chaos anrichten könnten, so schnell sind wir dann auch wieder nicht. Hier haben vor uns schon die Vandalen gehaust. Und jetzt komm, wir wollen uns den Brunnen ansehen.«

Hendriksen ging voraus, Tina folgte. An der Eingangstür drehte er sich zu Hermann um.

»Du könntest aus dem Bulli zwei Taschenlampen holen.«

»Sofort.«

Hendriksen und Tina gingen zum Brunnen. Als sie jedoch an den Rand treten wollten, versperrte Nero ihnen mit seiner Flanke den Weg. Da er Hendriksen und Tina als Freunde akzeptierte, verzichtete er auf das gefährliche Knurren.

Hermann, der das geahnt hatte, kam mit zwei Taschenlampen in den Händen angelaufen.

»Nero, komm!«

Sofort verließ Nero seinen Posten und rannte seinem Herrchen entgegen.

Hendriksen und Tina beugten sich gleichzeitig über den

Brunnenrand. Sehen konnten sie nichts, doch Hendriksen fuhr ein Schauer über den Rücken, und Schweiß brach ihm aus allen Poren.

»Ich weiß, was wir da unten finden werden«, sagte er, als er sich wieder aufgerichtet hatte.

»Was?«, fragten Tina und Hermann wie aus einem Munde.

»Einen Toten.«

»Wie kommst du darauf?«, wollte Tina wissen.

»Meine Leichenallergie.«

»An wen denkst du?«

»Ich weiß es nicht. Sollte es Backhaus sein, ergeben unsere bisherigen Nachforschungen keinen Sinn. Gib mir mal eine Taschenlampe.«

»Mir kannst du die andere geben.«

»Und ich?«

»Du gehst mit Nero nach vorne und sorgst dafür, dass wir nicht gestört werden.

»Dat is fies«, sagte Hermann, der genauso neugierig war wie die beiden anderen. Er fiel ins Plattdeutsche zurück. »Komm, Nero, wenn se ut neech wöölt, dann neech.« Beleidigt zog er ab.

»Hättest du es ihm nicht charmanter sagen können?«

»Ach was, das muss er abkönnen. Und nun wollen wir sehen, was Nero entdeckt hat.«

Beide leuchteten mit ihren Taschenlampen in den Brunnen. Außer Gestrüpp war nichts zu erkennen.

»Da unten ist etwas«, versicherte Hendriksen mit zitternder Stimme und Schweißperlen auf der Stirn.

»Dann bleibt mir wohl nichts anderes übrig, als hinunterzusteigen«, sagte Tina mit einem Grinsen. »Die Erbauer haben an uns gedacht und Steigeisen in die Wand montiert.«

»Kommt nicht in Frage!«, rief Hendriksen. »Ich lass dich doch nicht da hinunterklettern. Das ist meine Aufgabe.«

»Unsinn!«, antwortete Tina unwirsch. »Bezwinge deinen Beschützerinstinkt und denke daran, wer ich bin. Ich bin kein armes Hascherl, das beschützt werden muss, sondern Kriminalhauptkommissarin. Und dann schau dich an. Solange du an deiner Leichenallergie leidest, wirst du zu keinem Toten hinuntersteigen, oder kannst du mir bitteschön sagen, wie ich dich wieder nach oben schaffen soll, wenn du unten schlapp machst?«

Auch wenn es Hendriksens männlichen Stolz verletzte, er sah ein, dass Tina in allen Punkten recht hatte. Weiterer Protest hätte ohnehin nichts gebracht, denn sie hatte bereits die Beine über den Brunnenrand geschwungen und suchte mit dem rechten Fuß nach dem ersten Steigeisen. In einer Hand die Taschenlampe, mit der anderen die Eisentritte umklammernd, kletterte sie vorsichtig hinab. Am Boden begann sie, mit den Händen den Unrat zur Seite zu räumen. Sie trug ihre Latexhandschuhe.

Hendriksen stand trotz seines Unwohlseins am Brunnen und leuchtete in die Tiefe.

Nur Bruchteile nach Tina entdeckte er eine Hand, die zwischen Zweigen nach oben ragte.

»Ich rufe jetzt besser die richtige Polizei an.«

»Ich bin die richtige Polizei«, kam es empört von unten hoch.

Hendriksen grinste, was seiner Psyche guttat, wie er erfreut registrierte. Er zog sein Smartphone aus der Tasche und rief eins-eins-null an. Als sich die Polizeieinsatzzentrale meldete, sagte er langsam zum Mitschreiben: »Hier spricht Dr. Hendriksen. Ich habe den Fund einer Leiche zu melden. Sie befindet sich in einem Brunnen auf einem Restbauernhof in Haseldorf.«

Er gab die Adresse durch und erhielt die Anweisung, vor Ort auf die Polizei zu warten, gefolgt von dem üblichen Hinweis, die Leiche und Gegenstände in der näheren Umgebung nicht anzufassen.

»Du kannst aus der Hölle wieder ans Tageslicht steigen. Deine Kollegen sind benachrichtigt.«

Wenig später stand Tina neben ihm. Ihr dezentes Parfüm wurde von einem modrigen Geruch überlagert. Hendriksen rümpfte die Nase und trat demonstrativ einen Schritt zur Seite, was ihm einen empörten Stupser gegen den Arm einbrachte.

Die Wartezeit bis zum Erscheinen des Streifenwagens nutzten sie, um ihre Aussagen abzustimmen. Danach ging Hendriksen zu Hermann, berichtete ihm von dem Fund und instruierte ihn, nichts von den Diamanten zu sagen. Sollte die Polizei ihn nach dem Grund ihres Hierseins fragen, was anzunehmen war, so sollte er sagen, dass sie auf der Suche nach Björn Backhaus waren. Das war nicht gelogen, denn diesen Auftrag hatte die Agentur schriftlich. Alles andere, so Hendriksen, ging die Polizei nichts an.

Hendriksen und Tina warteten vor dem Grundstück.

»Lass mich mit den Beamten reden, ich spreche ihre Sprache«, sagte Tina.

»Wenn du meinst.«

»Ich hoffe, wir können das lästige Prozedere so schneller über die Bühne bringen.«

»Dein Wort in Gottes Ohr. Soweit ich festgestellt habe, ist immer besetzt, wenn ich etwas von den Herren will. Seit ich nicht mehr in der Rechtsmedizin arbeite, scheinen sie mir nicht mehr zu glauben.«

»Wahrscheinlich siehst du ihnen zu gewalttätig aus.«

»Das wird es sein. Dass ich nicht selbst drauf gekommen bin.«

Es dauerte zehn Minuten, bis der Streifenwagen eintraf. Tina ging auf sie zu.

»Haben Sie den Fund einer Leiche gemeldet?«

»Mein Kollege.«

»Und wer sind Sie?«

»Ich bin Tina Engels, Kriminalhauptkommissarin und Leiterin der Kriminalabteilung in Görlitz.«

Die Beamten nahmen bei der Nennung ihrer Amtsbezeichnung unwillkürlich Haltung an.

»Wo befindet sich die Leiche?«

»Im Obstgarten in einem Brunnen. Ich führe Sie hin.«

Tina gab Hendriksen ein Zeichen, zurückzubleiben. Der gehorchte, wenn auch ungern. Nach einer Weile kam sie zurück.

»Alles erledigt. Jetzt müssen wir auf die Kripo aus Pinneberg warten. Das könnte etwas dauern, wie mir der Polizeiobermeister sagte.«

Da sie mit dem geräumigen Bulli vor Ort waren, störte es sie nicht besonders. Das Einzige, was ihnen verlorenging, war Zeit. Das war zwar ärgerlich, doch dafür würden sie die Identität des Toten gleich vor Ort erfahren.

Während der Wartezeit betätigte sich Hendriksen als Koch, das heißt, er brühte für Tina Kaffee und für sich Tee auf. Hermann musste sich mit alkoholfreiem Bier zufriedengeben. Obwohl er immer noch maulte, hatte er sich fast schon daran gewöhnt.

Nach einer Stunde traf endlich die Kriminalpolizei ein. Ihr folgten die Experten des Spurensicherungsteams und ein Rechtsmediziner, dessen Kopf eine prachtvolle, schlohweiße Mähne umrahmte. Hendriksen stieg aus und begrüßte ihn freundschaftlich. Sie hatten früher öfters miteinander zu tun gehabt, da auch Schleswig-Holstein bei schwierigen Fällen das Institut von Professor Moorbach zur Unterstützung hinzuzog.

Zusammen gingen sie zum Brunnen. Tina begleitete sie.

Der Leiter des Ermittlungsteams war ein älterer, korpulenter Kriminalbeamter im gleichen Rang wie Tina. Nachdem Hendriksen und Tina sich ihm vorgestellt hatten, benahm er sich vor allem Tina gegenüber sehr kollegial. Er erlaubte ihr und Hendriksen die Arbeiten des Spurensicherungsteams zu beobachten.

Die Spezialisten der Technik legten als erstes die Leiche frei. Der weggeräumte Müll und die Zweige wurden in Plastiksäcken gesammelt. Schon nach kurzer Zeit hievten sie die Leiche aus dem Brunnen und betteten sie daneben auf eine Plastikplane. Es handelte sich um einen Mann. »Ich kennen den Toten«, sagte Hendriksen zu dem Leiter der Untersuchung. »Nicht persönlich, aber ich weiß, wer er ist. Björn Backhaus.«

Mit den Worten zog er eine Fotografie, die er von Frau Backhaus bekommen hatte, aus der Brusttasche und reichte sie dem Kriminalpolizisten.

»In der Tat«, rief dieser, erleichtert, dass er so schnell die Identität des Toten ermitteln konnte. »Ist es der Backhaus, der im Zusammenhang mit dem Raubmord in einem Hamburger Juweliergeschäft als vermisst gemeldet wurde?«
»Selbiger.«

Kapitel 20

Es war spät geworden, als sie den Fundort verlassen durften, zu spät, um noch etwas unternehmen zu können. Ob der Fundort auch der Tatort war, stand nicht fest. Die Spurensicherung war noch dabei, das Wohnhaus zu durchsuchen, als Hendriksen und sein Team abfuhren.

In der Agentur wurden sie von Petra erwartet. Freudestrahlend berichtete sie, Lizzi sei heute in die chirurgische Abteilung verlegt worden. Alle ihre Reflexe funktionierten normal, und sie rechnete damit, Ende der Woche entlassen zu werden.

»Mir fällt ein Stein vom Herzen«, sagte Hendriksen. »Wann ist die beste Zeit, um sie zu besuchen?«

»Wunderbar«, warf Tina ein, bevor Petra die Frage beantworten konnte. »Ich komme natürlich mit.«

»Das versteht sich von selbst«, antwortete Hendriksen.

»Darf ich jetzt auch mal etwas sagen?«, fragte Petra.

»Nur zu, wir sind ganz Ohr.«

»Die beste Besuchszeit ist zwischen drei und vier Uhr nachmittags, oder abends nach sieben Uhr, doch diese Zeit habe ich für mich reserviert.«

»In Ordnung, der Abend sei den Liebenden gegönnt.«

»Sei nicht so anzüglich.«

Petra sagte: »Ich möchte euch zur Feier des Tages zu einem Schluck Sekt und einem kleinen Imbiss einladen. Es ist oben alles vorbereitet. Das gilt natürlich auch für euch drei und Nero.«

Sie sah die Rentnergang an, die etwas abseits stand und auf Anweisung für die Nacht wartete.

»Nee, lot man. Wenn de Chef neechts für mich hett, dann fohr ick leever nach Huss«, sagte Kuddel.

»Ick ook«, schloss sich Hinnerk an.

»Und du, Hermann, kann ich mit dir rechnen?«

»Jo, aver nur wenn du ein Bier hest. Dat Pütscherwater, dat is neechts for'n Kerl. Ick will sowieso heute Nacht Wache schieben, damit ihr Deerns neecht geklaut werdet.«

Petra lachte. »Bier ist kalt gestellt.«

»Un dat seggst jetzt erst!«

»Okay, erst einmal schönen Dank an euch beide. Es ist für mich immer eine große Beruhigung, wenn ich weiß, dass ihr uns überwacht. Ich wäre euch dankbar, wenn ihr morgen um neun Uhr wieder hier sein könntet«, sagte Hendriksen zu Hinnerk und Kuddel.

»Dat geit kloor, Chef, neech, Kuddel?«, antwortete Hinnerk.

»Jo.«

Hendriksen, Hermann und Nero folgten den beiden Damen in Lizzis Apartment. Nero schnüffelte sofort durch sein ehemaliges Zuhause und ließ sich nach der Erkundungstour auf seinem Stammplatz vor dem Kamin nieder.

Tina verschwand im Gästezimmer und Hendriksen im Gästebad, um sich zu erfrischen. Danach ging er in die Küche, wo Petra ein kaltes Büfett aufgebaut hatte. »Kleiner Imbiss« war eine Untertreibung, und der Sekt stellte sich als Champagner heraus. Nur Hermanns Bier stammte aus dem Kühlschrank im Büro und war damit alkoholfrei, was Hermann mit Stirnrunzeln, aber ohne Kommentar zur Kenntnis nahm.

»Bedient euch«, forderte Petra ihre Gäste auf. »Getränke und Imbiss stammen von Lizzi und mir.«

»Dann trinke ich den ersten Schluck auf Lizzis Gesundheit und euer Glück.«

Hendriksen hob sein Glas und prostete Petra zu. Tina und Hermann schlossen sich ihm an.

Es wurde ein erholsamer und heiterer Abend. Die Sorge um Lizzi war der Freude gewichen, sie in Kürze wieder vollständig hergestellt zu sehen. Das Zusammensein war auch deshalb so entspannend, weil Hendriksen alles Berufliche unterband.

Erst gegen ein Uhr fand der Abend ein Ende. Die Frauen waren müde, und Hendriksen erging es nicht viel anders. Als er sich verabschieden wollte, um zu seinem Hausboot zu fahren, hielt ihn der vehemente Protest der Damen zurück. Sie richteten ihm eine Schlafstätte auf der Couch im Wohnzimmer her. Zuerst lehnte er ab, doch nur pro forma. Im Grunde war er froh, hier aufs Lager sinken zu können. Für Hermann brauchten die Damen nicht zu sorgen. Er hatte eine klappbare Liege und Decken dabei. Wie geplant, schlug er sein Lager im Empfangsraum auf. Es dauerte auch nicht lange, bis Nero ihm Gesellschaft leistete.

Am nächsten Morgen war Hermann der Erste, der auf den Beinen war. Er befahl Nero aufzupassen und ging nach einer Katzenwäsche zum Bäcker, um Brötchen zu holen. Der Zweite, der aufstand, war Hendriksen. Er nutzte die Wartezeit, um in der Wohnung wieder Klarschiff zu machen. Hermann, der wenig später mit den duftenden Brötchen zurückkam, half ihm dabei. Als Petra und Tina auftauchten, war der Frühstückstisch schon gedeckt.

Die Frauen hätten nichts dagegen gehabt, wenn die Männer jeden Morgen für einen solchen Service gesorgt hätten.

Kurz vor neun Uhr gingen Hendriksen und Tina nach unten. Dort war Dörte bereits in die Büroroutine vertieft.

Hendriksen rief zunächst bei Markus Semmler an und informierte ihn, dass der Auftrag, Björn Backhaus zu finden, erledigt sei.

Mit seiner sonoren Stimme fragte Semmler, wo der Gesuchte gefunden worden sei und wo er sich jetzt aufhalte.

»In Haseldorf, auf dem Bauernhof seiner Frau. Derzeit dürfte er sich im Leichenschauhaus der Rechtsmedizin in Pinneberg befinden.«

Nach dieser makabren Meldung berichtete ihm Hendriksen die Einzelheiten.

»Ich habe es befürchtet«, sagte der Rechtsanwalt traurig. »Eine unschöne Situation. Weiß Frau Backhaus schon Bescheid?«

»Nicht von mir, ich wollte persönlich hinfahren, um ihr die Nachricht vom Tod ihres Mannes zu überbringen. Allerdings nehme ich an, dass die Polizei sie bereits informiert hat. Unabhängig davon halte ich es für eine Frage des Anstands, es ihr persönlich mitzuteilen. Es sei denn, Sie wollen es tun.«

»Geht leider nicht, ich habe nachher einen Gerichtstermin. Wie lange der sich hinzieht, weiß ich nicht. Danach werde ich ebenfalls zu ihr fahren, um zu kondolieren.«

»Ich hätte eine Bitte. Könnten Sie versuchen, von der Polizei die Todesursache zu erfahren und ob sie schon etwas über den Täter weiß? Als Anwalt von Backhaus wird man Ihnen sicher Auskunft geben. Mich hingegen kann man abwimmeln. Wenn Sie mir die Ergebnisse übermitteln würden, wäre ich Ihnen sehr dankbar.«

»Das mache ich gerne. Sie haben sowieso einiges bei mir gut.«

»Das habe ich nicht vergessen, und es nimmt ein besonderes Kästchen in meinem Gehirn ein.«

Semmler lachte. »Hat sich schon etwas hinsichtlich des Raubmordes bei De Boer getan?«, fragte er.

»Wir kommen voran. Um Genaues zu sagen, ist es noch zu früh. Wir wären ein gutes Stück weiter, wenn wir wüssten, wer Backhaus ermordet hat. Dass wir seinen Freund und Liebhaber Dunkerts tot im Wrack gefunden haben, wissen Sie sicherlich.«

»Habe davon gehört. Haben Sie Liebhaber gesagt?« Semmler klang überrascht.

»Hab ich. Wussten Sie nicht, dass Backhaus schwul war?«

»Absolut nicht. Ich höre es zum ersten Mal. Es ist mir persönlich nie aufgefallen, und ich habe oft mit ihm verkehrt – nicht so, wie Sie jetzt denken mögen.«

»Keine Sorge, auf den Gedanken wäre ich nie gekommen.«

»Ich muss jetzt Schluss machen. Zeit, zum Gericht zu fahren. Aber ich bedanke mich für die Info über meinen Klienten. Ich kann mich dadurch bei meinem Kondolenzbesuch entsprechend verhalten.«

»Keine Ursache. Vergessen Sie nicht, mich so schnell wie möglich über die Untersuchungsergebnisse der Polizei zu benachrichtigen.«

»Keine Sorge, steht in meinem Terminkalender.«

Hendriksens nächster Anruf galt Frau De Boer, die er ebenfalls über das Schicksal ihres Prokuristen informierte.

Nachdem er die Telefonate erledigt hatte, ging er in Tinas Büro und setzte sich auf den Holzstuhl vor ihrem Schreibtisch.

»Du machst so ein sorgenvolles Gesicht. Sind Probleme aufgetreten?«, fragte Tina.

»Das kannst du laut sagen. Gestern ist alles, was ich mir so schön gedanklich zurechtgelegt habe, wie ein Kartenhaus in sich zusammengefallen.«

»Du meinst Backhaus?«

»Genau den. Bislang ging ich, oder besser gesagt, gingen wir beide davon aus, dass er seinen Komplizen und Bettgenossen wegen der Diamanten umgebracht hat. Jetzt wurde er selbst ermordet. Was nun? Im Grunde können wir wieder bei null anfangen.«

»Sei nicht so pessimistisch. Betrachte es doch positiv. Wir wissen einiges mehr als am Anfang. Wir sind doch davon überzeugt, dass Backhaus und Dunkerts den Raub und den Mord an De Boer ausgeführt haben.«

»So weit, so gut, aber was bringt uns das?«

»Lass mich ausreden. Unsere Überlegung, dass die beiden über die Verteilung der Beute in Streit geraten sind und Backhaus dabei seinen Freund getötet und in der Elbe entsorgt hat, halte ich immer noch für richtig. Nur kommt jetzt ein neuer Aspekt hinzu. Aus irgendeinem Grund hat ein Dritter mitbekommen, dass Backhaus im Besitz von Schmuck und Diamanten ist, hat ihn ermordet und sich in den Besitz der Beute gebracht.«

»Und wer ist der Jemand?«

»Diese Kleinigkeit müssen wir noch ermitteln«, antwortete Tina lächelnd. »Wenn du mich fragst, dann tippe ich auf die Russen.«

Hendriksen dachte eine ganze Weile über die kurze Analyse nach, um dann kopfschüttelnd zu sagen: »Das glaube ich nicht. Ich denke eher, die Russen haben das Haus auf den Kopf gestellt, und als sie keine Diamanten fanden, Backhaus umgebracht und im Brunnen entsorgt. Ich glaube, die Diamanten hat ein anderer. Einer, den wir noch gar nicht auf dem Schachbrett haben.«

»Schon möglich. Und wie bringen wir ihn ins Spiel?«

»Das, meine Liebe, ist die Eine-Million-Dollar-Frage. Mal abgesehen davon, was hast du als Nächstes vor?«

»Was ich schon angekündigt habe. Ich werde mir unser Falltagebuch vornehmen und es von Anfang bis Ende studieren. Irgendwie habe ich so ein Gefühl, als hätten wir etwas übersehen.«

Hendriksen nickte zustimmend. »Wir könnten eineiige Zwillinge sein, denn das gleiche Gefühl habe ich auch. Ich meine es sogar vor meinem geistigen Auge zu sehen, doch immer wenn ich es konkret erkennen will, verschwindet es, und ich kann mich ums Verrecken nicht mehr daran erinnern, was es gewesen ist.«

»In solchen Fällen sollten wir das Problem einfach ignorieren und warten, bis es aus dem Unterbewusstsein ganz von selbst auftaucht. Erzwingen hilft überhaupt nichts.«

»Du hast gut reden. Inzwischen sind die Diamanten in Russland oder sonst wo, und ich kann dich am Ende deiner Tage nicht bezahlen.«

»Dann brauche ich auch kein Geld mehr.«

»Wie bitte?«

»Du sagtest, am Ende meiner Tage.«

»Ach so.« Hendriksen lächelte trotz seiner sorgenvollen Miene. »Ich fahr dann mal zu Frau Backhaus.«

»Denk an unseren Besuch im Krankenhaus um drei Uhr.«

»Werde ich. Wo wollen wir uns treffen?«

»Am besten in der Uni-Klinik.«

»Gut, drei Uhr Innere, am Eingang.«

Hendriksen ging in sein Zimmer zurück, zog eine Windjacke über und nahm Biki. Auf dem Weg zum Ausgang rief er Dörte zu: »Bin bei Frau Backhaus.«

»Okay, Marten.«

Für die Fahrt benötigte er noch nicht einmal eine Dreiviertelstunde. Als er an der Tür klingelte, öffnete ihm nach geraumer Zeit Frau Backhaus. Sie war in Schwarz gekleidet, ein Zeichen, dass die Polizei sie bereits über den Tod ihres Mannes unterrichtet hatte. Er konnte sich deshalb darauf beschränken, ihr zu kondolieren.

»Vielen Dank, Herr Dr. Hendriksen, ich weiß es zu schätzen, dass Sie sich die Mühe gemacht haben, persönlich vorbeizukommen. Bitte kommen Sie herein. Ich darf Ihnen doch sicherlich einen Kaffee anbieten?«

»Sehr gerne.«

Frau Backhaus gab den Weg frei. Hendriksen ergriff sein Mountainbike und trat damit in den Flur. Auf Frau Backhaus' krause Stirn und ihren verwunderten Blick sagte er: »Ich lasse es nie draußen stehen, dazu ist es viel zu wertvoll.«

Mit den Worten lehnte er es gegen eine Kommode. Frau Backhaus schüttelte den Kopf, sagte aber nichts. Sie führte ihn in die Wohnstube, verschwand dann selbst in der Küche und kam kurz darauf mit einem Tablett wieder, auf dem eine Thermoskanne und eine Schüssel mit Gebäck standen. Nachdem sie zwei Gedecke auf den Couchtisch gestellt und eingeschenkt hatte, sagte sie: »Sie werden sich wundern, dass ich Trauer trage.«

»Nein, das wundert mich nicht. Ich wäre eher erstaunt, wenn Sie es nicht täten. Wenn man mit jemandem so lange zusammenlebt, dann hat der Partner, auch wenn es keine echte Partnerschaft war, verdient, dass man ihm im Tod Respekt zeugt.«

Frau Backhaus lächelte scheu. »Sie sind sehr verständnisvoll. Ich danke Ihnen.«

»Da nicht für. Hat Ihr Mann ein Arbeitszimmer gehabt, das ausschließlich sein Reich war?«

»Ja, das hatte er.«

»Dürfte ich es sehen? Vielleicht finde ich dort Anhaltspunkte für den Mord an ihm.«

»Da kommen Sie wahrscheinlich zu spät.«

»Wie darf ich das verstehen?«

»Gestern am späten Abend ist die Polizei mit mehreren Beamten hier aufgetaucht und hat das Haus erneut durchsucht und aus dem Arbeitszimmer meines Mannes etliche Sachen mitgenommen, einschließlich seines Computers, Laptops und Tablets. Ich glaube nicht, dass Sie dort noch etwas finden werden.«

Hendriksen ärgerte sich, dass er zu spät gekommen war. Er ließ sich die Verstimmung nicht anmerken, unterhielt sich noch eine Weile mit Frau Backhaus und verabschiedete sich dann.

Inzwischen war es Zeit geworden, zur Uniklinik zu fahren. Als er dort ankam, warteten Tina und Petra bereits auf ihn. Petra übernahm die Führung und Hendriksen sein Mountainbike. Er stellte es neben die Empfangskabine und sagte der Schwester, sie möge nicht damit wegfahren. Anstatt empört zu sein, lachte sie. Hendriksen und seine Marotte waren hier allgemein bekannt, denn er hatte auf der Inneren seine Zeit als Assistenzarzt abgeleistet.

Lizzi lag im ersten Stock auf einem Einzelzimmer. Petra klopfte an und öffnete die Tür, bevor die Patientin »Herein« sagen konnte. Sie lag im Bett und trug noch immer einen Kopfverband. Ihre rote Mähne schaute oben und unten heraus, ein Anblick, bei dem Hendriksen sich ein Grinsen nicht verkneifen konnte. Sie sah bleich aus, doch ihre Augen sprühten wie früher vor Feuer. Petra eilte auf sie zu, umarmte und küsste sie. Tina tat das Gleiche, platzierte aber ihre Küsse auf die Wangen. Hendriksen beschränkte sich darauf, ihr die Hand zu schütteln und sie zu fragen, wann sie endlich wieder die Arbeit aufnehmen würde – was ihm sofort den Protest aller drei Frauen einbrachte.

Petra ging noch einen Schritt weiter und sagte mit einer Stimme, die keinen Widerspruch duldete: »Da wird nichts draus! Sobald Lizzi entlassen wird, bringe ich sie nach Schloss Bolkow, wo sie sich erst einmal erholen wird. Ich habe es dir schon einmal gesagt. Wenn es nach mir geht, dann kommt Lizzi nicht mehr zurück, denn wir werden heiraten und das Ressort Bolkow gemeinsam führen.«

Lizzi sagte dazu nichts, aber ihre Wangen glühten, und Hendriksen konnte sich denken, wie ihre Entscheidung ausfallen würde.

Er ging absichtlich nicht auf Petras Bemerkung ein, um Lizzi zu keiner Stellungnahme zu zwingen. Stattdessen erkundigte er sich neutral nach ihrem Befinden.

»Mir geht es wieder gut. Am liebsten würde ich schon morgen das Krankenhaus verlassen.«

»Mach keinen Unsinn«, sagte Hendriksen. »Du bleibst so lange hier, bis dich die Ärzte entlassen, und gehst nicht eine Minute früher.«

Nach einer halben Stunde stieß Tina Hendriksen unauffällig an und machte ein Zeichen zur Tür. Ein Blick auf Lizzis Gesicht zeigte ihm, dass sie der Besuch anstrengte. Sie verabschiedeten sich und verließen das Krankenzimmer. Petra blieb zurück. Sie wollte Lizzi zur Entspannung aus einem Buch vorlesen.

»Was machen wir jetzt? Irgendwelche Pläne?«, fragte Tina, als sie das Gebäude verlassen hatten.

»Was hältst du davon, wenn wir etwas essen? Mir knurrt der Magen. Außer zwei Biskuits bei Frau Backhaus habe ich noch nichts gegessen.«

»Gute Idee, auch ich könnte etwas vertragen, aber ich habe Appetit auf etwas Solides, kein aufwendiges Menü.«

»Du sprichst mir aus der Seele. Ich kenne hier in der Nähe eine Studentenkneipe, rustikal, aber gutes Essen.«

»Wie hat Frau Backhaus die Nachricht vom Tod ihres Mannes aufgenommen?«

»Gefasst, war auch nicht anders zu erwarten. Schließlich waren sie ja kein Liebespaar, sondern eher eine Wohngemeinschaft.«

»Hast du etwas erfahren können, was uns dem Mörder oder den Mördern näher bringt?«

»Leider nein. Die Polizei war schon vor mir da und hat alles mitgenommen, was uns vielleicht hätte weiterhelfen können.«

Tina nickte. »Das habe ich mir gedacht.«

»Und du? Haben deine Studien etwas ergeben?«

»Nicht wirklich. Ich habe nichts gefunden, was uns auf eine konkrete Spur führen könnte, aber das Gefühl, etwas zu übersehen, ist geblieben.«

»Okay, sei es, wie es sei. Jetzt gehen wir erst einmal etwas essen. Dein Auto kannst du stehen lassen. Zur Kneipe gehen wir zu Fuß. Ich würde dich ja auf Biki mitnehmen, aber ich habe keinen Gepäckträger.«

»Ich glaube, da würde ich auch lieber zu Fuß gehen.«

Die Studentenkneipe war um diese Zeit fast leer, so dass sie sofort bedient wurden. Tina bestellte sich einen Chefsalat und Hendriksen eine Portion Gyros mit Pommes. Dazu tranken sie ein Alsterwasser.

Sie hatten gerade mit dem Essen begonnen, als Hendriksens Smartphone klingelte. Er zog es aus der Tasche und sah auf das Display.

»Ich muss rangehen, entschuldige«, sagte er zu Tina. »Es ist Semmler, Backhaus' Rechtsanwalt.«

»Sie wollten, dass ich Sie sofort anrufe, wenn ich etwas von der Polizei bezüglich des verstorbenen Herrn Backhaus erfahren habe«, sagte der etwas gestelzt.

»Sehr gut, hatte noch gar nicht mit einer Rückmeldung gerechnet.«

»Die Polizei hat die Mordwaffe unter dem Gerümpel in der Wohnstube gefunden. Es ist ein Pokal von einem Angelklub. Backhaus' Blut befand sich daran und sonst nur noch frische Fingerabdrücke von seinem Freund.«

»Meinen Sie Dunkerts?«

»Ja, Dethlef Dunkerts.«

»Heißt das, Dunkerts hat Backhaus ermordet?«

»So sieht es die Polizei.«

»Haben Sie vielen Dank. Sie haben gerade eine Theorie über den Tathergang zunichte gemacht.«

»Tut mir leid, aber so ist der Stand bei der Polizei. Wenn Sie mehr wissen wollen, können Sie sich jederzeit an mich wenden.«

»Nochmals danke.«

Hendriksen beendete das Gespräch und sah Tina an. »Du hast mitgehört?«

Tina nickte. »Was nun?«

»Eine gute Frage. Eins steht fest: Die Partner haben sich gestritten. Worüber, können wir nicht mit Bestimmtheit sagen. Es ist jedoch wahrscheinlich, dass es um den Raub ging. Wo wir uns geirrt haben, ist der Mörder. Nicht Backhaus hat Dunkerts, sondern Dunkerts hat Backhaus umgebracht. So weit, so gut, aber wer hat Dunkerts ermordet und in der Elbe entsorgt?«

»Es könnten die Russen gewesen sein«, gab Tina zu bedenken.

»Möglich, aber unwahrscheinlich. Warum sollten sie sich die Mühe machen, Dunkerts in die Elbe zu werfen? Es wäre doch viel einfacher gewesen, ihn bei Backhaus im Brunnen verschwinden zu lassen.«

Kapitel 21

Am nächsten Morgen waren Tina und Hendriksen schon früh unterwegs, um Tim Wedeking, den einzigen Überlebenden der *Elbe 4*, zu befragen. Sie hatten absichtlich keinen Termin ausgemacht, weil sie seine Reaktion sehen wollten, wenn sie sich vorstellten und ihm ihre Absicht mitteilten. Zwar gingen sie nicht davon aus, von ihm viel über die Explosion zu erfahren, hofften jedoch, mehr über die Verantwortungsbereiche an Bord und das Verhältnis der Besatzung untereinander zu hören. Auch wollten sie herausfinden, warum er sich selbst aus dem Krankenhaus entlassen hatte. Dass es dafür einen triftigen Grund geben musste, setzten sie voraus.

Da er in Holm wohnte, fuhren sie die gleiche Strecke wie nach Haseldorf.

»Du machst so ein nachdenkliches Gesicht. Ist etwas?«, fragte Hendriksen.

»Ich denke, wir hätten Hermann mitnehmen sollen.«

»Warum?«

»Wir könnten Rückendeckung gebrauchen. Schließlich treiben sich da draußen noch die Russen herum.«

»Ich denke, das ist nicht nötig. Schließlich sollten wir beide mit dem Problem allein fertig werden.«

»Leichter gesagt als getan. Die Kräfteverhältnisse sind eindeutig zugunsten der Russen. Wir sind unbewaffnet, und ich möchte wetten, die haben alles an Waffen, was sie brauchen. In solchen Fällen verlasse ich mich lieber auf eine Pistole als auf deinen Verstand.«

»Hast du so wenig Vertrauen in meine Fähigkeiten? Ich bin enttäuscht.«

Tina merkte, dass er ihre Sorge herunterspielen wollte, doch sie war nicht bereit, darauf einzugehen.

»Mit Sprüchen erledigt sich das Problem nicht. Mir wäre wirklich wohler, wenn wir Hermann und seine Gang hinter uns hätten.«

»Die haben auch keine Waffen.«

»Aber Nero.«

»Nun gut, dann alarmieren wir ihn. Hinnerk und Kuddel müssen bei Dörte bleiben.«

»Okay«, sagte Tina und griff zum Telefon, »ich rufe ihn an.«

Sie wählte die Agenturnummer. Dörte meldete sich und teilte mit, Hermann sei nach Hause gefahren. Da er die Nacht hier Wache gehalten hatte, wollte er ein paar Stunden schlafen. Tina gab es an Hendriksen weiter.

»Dann lassen wir ihn schlafen. Schließlich ist er keine zwanzig mehr«, sagte der.

»Okay, ich stimme zu. Hoffen wir, dass nichts passiert.«

Kurz vor acht Uhr morgens waren sie in Holm. Hendriksen hielt vor einer Bäckerei und kaufte Brötchen. Wenige Minuten später erreichten sie das Mehrfamilienhaus, in dem Wedeking wohnte. Mit der Tüte in der Hand gingen sie zur Haustür. Sie war verschlossen. Tina suchte nach der Klingel mit seinem Namen und betätigte sie. Sie musste es dreimal wiederholen, bevor eine verschlafene männliche Stimme im Lautsprecher zu hören war.

»Wer ist da?«, fragte sie mürrisch.

»Mein Name ist Tina Engels. Ich bin in Begleitung von Herrn Dr. Hendriksen von der Hamburger Agentur für Vertrauliche Ermittlungen. Wir sind von Herrn Otto Stöver beauftragt, das Unglück der *Elbe 4* zu untersuchen, und würden Ihnen in diesem Zusammenhang gerne ein paar Fragen stellen. Machen Sie bitte auf. Wir haben auch frische Brötchen mitgebracht.«

Sie hörte ein unverständliches Gemurmel, dann schnappte die Verriegelung der Tür zurück.

Sie gingen ein paar Stufen hoch. Im Hochparterre stand an der linken Seite eine Tür offen. Eine Stimme rief: »Kommen Sie herein, gehen Sie gerade aus durch die Tür und machen Sie es sich bequem. Ich ziehe mir nur schnell etwas über.«

Auf dem Weg kamen sie an der Küche vorbei. Hendriksen war erstaunt, wie aufgeräumt sie war. Denn soweit er wusste, war Wedeking Junggeselle, und die hielten in der Regel ihre Küche nicht klinisch sauber.

»Geh du schon voraus, ich setze Kaffee auf«, forderte er Tina auf.

Die folgte wortlos seiner Bitte.

Auch die Stube machte den Eindruck, als wenn hier niemand wohnen würde. Tina sah sich erstaunt um. Ihr Wohnzimmer sah nie so aufgeräumt aus. Sie ging zu einem Sidebord, öffnete die Schiebetür und fand, wie sie vermutet hatte, Geschirr. Sie holte Tassen, Teller und Besteck heraus und deckte damit einen kleinen Esstisch, der gegenüber einem Fenster an der Wand stand.

Wenig später erschien Tim Wedeking. Tina hätte vor Verblüffung fast den Zuckertopf fallen gelassen. Der Mann, der ihr zur Begrüßung die Hand hinhielt, war der, der auf dem Deich die Bergungsarbeiten in der Elbe beobachtet hatte. So überrascht sie auch war, sie ließ es sich nicht anmerken.

Trotz seines Vollbarts sah er bleich im Gesicht aus. Seine Augen waren von dunklen Rändern umgeben. Die Lippe war aufgeplatzt, und mehrere Pflaster zierten sein Gesicht. Es war unübersehbar, dass er sich nicht wohlfühlte. Umso seltsamer war es, dass er sich aus dem Krankenhaus davongemacht hatte.

Sie hatten sich gerade die Hand geschüttelt, als Hendriksen mit einem Tablett in der Hand den Raum betrat. Es duftete nach Kaffee und frischen Brötchen.

»Moin«, grüßte er fröhlich. »Bitte Platz nehmen. Das Frühstück ist fertig.«

Er stellte Kaffee, Butter, Marmelade, Honig und einen Tetrapack Milch auf den Tisch. Mehr hatte er im Kühlschrank nicht gefunden.

Tim Wedeking stand wortlos da. Anscheinend hatten ihm die Aktivitäten der beiden Besucher die Sprache verschlagen.

»Ich bin Dr. Marten Hendriksen«, stellte Hendriksen sich vor. »Ich freue mich, dass Sie uns zu so früher Morgenstunde empfangen. Doch nun schlage ich vor, dass wir uns setzen und frühstücken, sonst wird der Kaffee kalt.«

»Moin«, antwortete Wedeking. »Ich bin mir nicht sicher, ob ich träume oder ob dies hier alles real ist.«

»Real, Herr Wedeking, ganz real. Eine kleine Aufmerksamkeit, mit der wir uns für unseren Überfall entschuldigen wollen.«

»Wenn das so ist, dann kommen Sie bitte morgen wieder, aber erst um neun Uhr.« Wedeking hatte seine Sprache und seinen Humor wiedergefunden.

»Das lässt sich machen, vorausgesetzt, Sie kommen zu mir und sorgen dafür, dass meine Wohnung genauso picobello aussieht wie Ihre.«

Wedeking lachte, verzog aber sofort den Mund und schwieg. Die Verletzung an der Lippe schien Fröhlichkeit noch nicht zu tolerieren.

»Ich würde Ihnen nicht viel nützen, denn ich bin nicht für den Zustand meiner Wohnung verantwortlich. Zu mir kommt zweimal die Woche eine Zugehfrau in Gestalt meiner Mutter und sorgt dafür, dass ich in meinem Junggesellenhaushalt nicht verkomme.«

»Dann heure ich Ihre Mutter an.«

»Ich werd's ihr sagen. Wo wohnen Sie denn?«

»In Görlitz«, sagte Tina mit todernstem Gesicht.

»Wo ist denn das?«

»In der hintersten Ecke von Sachsen. Danach kommt nur noch Polen«, warf Hendriksen mit einem Lächeln ein.

Während des Frühstücks unterhielten sie sich in dieser frotzelnden Art.

Nachdem sie den Kaffee ausgetrunken hatten, übernahm Hendriksen das Wort. Seine Stimme klang ernst. Wedeking konnte nicht daran zweifeln, dass der lockere, humorvolle Teil vorbei war.

»Sie können sich sicher denken, Herr Wedeking, dass wir

nicht nur hierher gekommen sind, um mit Ihnen zu frühstücken.«

»Mir völlig klar. Womit kann ich Ihnen dienen?«

»Es geht um die Explosion auf der *Elbe 4*.«

Bei der Erwähnung des Bergungsschiffes verdunkelten sich Wedekings Augen. Tina hatte das Gefühl, als würde er jeden Augenblick anfangen zu weinen.

»Leider sind Sie der einzige Überlebende, den wir zu den Ereignissen vor der Explosion befragen können. Wie Sie sicher mitbekommen haben, hat die Polizei Ihren Chef, Onno Stöver, verhaftet. Es wird ihm versuchter Versicherungsbetrug vorgeworfen, wobei er billigend in Kauf genommen haben soll, dass die Mannschaft dabei umkam.«

»Unmöglich!«, rief Wedeking aufgeregt. »So etwas von Herrn Stöver zu denken, ist absurd. Er würde niemals etwas tun, was ein Mannschaftsmitglied in Gefahr bringt – völlig undenkbar.«

Er wurde Tina durch seinen Gefühlsausbruch immer sympathischer.

»Genau das kann ich mir von Onno Stöver auch nicht vorstellen«, stimmte Hendriksen zu. »Um Ihren Chef zu entlasten, sind wir hier. Jede Kleinigkeit, an die Sie sich erinnern, kann uns helfen.«

»Ich kann Ihnen kaum etwas sagen, denn ich war zum Zeitpunkt der Explosion im Schlauchboot. Auch die Polizei konnte mit meiner Aussage offensichtlich nichts anfangen, sonst hätten sie Herrn Stöver nicht verhaftet. Ich habe es übrigens nicht gewusst.«

»Es stand groß und breit in allen Zeitungen«, warf Tina ein.

»Das mag schon sein, doch seit man mich auf Pagensand aufgelesen hat, habe ich weder Zeitung gelesen noch ferngesehen. Mich hat einfach nichts interessiert.«

»So ganz desinteressiert konnten Sie nicht gewesen sein. Ich glaube, ich habe Sie mit einem Fernglas auf dem Deich gesehen.«

»Ach so, Sie waren das, die mich beobachtet hat«, sagte er zu Tina. »Deshalb kam mir ihr Gesicht vorhin bekannt vor. Aber Sie haben recht. Ich wollte sehen, was mit meinem Schiff passiert. Das Herz eines Seemannes blutet immer, wenn mit dem Schiff, auf dem er gelebt und gearbeitet hat, etwas so Schreckliches passiert. Deswegen habe ich es auch nicht mehr im Krankenhaus ausgehalten. Ich wollte mit dabei sein, wenn die *Elbe 4* zu Grabe getragen wird, auch wenn ich es nur aus der Ferne beobachten kann.« Bei den letzten Worten waren seine Augen feucht geworden.

Tina hätte ihn am liebsten in die Arme genommen und ihn getröstet.

»Wie kam es, dass Sie nicht an Bord waren wie die anderen?«, kam Hendriksen wieder auf das eigentliche Thema zurück.

»Ich wollte überprüfen, ob alles an Bord des Kümos ordentlich befestigt war. Ich hatte tagsüber an Bord gearbeitet und war mir nicht sicher, ob alles wieder ordnungsgemäß verstaut war. Unser Alter konnte mächtig unangenehm werden, wenn wir Sicherheitsmaßnahmen nicht beachteten. Sie können mir glauben, ich wäre lieber mit meinen Kameraden draufgegangen, statt als Einziger zu überleben.«

Hendriksen ging nicht auf die letzte Bemerkung ein.

»Können Sie sich erklären, wieso die Gasflaschen aufgedreht waren, obwohl die Schläuche abmontiert waren?«

»Was?«, rief Wedeking ungläubig. »So wat giv dat neech.« Unwillkürlich war er ins Platt verfallen – für Tina ein Zeichen, dass er hochgradig erregt war.

»Offenbar gibt es das doch, denn es wurde zumindest ein Oberteil einer Gasflasche gefunden, bei dem das der Fall war. Auch wurden Gasmelder gefunden, bei denen jemand die Batterien entfernt hatte.«

Wedeking starrte Hendriksen an, als wäre der nicht ganz bei Trost.

»Das ist unmöglich. Dann hätte die *Elbe 4* schon früher in die Luft fliegen müssen, denn ich hatte, kurz bevor ich mit dem Schlauboot zum Kümo fuhr, an Bord geraucht. Und jeder Funke hätte eine Explosion des Gases ausgelöst. Nee, ick glöv, da will se jemand verschietern.«

»Soweit ich weiß, waren Sie eine Zeitlang nur zu zweit an Bord, während die restliche Crew die Ersatzteile in Hamburg holte. Wer war der andere?«

»Der Kapitän. Aber bevor Sie fragen, der war Nichtraucher.«

»Wie war er so, während Sie mit ihm zusammen waren? War er bedrückt, traurig, hatte er Probleme?«

»Sie wollen wissen, ob er Selbstmordgedanken hatte?«

»Genau darauf will ich hinaus.«

»Der Kapitän doch nicht.«

»Jemand muss es gewesen sein«, sagte Tina, die lange genug zugehört hatte. »Wenn die Ventile aufgedreht waren, dann kann das nur einer von Ihnen beiden gemacht haben. Das sehen Sie doch ein.«

»Das ist doch bekloppt. Wir bringen uns doch nicht selber um, oder wollen Sie etwa andeuten, ich hätte es getan, weil ich nicht an Bord war, als der Kahn explodierte?« Wedeking sprang wütend auf.

»Das habe ich nicht gesagt.«

»Aber gemeint, und das ist so ungeheuerlich, dass ich Sie auffordere, sofort meine Wohnung zu verlassen.« Er hatte sich immer mehr in Rage geredet. Sein Kopf war puterrot. Er wollte etwas sagen, doch er bekam einen Hustenanfall. Als dieser sich gelegt hatte, schrie er: »Raus! Ich werde Sie wegen Verleumdung verklagen.«

Hendriksen und Tina hielten es für geraten, die Wohnung zu verlassen, denn Wedeking machte Anstalten, handgreiflich zu werden.

»Dem hast du ja gehörig eingeheizt«, sagte Hendriksen, als Wedeking die Tür hinter ihnen ins Schloss geworfen hatte.

»Ich wollte mal sehen, wie er reagiert, wenn man ihn mehr oder weniger direkt der Tat bezichtigt.«

»Und?«

»Er hat spontan so reagiert, wie jeder Unschuldige reagieren würde.«

Sie gingen zusammen zum Bulli zurück.

»Was haben wir aus der ganzen Befragerei gelernt?«, fragte Tina.

»Nichts. Jedenfalls nichts, was uns in irgendeiner Form der Lösung des Problems näher bringt. Dabei gibt es nur zwei Verdächtige, wenn die Katastrophe kein Unfall war.«

»Genau deshalb habe ich Wedeking auch gereizt. Gebracht hat es uns leider nichts.«

»Okay, fahren wir zurück zur Agentur. Du fährst. Ich möchte nachdenken. In meinem Kopf schwirrt ein Gedanke herum, der sich nicht greifen lassen will. Ich habe jedoch das Gefühl, er ist wichtig.«

Als sie eine Dreiviertelstunde später den Bulli im Keller der Jugendstilvilla parkten, war es Hendriksen immer noch nicht gelungen, den Gedanken konkret werden zu lassen.

»Gut, dass ihr kommt. Ich wollte gerade bei dir anrufen, Marten. Ein Dr. Steinwardt hat angerufen. Du möchtest zurückrufen. Es sei sehr dringend«, sagte Dörte anstatt einer Begrüßung.

Hendriksen ging in sein Büro und schloss die Tür. Er befürchtete vom Anwalt der Stövers etwas Unangenehmes und wollte nicht, dass Tina und Dörte das Gespräch mithörten.

Er wählte die Nummer, die er auf seinem Smartphone gespeichert hatte. Als sich eine freundliche weibliche Stimme meldete, nannte er seinen Namen.

»Eine Sekunde bitte, Herr Dr. Steinwardt erwartet Ihr Gespräch. Ich stelle Sie durch.«

»Guten Tag, Herr Dr. Hendriksen, ich bedanke mich, dass Sie so schnell zurückrufen.«

»Da nicht für. Was ist passiert?«

»Etwas sehr Unangenehmes, wie Sie sich sicher schon gedacht haben. Die Polizei hat Herrn Otto Stöver verhaftet. Anschuldigungen wie bei seinem Sohn plus Verdunklungs- und Fluchtgefahr.«

Hendriksen schwieg. Er musste die Nachricht erst verdauen, denn er hielt die Anschuldigungen gegen Otto Stöver für unsinnig. Wenn jetzt auch Onnos Vater verhaftet worden war, musste die Staatsanwaltschaft handfeste Beweise gefunden haben. Etwas, was er sich nicht vorstellen konnte.

»Sind Sie noch am Apparat?«

»Ja, ich musste die Nachricht erst sacken lassen. Hat man einen Grund genannt?«

»Sicher. Laut dem leitenden Kriminalbeamten wurde bei den Bergungsarbeiten ein Handy gefunden. Angeblich soll an diesem Handy manipuliert worden sein. Nach vorläufigen Erkenntnissen gehen die Sprengstoffspezialisten davon aus, dass man versucht hat, aus dem Handy einen Zünder zu bauen.«

»Na und? Das ist doch kein Grund, Stöver senior zu verhaften. Das Handy kann doch jedem x-beliebigen gehört haben. Das allein kann unmöglich der Grund sein.«

»Ist er auch nicht. Auf der SIM-Karte hat man zwei Fingerabdrücke von Herrn Stöver gefunden, und Stöver hat das Handy als seins identifiziert. Zwar ein altes, aber immerhin seins.«

»Und jetzt glaubt man, Stöver hätte versucht, daraus einen Zünder zu basteln? Das ist doch hirnrissig. Schon allein der Gedanke, dass der alte Herr, der von der modernen Medientechnik keinen blassen Schimmer hat, dazu fähig sein soll – ich bitte Sie.«

»Eben weil es nicht funktioniert hat, denkt man, es könnte der alte Herr gewesen sein.«

»Okay, ich verstehe die Misere. Und jetzt erwarten Sie von mir, dass ich schnellstens den wahren Täter ermittle oder einen Gegenbeweis erbringe.«

»Sie haben den Nagel auf den Kopf getroffen. Im Augenblick habe ich nichts in der Hand. Ich kann noch nicht einmal glaubhaft begründen, Vater und Sohn auf Kaution freizulassen, solange die Staatsanwaltschaft auf Verdunklungsgefahr plädiert.«

Kapitel 22

Hendriksen ging zu Tina hinüber. Sie saß zurückgelehnt in ihrem Schreibtischstuhl, hatte ganz undamenhaft die Beine auf die Schreibtischplatte gelegt und die Augen geschlossen.

»Störe ich dich bei einem Nickerchen?«, fragte er süffisant.

Tina schlug die Augen auf, ohne ihre Körperhaltung zu verändern.

»Ja, du störst!«, sagte sie ernsthaft.

Hendriksen hob unangenehm berührt eine Augenbraue. So unverblümt hatte ihm noch nie jemand aus seinem Team geantwortet. Er wollte diesbezüglich eine Bemerkung machen, als Tina fortfuhr: »Ich versuche mich darauf zu konzentrieren, wo die verdammten Diamanten und der geraubte Schmuck abgeblieben sind. Er war im Bauernhaus, darüber sind wir uns einig. Nun ist er verschwunden. Da er sich nicht in Luft aufgelöst haben kann, muss ihn jemand mitgenommen haben. Ich denke, ich sollte noch einmal nach Haseldorf fahren und mit den Nachbarn sprechen. Irgendjemand muss doch etwas gesehen haben. Normalerweise ist man gerade auf dem Land neugierig. Hier kennt jeder jeden. Ein Fremder muss auffallen, und zwei Fremde erst recht.«

»Ich nehme an, du denkst an die beiden Russen.«

»Ja, oder fällt dir jemand anderes ein?«

»Waren wir uns nicht einig, dass sie es nicht gewesen sein

können? Wenn sie die Beute gefunden hätten, sähe das Haus nicht so verwüstet aus.«

Tina nahm die Beine vom Schreibtisch und richtete sich auf. »Aber wer sagt uns, dass sie nach ihrer Suchaktion die Beute nicht doch gefunden haben und mit ihr auf und davon sind?«

»Irgendwie kann ich mir das nicht vorstellen.«

»Das ist vielleicht ein schlagendes Argument.«

Hendriksen musste lächeln, denn treffender hätte sie seine Worte nicht widerlegen können.

»Okay, okay, du hast recht. Fahr noch mal raus. Vielleicht hat tatsächlich jemand etwas gesehen. Ich habe noch eine Hiobsbotschaft.«

Hendriksen erzählte ihr, was Dr. Steinwardt ihm berichtet hatte.

»Wir müssen dringend weiterkommen. Ich weiß nur noch nicht, wie. Deshalb werde ich mit dir zusammen nach Haseldorf fahren und mich zum Bergungsschiff übersetzen lassen. Ich möchte mit eigenen Augen sehen und hören, was passiert ist. Meinst du, du könntest Hasenkötter überreden, mich zur *Elbe 3* zu fahren?«

»Ich denke schon. Jedenfalls schien er hilfsbereit zu sein. Ich werde ihn gleich anrufen. Wann wollen wir los?«

»Sofort, wenn du kannst. Ich bin fertig.«

»Gut, lass mich nur eben den Anruf tätigen.«

»Wir treffen uns im Keller.«

Tina winkte zum Zeichen, dass sie verstanden hatte. Mit der anderen Hand wählte sie bereits Hasenkötters Nummer.

Hendriksen ging in sein Büro zurück und zog sich eine Windjacke über.

»Wo sind Hinnerk und Kuddel?«, fragte er Dörte auf dem Weg zur Kellertreppe.

»Sie haben sich zum Essen abgemeldet.«

Hendriksen zog die Stirn in Falten. »Das hätten sie auch nacheinander tun können.«

»Hinnerk meinte, jetzt, wo das Büro voll besetzt ist, könnten sie es sich erlauben, für eine halbe Stunde zu verschwinden.«

Hendriksens Stirn glättete sich wieder. Wenn er ehrlich war, dann hatten die beiden recht.

»In Ordnung. Sag ihnen bitte, einer von ihnen soll nach Haseldorf kommen und Tina überwachen. Der Zweite soll bei dir bleiben. Wenn Hermann aufkreuzt, soll er ebenfalls dorthin kommen. Natürlich mit Nero.«

Er nannte ihr die Adresse vom Backhaus-Hof.

Tina war inzwischen aus ihrem Büro gekommen.

»Herr Hasenkötter erwartet dich am Hafen von Haseldorf. Stell dir dabei bloß nichts Großartiges vor. Genaugenommen ist der Hafen ein Schlickloch mit ein paar Anlegemöglichkeiten, einem Betonkai und einer befestigten Zufahrtsstraße. Bei Flut können dort auch kleinere Ausflugdampfer anlegen, bei Ebbe ist das nicht möglich«, erklärte sie, während sie in die Tiefgarage gingen.

»Danke für den Einblick in die Heimatkunde. Hat er auch eine Uhrzeit genannt?«

»Er will ab siebzehn Uhr dort auf dich warten.«

Hendriksen sah auf die Armbanduhr. »Müssten wir schaffen.«

»Was heißt, müssten wir schaffen? Du wirst viel zu früh da sein.«

Hendriksen schüttelte zweifelnd den Kopf. »Vergiss nicht, wir kommen in den Feierabendverkehr.«

Er sollte mit seinen Bedenken Recht behalten. Bis sie zur Osdorfer Landstraße kamen, fuhren sie mehr oder weniger nur im Schritttempo. Und auch dort kamen sie frühestens nach der dritten Ampelschaltung über die Kreuzungen. Erst hinter Wedel war die Fahrt frei, doch dann hatten sie nur noch wenige Kilometer.

Nachdem Hendriksen Tina beim Hof abgesetzt hatte und er am Hafen eintraf, war es fünf Minuten nach fünf. Ein einzelner Mann stand am Kai. Hendriksen parkte den Van und ging auf ihn zu.

»Herr Hasenkötter?«

»Bin ich. Und Sie sind Dr. Hendriksen, nehme ich an.«

»So ist es.«

Die Männer schüttelten sich die Hände.

»Sie wollen zur *Elbe 3*, wie ich hörte.«

»Stimmt.«

»Dann man los.«

Er trat an die Kaimauer und kletterte die Wand hinunter. Hendriksen folgte ihm. Geschmeidig wie Hasenkötter sprang er in das offene Boot, das mit allerlei Geräten beladen war und dadurch tief im Wasser lag.

Sie fuhren in die Haseldorfer Binnenelbe und in Höhe der Mündung der Pinnau in die Pagensander Nebenelbe, umrundeten im Norden die Insel und liefen in südlicher Richtung zurück.

»Wollen Sie mit mir wieder zurück?«, fragte Hasenkötter, als sie sich dem Bergungsschiff näherten.

»Wann fahren Sie zurück?«

»In etwa drei Stunden, vielleicht auch vier.«

»So lange werde ich nicht brauchen. Ich lasse mich mit einem Boot des Bergungsschiffes zurückbringen. Haben Sie vielen Dank für das Übersetzen.«

»Da nicht für. War mir ein Vergnügen, und viel Erfolg bei dem, was Sie vorhaben. Wenn Sie den Schweinehund entlarven, der für die Sauerei verantwortlich ist, dann gibt Ihnen hier jeder ein Bier aus.«

Hasenkötter hatte inzwischen einen Halbkreis gefahren und legte das Boot in Richtung Flut an das Fallreep der *Elbe 3* an.

Hendriksen kletterte die mit Tauen verbundenen hölzernen Stufen empor.

An Deck empfing ihn ein Besatzungsmitglied. »Moin.«

»Moin«, grüßte Hendriksen zurück. »Ich bin Dr. Hendriksen und möchte zum Kapitän.«

»Komm.«

Hendriksen schmunzelte, während er dem Mann folgte. Der Wortgewaltigste schien er nicht zu sein. Vor der Kapitänskajüte blieb er stehen und öffnete ohne anzuklopfen die Tür.

»Besuch für dich.«

Mit der Hand machte er eine Bewegung, die Hendriksen zum Eintreten aufforderte, was der auch tat.

»Guten Abend, Herr Nordström«, begrüßte Hendriksen den Kapitän der *Elbe 3*. Sie kannten sich, seit Onno ihn während der Semesterferien einmal auf eine Bergungstour mitgenommen hatte.

»Moin, Herr Dr. Hendriksen. Was hat Ihr Überfall zu bedeuten? Hoffentlich etwas Erfreuliches, denn Ärger habe ich schon genug gehabt. Aber bitte nehmen Sie Platz. Wie sieht's mit einem Cognac aus?«

»Vielen Dank für das Angebot. Leider muss ich ablehnen, denn auf mich wartet noch eine Autofahrt. Sollten Sie jedoch einen Kaffee übrig haben, dann wäre ich Ihnen sehr dankbar.«

»Darf es auch ein Pfefferminztee sein? Wenn ich mich recht erinnere, lieben Sie das Zeug?«

»Ich bin platt. Dass Sie sich daran noch erinnern.«

»Ungewöhnliches kann ich mir merken. Außerdem werde ich jeden Tag an Sie erinnert. Mein Chefingenieur trinkt den Tee nämlich auch.«

Die Kajütentür in Hendriksens Rücken musste sich geöffnet haben, denn der Kapitän sagte in Richtung Tür: »Mach mal 'ne Kanne Pfefferminztee und für mich einen Pott Kaffee.«

»Kommt sofort«, antwortete jemand hinter Hendriksen.

»Was kann ich für Sie tun? Dass inzwischen unsere beiden Chefs im Knast sitzen, haben Sie vielleicht gehört.«

»Deswegen bin ich hier. Dr. Steinwardt hat mich darüber informiert. Ich nehme an, Sie kennen den Rechtsanwalt.«

»Nicht persönlich, aber ich weiß natürlich, wer er ist.«

»Er teilte mir mit, der Seniorchef sei verhaftet worden, weil man in dem Wrack ein Handy gefunden hat, auf dessen SIM-Karte Otto Stövers Fingerabdruck war. Ich wollte nun an Ort und Stelle hören, wo man das Handy genau gefunden hat und wieso man überhaupt darauf gestoßen ist. Schließlich ist das Wrack ja nicht gerade klein. Schade, dass ich es mir nicht ansehen kann, denn ich nehme an, die Polizei hat es mitgenommen.«

»Letzteres ist richtig. Allerdings habe ich von dem corpus delicti Aufnahmen gemacht. Wenn Ihnen die etwas nützen …« Der Kapitän sah Hendriksen fragend an.

»Lassen Sie mal sehen, oder besser, senden Sie die Aufnahmen auf mein Smartphone.«

Hendriksen nannte ihm die Telefonnummer. Wenig später waren sie überspielt. Er stellte sie auf die stärkste Vergrößerung und sah die sechs Fotografien an. Als er damit durch war, begann er noch einmal von vorne. Diesmal ließ er sich für jede Aufnahme Zeit.

»Haben Sie vielleicht ein Vergrößerungsglas?«

Der Kapitän öffnete die Mittelschublade seines Schreibtisches, holte das Gewünschte heraus und reichte es Hendriksen. Der betrachtete die Fotos damit nochmals eingehender. Als er das letzte Bild studiert hatte, sah er den Kapitän an.

»Nimmt die Polizei an, dass mit diesem Handy die Gasexplosion ausgelöst werden sollte?«

»Wenn ich die Herren richtig verstanden habe, scheint das so zu sein. Ich will es aber nicht definitiv bestätigen.«

»Das heißt, das Handy hat seit der Explosion im Wasser gelegen.«

»Muss wohl, wenn es als Zünder dienen sollte.«

»Dann sehen Sie sich mal Foto eins und zwei an. Nehmen Sie dazu das Vergrößerungsglas.«

Der Kapitän tat, wozu ihn Hendriksen aufgefordert hatte. Nach einer Weile sah er auf.

»Ich weiß nicht, worauf Sie hinauswollen.«

»Vergessen Sie einmal alles, was Sie über das Handy wissen. Sie haben es noch nie gesehen. Nun stellen Sie sich vor, ich würde es Ihnen geben und Sie fragen, wie lange es in der Elbe gelegen hat. Was würden Sie schätzen?«

Der Kapitän beugte sich erneut über die Fotos. Dann richtete er sich auf.

»Verdammt, höchstens zwei bis drei Tage, eher zwei. Dass mir das nicht vorher aufgefallen ist.«

»Machen Sie sich nichts daraus. Ein ungeübtes Auge erkennt die Kleinigkeiten nicht. Ich bin zwar Rechtsmediziner, habe aber auch als Forensiker gearbeitet – ein Hobby von mir.«

»Dann bedeutet das …«

»Genau das. Das Handy kann nicht als Zünder gedient haben. Allerdings muss ich einschränken, dass wir nur die Fotografie gesehen haben. Für eine genaue Analyse müssten wir das Original haben.« Hendriksen griff zum Telefon. »Jetzt wollen wir mal den Stein ins Rollen bringen.« Er wählte die Nummer des Rechtsanwaltsbüros Steinwardt und ließ sich mit dem Anwalt verbinden.

»Guten Abend, Herr Dr. Hendriksen. Ich hoffe, das mit dem guten Abend stimmt. Für heute ist mein Bedarf an Katastrophenmeldungen gedeckt.«

»Dann lehnen Sie sich entspannt zurück. Ich denke, ich habe eine gute Nachricht für Sie. Das Handy, das Anlass zu der Verhaftung von Otto Stöver war, kann nicht als Zünder für die Gasexplosion gedient haben. Nach meiner Schätzung lag es erst seit kurzem im Wasser. Wenn Sie die Polizei darauf hinweisen, müssen sie Otto Stöver aus der Haft entlassen.«

Hendriksen hörte, wie Steinwardt ausatmete. »Das ist tatsächlich eine erfreuliche Abendnachricht. Wie sicher sind Sie sich?«

»Ziemlich. Zwar bin ich nur anhand von Fotografien zu dem Urteil gekommen, aber wenn Sie die Herren von der Kripo mit der Nase darauf stoßen, dann werden sie es auch erkennen. Auf jeden Fall bestehen begründete Zweifel, dass das Handy der Zünder sein sollte, wie die Polizei behauptet. Außerdem gibt es an ihm nicht einen Kratzer, von denen es bei einer Explosion unbedingt einige haben müsste. Eigentlich dürften nur noch Kleinteile übrig sein. Diese Fakten sollten ausreichen, um Stöver aus dem Kerker zu holen.«

»Das denke ich auch. Haben Sie vielen Dank. Ich werde gleich die nötigen Schritte unternehmen, damit Herr Stöver noch heute Nacht in seinem eigenen Bett schlafen kann. Haben Sie eine Theorie, wie das Handy in das Wrack gelangt sein könnte?«

»Habe ich, aber um das rauszufinden, soll sich die Kripo den Kopf anstrengen.«

Steinwardt lachte. »Da haben Sie auch wieder recht.«

»Nochmals meinen Dank, auch im Namen meines Klienten.«

Der Kapitän sah Hendriksen neugierig an. »Aber mir können Sie es doch sagen, denn ich sollte wissen, wer dieser Schweinehund ist. Wer weiß, was er noch alles vorhat.«

»Wenn es zunächst unter uns bleibt.«

»Mein Wort drauf.«

»Überlegen Sie sich, wer in den letzten vier Tagen bei Ihnen zu Besuch war. Genaugenommen interessiert nur, wer vor drei oder vier Tagen hier war und aufs Wrack der *Elbe 4* gelangt ist.«

Der Kapitän dachte einen Augenblick nach. »Das glaub ich nicht!«, rief er erschrocken. »Es war nur einer hier.«

»Verraten Sie mir, wer?«

»Onno Stövers Stellvertreter, der jetzt die Geschäfte führt. Darum hat er sich so eingehend für die Bergungsarbeiten am Wrack interessiert. Ich kann's nicht glauben.«

»Sehen Sie eine andere Möglichkeit?«

»Wenn ich ehrlich bin, nein.«

»Ich auch nicht. Aber lassen Sie ruhig die Polizei ein wenig suchen. Nachdem sie sich so schnell auf den alten Stöver eingeschossen haben, schadet es ihnen nicht, etwas mehr Hirnschmalz zu verwenden. Jetzt wäre ich Ihnen jedoch dankbar, wenn Sie mich zum Haseldorfer Hafen zurückbringen würden.«

»Geschieht sofort.«

Er drückte auf einen Knopf an einer Schalttafel. »Kai, mach das Beiboot klar und bring Dr. Hendriksen zum Hafen«, gab er über das Intercom durch. Er erhob sich hinter seinem Schreibtisch, trat auf Hendriksen zu und bot ihm die Hand zum Abschied. »Ich danke Ihnen. Bitte finden Sie auch heraus, wer für die Katastrophe der *Elbe 4* verantwortlich ist. Ich werde ihn langsam in der Elbe ersäufen.«

Hendriksen grinste. »Besser nicht, denn dann müsste ich wiederum herausfinden, wer dafür verantwortlich ist.«

Nachdem Hendriksen Tina abgesetzt hatte, war sie die Straße entlang geschlendert, um sich ein Bild vom Umfeld des Bauernhofes der Backhaus' zu machen. Die Straße, an der zwei weitere Bauern- und ein paar Einfamilienhäuser lagen, war eine Nebenstraße. Sie ging von der Hauptstraße ab und führte am Ende der Häuser wieder auf diese zurück. Die Häuser lagen alle rechts der Straße. An der linken Seite befand sich ein fast bis zum Rand voller Entwässerungsgraben.

Tina versuchte ihr Glück zunächst auf dem Hof, der rechts neben dem Backhaus-Anwesen lag. Auf ihr Klingeln machte eine alte Frau auf. Sie ging gebeugt. Tina schätzte sie auf über achtzig. Nachdem sie sich vorgestellt und Fragen zum Nachbarhof gestellt hatte, wurde sie unhöflich abgefertigt.

»Ich will mit den Schwulen nichts zu tun haben. Man sollte sie alle einsperren.« Mit diesen Worten schlug sie Tina die Tür vor der Nase zu.

Auf dem Hof auf der anderen Seite hatte sie auch kein Glück. Auf ihr Klingeln machte keiner auf.

»Da ist niemand. Die sind in Urlaub gefahren«, rief ihr ein Steppke von der Straße aus zu. Er mochte vielleicht zehn Jahre alt sein und hatte mit zwei Freunden auf der Straße Fußball gespielt. Jetzt waren die beiden anderen dabei, den Ball mit einer Harke aus dem Entwässerungsgraben zu fischen.

»Danke dir«, sagte Tina. »Wie heißt du?«

»Max.«

»Und deine Freunde?«

»Udo und Lars.«

»Spielt ihr hier öfter auf der Straße?«

»Klar, das ist doch unser Fußballplatz.«

»Dann wisst ihr doch sicher auch, was hier so passiert.«

»Klar.« Die beiden anderen Jungs, die neugierig hinzugekommen waren, nickten eifrig.

»Habt ihr auch die Polizei gesehen?«

»Klar.«

»Ich auch«, sagte Udo, und Lars fügte hinzu: »Dich hab ich auch gesehen, du warst vor der Polizei mit einem Mann da.«

»Das hast du sehr gut beobachtet. Hat vor uns jemand das Haus betreten?«

»Nee«, sagte Udo.

»Doch!« Max boxte ihn in die Seite. »Klar waren da welche. Nicht an dem Tag, als die Polizei da war, aber am Montag.«

»Ja, stimmt«, rief Lars. »Ich hab es auch gesehen. Es waren zwei Männer.«

»Weißt du, wie sie aussahen?«

»Nee.«

»Und ihr beiden?«

»Wie Männer eben aussehen«, sagte Max, der sich offenbar zurückgedrängt fühlte.

»Die hatten vielleicht einen geilen BMW. So'n richtig tollen Schlitten. So einen kauf ich mir auch.«

»Du bist doch doof, du hast doch gar kein Geld«, rief Udo und boxte Max in die Seite.

»Wenn ich groß bin, du Arsch.«

»Habt ihr auch das Nummernschild gesehen?«, fragte Tina schnell, bevor unter den Jungs ein Streit ausbrechen konnte.

»Der war aus München«, antwortete Max wieder, und die anderen stimmten lauthals zu.

»Was hatten die Männer an?«

»Anzüge, so dunkle.«

»Und die sind ins Haus gegangen?«

»Hab ich doch gesagt«, sagte Max großspurig.

»Wisst ihr, wie lange die Männer im Haus waren?«

»Nee«, sagten alle drei. »Wir haben doch Fußball gespielt.«

»Aber als sie wieder rauskamen, habt ihr sie gesehen, oder?«

»Klar.«

»Hatten sie etwas in der Hand? Eine Tasche oder eine Plastiktüte?«

»Nee.« Diesmal war es Udo, der vor den beiden anderen antwortete. »Die waren vielleicht wütend. Ich hab sie schimpfen gehört, aber nicht verstanden, was sie gesagt haben.«

»Sind das Räuber?«, fragte Lars.

»Ich weiß es nicht.«

»Warum willst du das denn alles wissen?« Die Frage kam von Udo.

»Ich suche die Männer. Habt vielen Dank für die Auskunft.«

Tina öffnete ihre Handtasche, zog die Geldbörse heraus und gab jedem einen Euro.

»Kauft euch ein Eis dafür. Ihr habt mir sehr geholfen.«

»Oh, toll«, riefen sie. Nur Max sagte: »Dafür gibt es aber kein Eis. Eine Kugel kostet einen Euro zwanzig.«

Tina verkniff sich ein Grinsen. Sie öffnete erneut ihre Geldbörse und prüfte die Münzen. Zum Glück fand sie so viel, dass sie jedem Jungen noch fünfzig Cent geben konnte.

Die Jungen rannten los, um das Geld sicherlich sofort in Eis umzusetzen. Auch Tina verließ die Nebenstraße. Sie ging zu dem Café, in dem sie sich mit Hendriksen treffen wollte.

Sie musste fast eineinhalb Stunden warten, bis er eintraf. Bevor sie zurückfuhren, tauschten sie die Ergebnisse ihrer Unternehmungen aus.

Kapitel 23

Nachdem er mit Tina zurück zur Agentur gefahren war, hatte er sich in sein Büro zurückgezogen und begonnen, zum x-ten Mal das Tagebuch des Falls durchzulesen. Immer wieder hielt er inne, um das Gelesene zu durchdenken. Irgendwo musste ein Hinweis versteckt sein. Es gab etwas, was er übersah, denn es tauchte immer wieder aus seinem Unterbewusstsein auf, jedoch nie so scharf, dass er es benennen konnte. Er begann die im Tagebuch aufgezeichneten Informationen auf dem Whiteboard, das er von Jeremias Voss übernommen hatte, chronologisch aufzuzeichnen. Dabei benutzte er verschiedene Farben. Die Namen der Befragten schrieb er in Rot, Fakten in Blau, Annahmen, die von den Befragten geäußert worden waren, in Schwarz und eigene Schlussfolgerungen in Grün. Als er damit fertig war, trat er zurück und betrachtete sein Werk. Bei der Liste der Personen stutzte er. Ohne Rücksicht darauf, dass die Frauen schon im Bett liegen könnten, ging er die Treppe zum Apartment hoch und klopfte an die Tür. Es dauerte einige Minuten, dann öffnete Petra. Sie war noch vollständig angezogen. Verwundert betrachtete sie ihn.

»Was treibt dich denn zu so später Stunde in den Damensalon?«

»Entschuldige, ich war so in die Arbeit vertieft, ich hab überhaupt nicht auf die Uhr geschaut.«

»Schon gut, komm rein. Wir sitzen in der Küche bei einem Glas Wein.«

Hendriksen folgte ihr. Tina saß am Küchentisch. Vor ihr stand ein Glas Rotwein.

»Je später der Abend, desto störender die Gäste«, begrüßte sie ihn. Ein Lächeln nahm ihren Worten die Spitze.

»Willst du auch ein Glas Rotwein?«, fragte Petra.

Hendriksen ignorierte die Frage und wandte sich an Tina.

»Hast du eigentlich Hasenkötter befragt?«

»Sicher, warum fragst du?«

»Weil die Befragung nicht im Falltagebuch ist.«

»Natürlich ist sie dort. Ich habe sie noch am gleichen Tag geschrieben«, antwortete Tina bestimmt.

»Glaub ich dir gerne, aber im Tagebuch ist sie definitiv nicht.«

»Das gibt's nicht.«

Sie war aufgesprungen und eilte ins Wohnzimmer. Hier lag ihr Laptop auf dem Couchtisch. Sie schaltete ihn ein, rief den Ordner *Tagebuch* auf und öffnete die Datei, in der die Befragungen zur Katastrophe der *Elbe 4* aufgeführt waren. Sie ließ den Text langsam über den Bildschirm laufen, konnte jedoch die besagte Befragung nicht finden. Das Gleiche tat sie auch mit den beiden anderen Dateien – ebenfalls nichts. Wie war das möglich? Sie war sich hundertprozentig sicher, den Bericht geschrieben zu haben.

»Nichts gefunden?« Hendriksen war unbemerkt zu ihr getreten. In der Hand hielt er ein Glas Rotwein.

»Ich verstehe es nicht.«

»Du bist dir aber sicher, den Bericht geschrieben zu haben?«

»Völlig sicher. Ich kann mich sogar daran erinnern, dass ich ihn in den richtigen Ordner verschoben habe.«

»Vielleicht hast du ihn aus Versehen gelöscht.«

»Sieht fast so aus, doch ich glaube es nicht.«

»Hast du schon mal im Papierkorb nachgesehen?«

Ohne eine Antwort zu geben, öffnete sie die Datei *Papierkorb*. Wenige Augenblicke später stieß sie erleichtert den Atem aus.

»Ich höre, du bist fündig geworden.«

»Ja, ich habe ihn gefunden. Auch wenn ich nicht verstehe, wie er hierher gekommen ist.«

»Dann lass mich mal ran. Vielleicht finde ich hier den nötigen Hinweis.«

Tina stand auf, und Hendriksen nahm ihren Platz ein. Er las den Bericht durch und tat es ein zweites Mal. Auf seiner Stirn bildeten sich Falten. Er schloss die Augen und lehnte sich zurück. Tina hatte das Gefühl, dass er nachdachte, also störte sie ihn nicht. Leise schlich sie aus dem Zimmer. In der Küche wartete Petra auf sie.

»Hast du deine Aufzeichnungen wiedergefunden?«

»Ja, sie waren im Papierkorb. Wie sie da hingekommen sind – keine Ahnung.«

»Was macht Marten?«

»Der Guru denkt nach.«

»Lass uns den Rest Rotwein austrinken und schlafen gehen. Marten kann auf der Couch schlafen, dann braucht er nicht in der Nacht zu seinem Boot zu fahren.«

»Ich will ihn jetzt nicht stören. So wie er dasitzt, brütet er etwas aus.«

»Leg ihm einen Zettel auf den Küchentisch, er wird ihn schon finden.«

Die beiden Frauen unterhielten sich noch eine Viertelstunde, dann räumten sie die Küche auf und gingen zu Bett, Petra ins Schlafzimmer und Tina ins Gästezimmer.

Es dauerte noch eine ganze Weile, bis Hendriksen wieder die Augen öffnete.

»Bingo!«, rief er, obwohl ihn niemand hörte. »Darauf hätte ich schon früher kommen können.«

Er sah sich um, doch Tina stand nicht mehr neben ihm. Ein Blick auf die Wanduhr zeigte ihm, dass es drei Minuten nach drei Uhr in der Früh war.

»Höchste Zeit, nach Hause zu fahren, um noch ein paar Stunden zu schlafen, denn heute wird ein hektischer Tag«, sagte er zu sich selbst.

Er stand auf und brachte sein Glas in die Küche. Auf dem Küchentisch sah er einen Zettel.

Komm nicht auf den Gedanken, zu deiner Yacht zu fahren. Du kannst auf der Couch schlafen. Bettwäsche und ein Handtuch liegen auf dem Stuhl, wie du wohl siehst. Und morgen früh will ich wissen, was dein Gehirn ausgeheckt hat.

Schlaf gut und träum was Schönes.

Tina

Ein super Gedanke, dachte er. Jetzt noch nach Hause zu radeln, dazu hatte er wirklich keine Lust. Also richtete er sein Lager her, zog sich aus, verzichtete auf die Abendtoilette und schlüpfte unter die Decke. Tief und entspannend schlafen konnte er jedoch nicht. Zu viele Gedanken schwirrten ihm durch den Kopf. Nachdem er sich eine Stunde lang hin und her gewälzt hatte, stand er wieder auf, fuhr den Computer hoch und gab seine Gedanken in den Laptop ein.

Als das erledigt war, war sein Kopf frei, und er konnte endlich einschlafen. In der Frühe wachte er kurz auf, weil er es in der Wohnung rumoren hörte, als er jedoch sah, dass es erst sieben Uhr war, zog er die Decke wieder über den Kopf.

Kurz vor neun Uhr rüttelte Tina ihn wach.

»Aufstehen, Marten, die Arbeit wartet.«

Hendriksen gähnte, reckte sich und schaute auf die Uhr. *Verdammt* dachte er, *Tina hat recht. Ich sollte schon längst dabei sein, meinen Plan auf den Weg zu bringen.* Ohne sich darum zu kümmern, dass er nackt geschlafen hatte, sprang er von der Couch.

»Gut, dass du mich geweckt hast, sonst hätte ich wohl noch bis zum Mittag geschlafen. Ich bin gleich unten, will nur schnell duschen.«

»Keine Hetze. Auf dem Küchentisch steht Frühstück für dich. Du kannst ruhig in deinem Adamskostüm herumlaufen. Petra ist bereits auf dem Weg zum Krankenhaus.«

Hendriksen beeilte sich mit der Morgentoilette und frühstückte im Stehen. Wenig später war er in seinem Büro und bat Tina, zu ihm herüberzukommen.

Während der nächsten halben Stunde wies er sie in seine Erkenntnisse vom gestrigen Abend ein und erklärte ihr die Pläne für den heutigen Tag. Je länger sie ihm zuhörte, desto nachdenklicher wurde sie. Obwohl sie zugeben musste, dass seine Vorstellungen einiges für sich hatten, teilte sie seinen Optimismus nicht. Für ihren Geschmack enthielt sein Plan zu viele »Wenns« und lief auf eine gefährliche Ein-Mann-Show hinaus. Sie teilte ihm ihre Bedenken mit, doch auf seine Frage, ob sie eine bessere Idee hatte, musste sie passen.

»Wenn das so ist, dann lass uns die Sache anpacken. Mehr als schief gehen kann sie nicht, obwohl ich keinen Grund sehe, warum sie nicht erfolgreich sein sollte. Mit etwas Glück fangen wir sogar zwei Fliegen mit einer Klappe.«

Tina schüttelte den Kopf. »Ehrlich, wenn ich meinen Vorgesetzten so einen löcherigen Plan vorgelegt hätte, wäre ich die längste Zeit Leiterin der Kripo gewesen.«

»Das ist genau der Grund, warum du dort den Kram hinwerfen und bei mir anfangen solltest. Hier wird Kreativität nicht nur geschätzt, sondern auch in die Tat umgesetzt.«

»Und die Lebenserwartung gesenkt«, ergänzte Tina.

»Ach, komm schon. Sei positiv. Wird schon klappen. Muss ja, der Plan ist doch von mir.«

Tina verdrehte die Augen. Da sie keine Argumente hatte, Hendriksen umzustimmen, sagte sie resignierend: »Also gut, was soll ich tun?«

»Du fährst mit dem Bulli nach Haseldorf. Dort suchst du dir einen Platz, von dem aus du den Deich, Pagensand und das havarierte Kümo im Blickfeld hast. Wichtig ist, dass dich niemand bemerkt, insbesondere Hasenkötter nicht. Zu deiner Sicherung schicke ich dir Hermann mit Nero. Er wird großen Abstand zu dir halten, so dass niemand bemerkt, dass ihr zusammengehört. Ich werde ihn entsprechend instruieren. Er wird mit dir telefonisch Verbindung aufnehmen, damit du ihm sagen kannst, wo du dich aufhältst. Sobald ich am Einsatzort bin, tue ich das Gleiche. Von dir erwarte ich dann einen Lagebericht und Nachricht, wenn sich etwas ändert. Viel Glück.«

»Werde ich haben, denn du hast mir ja den harmlosesten Teil übertragen.«

Tina ging in ihr Zimmer, zog sich an und ging in die Tiefgarage.

Hendriksen rief als nächstes Hermann an, der bereits auf dem Weg zur Agentur war. Als er ihn in seine Aufgaben eingewiesen hatte, fügte er hinzu: »Pass mir bloß auf Tina auf. Ihr darf nichts geschehen, und sag Hinnerk und Kuddel, sie sollen bei Dörte bleiben.«

»Keine Sorge, Chef, ick mook dat schon.«

Sein nächster Anruf galt dem Bergungsunternehmen Otto Stöver & Sohn. Die spröde Empfangsdame meldete sich. Hendriksen erklärte ihr in seiner charmanten Art, dass er dringend mit dem Kapitän der *Elbe 3* sprechen müsse, und bat sie um die Nummer, unter der er zu erreichen war. Zu seinem Erstaunen gab sie sich nicht nur zuvorkommend, sondern las ihm auch ohne Widerspruch die Nummer vor. Hendriksen bedankte sich noch eine Spur freundlicher.

Er wählte die angegebene Nummer und ließ es klingeln, bis sich Eike Nordström meldete.

»Moin, Herr Nordström, ich brauche Ihre Unterstützung beim Fang eines oder mehrerer Verbrecher. Er oder sie könnten für das Versenken der *Elbe 4* verantwortlich sein.«

»Meinen Sie das im Ernst?«

»So ziemlich. Ich will ihnen eine Falle stellen und hoffe, sie auf frischer Tat zu ertappen. Dabei geht es nicht direkt um die Schiffskatastrophe, sondern um einen Juwelenraub in der Hamburger Innenstadt. Allerdings bin ich der Überzeugung, dass beide Taten miteinander verbunden sind. Wie das im Einzelnen zusammenhängt, erkläre ich Ihnen später. Dazu ist jetzt keine Zeit.«

»Auf mich können Sie zählen. Für die Aussicht, diesen Schweinehund in die Finger zu bekommen, tue ich alles. Was soll ich machen?«

»Ich möchte, dass Sie reges Interesse an dem Kümo zeigen. Möglichst oft Leute rüberschicken, Sachen holen, Werkzeug rüberbringen, so, als würden Sie jeden Augenblick mit der Bergung beginnen wollen. Es muss aber realistisch aussehen, nicht dass ein möglicher Beobachter denkt, hier würde getürkt.«

»Wollen Sie die Täter auf das Kümo locken?«

»Ja, ich hoffe, es klappt. Ich nehme nämlich an, dass auf dem Kümo etwas versteckt ist, was der oder die Täter holen wollen, bevor die Bergungsarbeiten beginnen.«

»Okay, ich verstehe. Verlassen Sie sich ganz auf mich. Es wird alles echt aussehen.«

»Vielen Dank schon mal im Voraus. Ich komme heute im Laufe des Nachmittags zu Ihnen. Alles Weitere besprechen wir dann. Ach, noch etwas. Könnten Sie dafür sorgen, dass für mich ein Boot am Dalmannkai bereitliegt, das mich zu Ihnen hinausbringt? So ab zwei Uhr nachmittags?«

»Kein Problem. Ich schicke meinen Kutter.«

»Danke, bis dann.«

Als Hendriksen um zwei Uhr am Dalmannkai ankam, lag der Kutter schon bereit. Ein Matrose stand an der Gangway und begrüßte ihn. Hendriksen betrat das Boot mit Biki auf der Schulter. Sobald er an Bord war, legte der Skipper ab.

Eine Stunde später kam die *Elbe 3* in Sicht. Hendriksen bat den Skipper, so anzulegen, dass man von Land aus sehen konnte, wie er an Bord des Bergungsschiffes ging. Er selbst suchte sich im Kutter einen Platz, der von Land aus gut sichtbar war.

Eike Nordström empfing ihn an Deck und führte ihn in seine Kabine. Ohne nachzufragen, schenkte er zwei Gläser halb voll mit Whisky.

»Lassen Sie uns darauf trinken, dass Sie den Schweinehund, der unsere Kameraden getötet hat, erwischen«, sagte der Kapitän. Er reichte Hendriksen eines der Gläser und stieß mit ihm an. »Wenn Sie ihn haben, bringen Sie ihn sofort an Land. Hier an Bord würde er von der Mannschaft gelyncht, und ich würde sie nicht stoppen.«

»Obwohl ich Sie und Ihre Crew gut verstehe, kann ich Lynchjustiz nicht gutheißen.«

»Ich weiß, deshalb gebe ich Ihnen ja den Rat.«

»Ich werde ihn beherzigen. Jetzt würde ich Sie gerne in den Ablauf der Unternehmung einweisen.«

Die beiden Männer setzten sich. Eine Stunde später waren alle Maßnahmen mit Nordström abgestimmt. Anschließend überließ der Kapitän Hendriksen seine Kabine als Operationszentrale. Der rief als erstes Tina an. Sie meldete ihm, einen Standort gefunden zu haben, von dem aus sie alles im Blick hatte. Die Aktivitäten auf dem Kümo schienen auch an Land Nervosität ausgelöst zu haben. Sie konnte einen Mann erkennen, der ununterbrochen die Arbeiten beobachtete. Bis jetzt war es nur eine Person. Hermann hatte sich auch bei ihr gemeldet. Er parkte einige hundert Meter entfernt und hatte sie voll im Blick. Sollten, wie Hendriksen befürchtete, die Russen sie überfallen wollen, mussten sie an ihm vorbei, was ihnen nicht gelingen konnte, da er so parkte, dass kein Auto passieren konnte. Er täuschte eine Reifenpanne vor.

Hermann, den er als nächsten anrief, bestätigte Tinas Meldung.

Hinnerk und Kuddel meldeten, bei ihnen sei alles ruhig. Das Büro war wie angekündigt verschlossen. Sollte jemand versuchen, gewaltsam einzudringen, würden sie ihn entsprechend empfangen. Er solle sich keine Sorgen machen und sich auf seine Aufgabe konzentrieren.

Kapitel 24

Hendriksen lief ein paarmal auf dem Deck des Bergungsschiffes gut sichtbar auf und ab. Dann ließ er sich auf das Kümo übersetzen. Hier begann er das Deck nach Verstecken abzusuchen. Wieder tat er es so, dass ein Beobachter an Land ihn gut sehen konnte. Nachdem er sicher war, dass ihn jeder, der das Schiff beobachtete, entdeckt haben musste, nahm er sich die Brücke vor. Jeden Ort, der sich als Versteck eignen konnte, prüfte er. Als er nichts fand, tat er das Gleiche in den Mannschaftsräumen, der Kombüse und der Messe. Danach waren Lade- und Maschinenraum an der Reihe. Als die Dämmerung hereinbrach, ging er wieder an Deck und versteckte sich hinter dem Lüftungsschacht an Backbord. Von hier aus hatte er einen guten Blick auf das Fallreep. Er zog sein Smartphone aus der Tasche und rief Tina an.

»Wie sieht es bei dir aus?«

»Du wurdest beobachtet. Es ist nur ein Mann. Trägt Windjacke und Kapuze. Kann ihn nicht identifizieren. Soweit ich es durchs Fernglas erkennen konnte, wurde er durch dein Erscheinen an Deck des Kümos unruhig – Augenblick, bleib dran.« Es dauerte eine Weile, bevor sie sich wieder meldete. »Er ist den Deich hinunter zu einem Boot gegangen. Hat eine Angelausrüstung im Boot. Könnte Tarnung sein. Er schiebt es ins Wasser – warte.«

Sie meldete sich erst nach einigen Minuten wieder.

»Er sitzt im Boot, fährt aber noch nicht. Offenbar wartet er darauf, dass es noch dunkler wird. Das Boot hat keine Lichter gesetzt. Ich mache jetzt Schluss. Wolken zu tief, ich kann durch das Fernglas nur noch Konturen erkennen. Viel Glück. Hoffentlich ist es unser Mann.«

»Danke. Ab jetzt übernehme ich. Du und Hermann, ihr könnt nach Hause fahren. Wir sehen uns morgen früh.«

Tiefliegende Regenwolken waren mit Beginn der Dämmerung aufgezogen. Nur die Warnlampen, die anzeigten *Vorsicht Wrack,* und die Positionslichter der *Elbe 3* ließen eine Orientierung zu. Die Lichter von der anderen Elbseite waren nicht und die Beleuchtung der vorbeifahrenden Schiffe nur schemenhaft zu erkennen. Für Hendriksens Vorhaben ideale Bedingungen. Er ging zur Backbordseite, lehnte sich über die Reling und lauschte. Das Motorengeräusch müsste er viel früher wahrnehmen, als er das Boot sehen könnte, auch wenn der Wind die Geräusche in die entgegengesetzte Richtung trieb.

Er hatte auf die Uhr gesehen und die Zeit geschätzt, die das Boot vom Liegeplatz bis zum Kümo benötigen würde. Als es eine halbe Stunde über der geschätzten Ankunftszeit noch immer nicht zu hören war, wurde er unruhig. Sollte er sich geirrt haben? War der ganze Einsatz umsonst? Sollte der Mann mit dem Boot nur ein Angler sein? Er verwarf diesen Gedanken sofort wieder. Bei dieser Sicht würde niemand auf die Elbe fahren, nur um Fische zu fangen. Ohne Instrumente würde man in Kürze die Orientierung verlieren, denn alle markanten Landmarken waren von der Dunkelheit verschluckt.

Hendriksen wurde von Minute zu Minute unruhiger. Ein Geräusch ließ ihn zusammenfahren. Es klang, als würde eine hölzerne Stufe des Fallreeps gegen die Bordwand stoßen. Wenig später schob sich ein Schatten über die Bordwand. Hendriksen duckte sich, so dass sein Körper hinter der Bordwand unsichtbar war. *Verdammt, das hätte ins Auge gehen können,* dachte er. *Der Kerl muss einen Elektromotor benutzt haben, sonst hätte ich ihn gehört.*

Hendriksen streifte seine Schuhe ab und folgte dem Eindringling lautlos auf Strümpfen. Fast automatisch fasste er nach dem Messer in seiner Hosentasche. Es war genauso sehr Talisman wie Waffe, und im Umgang damit war er ein Meister. In der anderen Hosentasche hatte er eine Dose Pfefferspray. Beides schien ihm als Waffen ausreichend.

Dem Eindringling zu folgen war keine Schwierigkeit, da dieser eine Taschenlampe zur Orientierung benutzte. Zwar hatte er über das Glas Stoff gezogen – Hendriksen tippte auf einen Strumpf –, doch sie gab immer noch genug Licht ab, um zu sehen, wo der Eindringling sich befand.

Wie er vermutete, ging der Mann auf direktem Weg in den Laderaum. Um ihn zwischen den Kisten und Ballen nicht zu verlieren, musste Hendriksen zu der Lampe seines Smartphones greifen. Er deckte die Lampe mit der Hand so weit ab, dass er gerade noch sehen konnte, wo er sich befand. Sorgen, der Eindringling könnte ihn entdecken, machte er sich nicht, denn seit der im Laderaum war, gab er sich keine Mühe mehr, Geräusche zu vermeiden. Auch schien er nun die Verdunklung von der Taschenlampe abgezogen zu haben, denn Hendriksen konnte einen hellen Lichtschein hin und her wandern sehen. Er war noch etliche Schritte von ihm entfernt, als er es krachen hörte. Es klang, als würde jemand mit einem Brecheisen Bretter lösen. Die Geräusche erleichterten Hendriksen die Annäherung. Er schaltete das Handy auf Fotografieren. Als der Eindringling etwas aus der Lücke, die er in eine der Holzkisten gerissen hatte, herauszog, flammte ein Blitz auf. Gleich darauf noch einer.

Der Eindringling fuhr herum. Sein Gesicht war maskiert. Er reagierte anders, als Hendriksen erwartet hatte. Anstatt sich auf ihn zu stürzen, sprang er geistesgegenwärtig zurück und zog dabei eine Pistole aus dem Hosenbund. Zwar konnte Hendriksen noch sein Messer ziehen und aufklappen, doch es war zu spät, um es einzusetzen. Ein Schuss zerriss die Stille, und Hendriksen stürzte zur Seite.

Tina hatte von Hendriksens Vorhaben, den Gangster allein zu überwältigen, nichts gehalten. Ohne wirkungsvolle Waffen und unzureichende Kenntnisse und Training in Selbstverteidigung hielt sie sein Ein-Mann-Unternehmen für gezielten Selbstmord. Sie kannte ihn inzwischen jedoch gut genug, um zu wissen, dass es vergebliche Mühe war, ihm das Vorhaben auszureden. Also hatte sie noch in der Agentur beschlossen, ihn bei seinem Kamikaze-Unternehmen »Kümo« zu unterstützen. Sie nahm sich vor, so lange im Hintergrund zu bleiben, bis ein Eingreifen unabdingbar war. Das Problem dabei war, unbemerkt auf das Kümo zu gelangen, denn dabei musste sie selbst bei Ebbe-Tiefststand Wasser überwinden. Noch während Hendriksen die Aufgaben an sein Team verteilte, hatte sie überlegt, wo sie einen schwimmenden Untersatz auftreiben konnte. Die einfachste Lösung, die ihr einfiel, war, ein Surfbrett zu kaufen und darauf zum Kümo zu paddeln.

Sobald sie im Van und nach Haseldorf fuhr, googelte sie nach einem Sporthaus. Sie fand eins, das direkt auf dem Weg lag.

In der Eingangshalle des Sportgeschäfts änderte sie spontan ihre Meinung, denn in der Halle war ein aufblasbares Paddelboot ausgestellt. Es war kein Badeboot, sondern eins mit mehreren Luftkammern, wie man es zum Wasserwandern verwenden konnte. Sie ging zu der Abteilung, die für Wassersportgeräte zuständig war, und kaufte das bereits aufgeblasene Schlauchboot. Der Verkäufer überprüfte zur Sicherheit den Luftdruck und presste dort, wo es erforderlich war, Luft nach. Tina hatte einige Schwierigkeiten, das stramm aufgepumpte Boot im Bulli zu verstauen.

In Haseldorf suchte sie dann, wie aufgetragen, nach einem geeigneten Beobachtungsplatz. Der einzige Ort, der sich in dem flachen Marschland anbot, war der Haseldorfer Hafen. Hier begrenzte Buschwerk den Parkplatz vor dem Hafenbecken. Im Schutze dieser Büsche stellte sie den Van ab. Durch Lücken im Bewuchs konnte sie das Deichvorland mit der Insel Pagensand beobachten, ohne selbst entdeckt zu werden. Das Bergungsschiff und das Kümo lagen ebenfalls in ihrem Blickwinkel.

Dann hatte sie den Mann gesehen und ihn an Hendriksen gemeldet. Als die Dämmerung so weit fortgeschritten war, dass sie trotz des Nachtglases den Beobachter kaum noch erkennen konnte, rief sie Hermann an und teilte ihm mit, dass sie ihren Beobachtungsposten verlassen würde. Er sollte zur Deichstraße fahren, sein Auto dort parken, wo der Beobachter gestanden hatte, und mit Nero auf den Deich gehen, um auf die Rückkehr des Mannes zu warten. Den Standort beschrieb sie ihm so genau, dass Hermann ihn auch in der einsetzenden Finsternis finden konnte. Sie selbst ließ im Hafen das Boot zu Wasser und paddelte auf direktem Weg auf das Kümo zu. Da ihr Boot kaum Tiefgang hatte, konnte sie diesen Weg nehmen. Als Orientierung diente ihr das Havarielicht des Kümos. Wie sie sich ausgerechnet hatte, musste sie früher als das Boot des Beobachters am Ziel ankommen, denn sie hatte nur wenige hundert Meter zu überwinden, während der andere etliche Kilometer in tieferem Wasser zu bewältigen hatte. Außerdem musste er langsam fahren, solange er sich auf der Ostseite vom Bishorster Sand befand, da er dort keine Orientierungslichter hatte. Erst wenn er die Hälfte von Pagensand hinter sich hatte, konnte er das Leuchtfeuer an der Nordspitze der Insel sehen.

Das Kümo tauchte wie eine riesige schwarze Wand vor ihr auf. Sie umrundete das Heck und paddelte, bis sie das Fallreep erreichte. Hier musste der Mann im Motorboot anlegen, wenn er an Bord gelangen wollte. Sie paddelte wieder ein Stück zurück, bis sie das Fallreep gerade noch sehen konnte.

Sie versuchte sich an der Bootswand festzuhalten, doch die Flut drückte sie immer wieder weg. Nach einigen vergeblichen Versuchen paddelte sie zum Bug. Hier fand sie Halt und konnte warten. Allerdings war sie sich nicht sicher, ob sie das Motorboot in der Dunkelheit auch wahrnehmen würde.

Die Wartezeit wurde zu einer Geduldsprobe. Obwohl es nicht kalt war, kroch die Feuchtigkeit, die vom Wasser aufstieg, langsam durch ihre Kleidung. Zuerst fröstelte sie, dann fror sie. Die Hand, mit der sie sich am Bug festhielt, war inzwischen gefühllos geworden. Sie ließ den Bug los und ließ sich von der Flut ein Stück nach hinten treiben, um dann wieder nach vorne zu paddeln. Sie tat es so lange, bis ihr Kreislauf den Körper wieder durchblutete und ihr warm wurde.

Nach einer geschätzten Ewigkeit glaubte sie das Surren eines Elektromotors zu hören. Sie spannte all ihre Sinne an. Trotzdem hätte sie fast den Schatten übersehen, der sich langsam durch ihr Gesichtsfeld schob. Sie wartete, bis er nicht mehr zu sehen war, und paddelte ihm nach. Indem sie sich eng an die Bordwand hielt, verschmolz sie mit der dunklen Wand. Um keine Geräusche zu verursachen, ließ sie sich von der Flut treiben und benutzte das Paddel nur zur Steuerung. Sie hörte, wie das Holz des Fallreeps an der Bordwand schabte, und wartete, bis das Geräusch verstummt war. Dann legte sie neben dem Motorboot an. Sie schwang sich darauf – ihr Boot ließ sie zusammen mit dem Paddel treiben –, schraubte den Elektromotor vom Heck des Motorbootes und stieß ihn ins Wasser. Jetzt war es dem Bootsfahrer unmöglich zu entkommen.

Vorsichtig, jedes Geräusch vermeidend, kletterte sie das Fallreep hinauf. Auf Deck schaltete sie die Taschenlampe, die sie eingesteckt hatte, ein und dämpfte das Licht mit der Hand. Nur durch den matten Lichtschein, den sie kurz vor ihren Füßen auf den Boden gerichtet hatte, konnte sie, ohne gegen etwas zu stoßen, über das Deck huschen. Sie betrat das Deckhaus, blieb stehen und lauschte. Als sie keinen Laut vernahm, folgte sie dem Gang zwischen den Kabinen der Mannschaft nach achtern. Vor sich sah sie zwei matte Lichtscheine. Hendriksen folgte dem Motorbootfahrer. Damit sie nicht bemerkt wurde, blieb sie stehen, um den Abstand zwischen den Männern zu vergrößern. Nach einiger Zeit hörte sie ein lautes Geräusch. In der Stille des Laderaums klang es, als würde etwas bersten. Den Lärm konnte nur der Motorbootfahrer verursachen.

Sie hastete zur Quelle des Geräuschs. Als sie um die Ecke eines Kistenstapels bog, blitzte es hell auf. Ein zweiter Blitz folgte. Im Licht der Taschenlampen der Männer erkannte sie, wie der Motorbootfahrer zurücksprang und eine Pistole zog. Sie hechtete nach vorne und warf sich gegen seinen Rücken. Fast im gleichen Moment fiel ein Schuss. Hendriksen wurde zur Seite geschleudert. Der Motorbootfahrer schlug mit dem Kopf auf dem Eisenboden auf und stöhnte. Die Pistole schlidderte über den Boden. Tina rappelte sich als Erste auf. Geistesgegenwärtig stieß sie die Pistole mit dem Fuß gänzlich außer Reichweite des am Boden liegenden Mannes. Sie griff hinter sich und zog ein Paar Handschellen hervor. Sie hatte sie sicherheitshalber in ihren Hosenbund gesteckt, als sie den Van am Haseldorfer Hafen verließ. Mit einem Polizeigriff drehte sie den rechten Arm des bewegungslos am Boden Liegenden auf den Rücken und ließ die Handschelle einschnappen. Innerhalb von Sekunden lag die andere um das zweite Handgelenk.

Jetzt sprang sie auf und lief zu Hendriksen.

»Wo kommst du denn her?«, fragte er stöhnend, während er sich aufrappelte.

Tina stieß den Atem aus. »Verdammt, ich dachte, der Kerl hätte dich getroffen.«

Sie schluchzte auf. Tränen traten in ihre Augen.

Hendriksen nahm sie in die Arme. »Dir kann man aber auch nichts recht machen. Ich hatte keine Lust, mich erschießen zu lassen, deshalb habe ich mich zur Seite geworfen.«

»Dass Lizzi an dir verzweifelt, das kann ich gut verstehen. Wie kannst du nur so leichtsinnig sein, einem mutmaßlichen Mörder unbewaffnet gegenüberzutreten? Ich versteh es nicht.«

»So ganz unbewaffnet bin ich nun auch wieder nicht.« Hendriksen hielt das Messer hoch.

»Messer, pah, was willst du damit gegen eine Pistole ausrichten?«

»Siehst du dort an der Kiste in der zweiten Reihe von unten den Kreis?«

Tina drehte sich um und blickte in die angegebene Richtung. Sie spürte einen Luftzug, und noch ehe sie den Kreis entdeckt hatte steckte in seiner Mitte Hendriksens Messer.

»Sag nicht noch einmal ›pah, Messer‹. Mit dem treffe ich genauso gut wie du mit einer Pistole.«

»Und wieso musste ich dich dann vor der Kugel retten?«

»Der Kerl hat leider nicht so gehandelt, wie ich es erwartet habe«, sagte Hendriksen kleinlaut. »Du hast übrigens nicht auf meine Frage geantwortet.«

»Welche?«

»Warum du hier bist, wo du doch am Ufer sein solltest.«

»Weil ich verhindern wollte, dass du Selbstmord begehst.«

Hendriksen erwiderte nichts, denn inzwischen begann sich der Mann am Boden zu regen.

»Besser, ich schaue nach, was du angerichtet hast.«

Hendriksen beugte sich zu dem anderen hinunter und drehte ihn auf den Rücken. An der Schläfe, dort, wo er auf den Eisenboden aufgeschlagen war, entwickelte sich eine hühnereigroße Beule. Man sah es sogar unter der Skimaske. Er fühlte den Pulsschlag des Mannes. Er war schwach, aber nicht kritisch.

Stöhnend versuchte der Verbrecher sich aufzurichten. Dann stellte er fest, dass seine Hände mit Handschellen gefesselt waren.

»Verflucht, was soll das?«, presste er hervor.

»Du hältst jetzt deine Klappe. Jetzt sind wir mit dem Reden dran. Zunächst aber wollen wir sehen, wer sich unter der Maske verbirgt.«

Mit diesen Worten riss er dem Mann die Wollmaske vom Kopf.

»Sieh mal an, wen haben wir denn da? Unseren Freund Tim Wedeking. Das hätten Sie sich nicht träumen lassen, dass wir uns so schnell wiedersehen würden, oder? Ich hingegen hatte es geahnt, schon als wir so nett beim Frühstück beisammen saßen.«

»Was wollen Sie von mir? Ich habe nichts Gesetzwidriges getan. Nehmen Sie mir sofort die Handschellen ab. Was Sie machen, ist Freiheitsberaubung. Ich zeige Sie an«, stieß er wütend hervor.

»So ganz kennen Sie das Gesetz nicht, denn was Sie hier treiben, ist Einbruch. Vom Besitz einer Pistole und dem Schießen auf unbescholtene Bürger ganz zu schweigen. Doch lassen wir die Kleinigkeiten.« Hendriksen wandte sich an Tina. »Schau doch mal nach, was in dem Rucksack ist, den er aus der Kiste geholt hat.«

Tina nahm den Rucksack, der neben Wedeking lag, auf und öffnete die Verschnürung. Dann zog sie eine Plastiktüte nach der anderen heraus und gab sie Hendriksen. Der öffnete sie.

»Sie enthalten Goldschmuck und Diamanten. Ich wette, dass das der geraubte Schmuck aus De Boers Juwelierladen ist.«

Wedeking bäumte sich auf, soweit er es mit den gefesselten Händen vermochte.

»Lassen Sie den Schmuck, er gehört mir. Ich habe ihn gefunden. Wo er herkommt, weiß ich nicht.«

»Er hat ihn gefunden, sieh mal an«, sagte Hendriksen voller Ironie. »Sicher wollte er ihn nur holen, um ihn Frau De Boer zurückzubringen.«

»Genau, das war meine Ab–«

Wedeking schien gemerkt zu haben, dass er gerade einen Fehler begangen hatte. Hendriksen griff ihn auch sofort auf.

»Sie müssen sich entscheiden. Entweder Sie wussten nicht, wem er gehörte, dann können Sie ihn auch nicht zurückbringen, oder er gehörte Ihnen, weil Sie ihn gefunden haben. Nur eins von beidem.«

Plötzlich veränderte sich Hendriksens Stimme. Sie klang stahlhart. Tina erschrak. Das hätte sie ihm gar nicht zugetraut.

»Jetzt, Wedeking, hören wir auf mit den Späßen. Sie haben den Schmuck nicht gefunden, sondern ihn Dunkerts weggenommen, nachdem Sie ihn ermordet, in eine Plastikplane gewickelt und auf der anderen Elbseite entsorgt haben. Von da trieb er ausgerechnet zur *Elbe 4* und verfing sich dort. Aber das ist nur der kleinere Teil Ihrer Verbrechen, denn damit Sie sicher waren, dass Ihnen das Vermögen allein gehört, haben Sie die Gasflaschen auf der *Elbe 4* aufgedreht und sind dann mit dem Schlauchboot fortgefahren, als die Besatzung zurückkam, wohlwissend, dass der Kettenraucher Sepp Brandl beim Betreten des Deckhauses mit seiner Pfeife die Explosion auslösen würde.«

Wedeking wollte aufbegehren, doch Hendriksen unterbrach ihn sofort.

»Ich habe keine Lust mehr auf unnütze Debatten. Sie haben die Wahl. Entweder Sie erzählen, wie sich alles zugetragen hat, und ich übergebe Sie der Polizei, oder Sie bestreiten alles. In diesem Fall übergebe ich Sie der Besatzung der *Elbe 3* mit der Bemerkung, sie sollen den Mörder ihrer Kameraden einsperren, bis die Polizei ihn übernimmt. Ich möchte dazu nur bemerken, dass die Crew einschließlich Kapitän mich gebeten hat, ihnen den Mörder ihrer Kameraden auszuliefern. Was Ihnen blüht, wenn Sie in die Hände der Besatzung fallen, können Sie sich wohl vorstellen. Und noch etwas. Dass Sie der Mörder von Dunkerts sind, kann Ihnen nachgewiesen werden. Sowohl an Dunkerts als auch an der Plastikplane wurde ausreichend Material sichergestellt, das sich zu einem DNA-Vergleich eignet. So, jetzt haben Sie genau zehn Sekunden Zeit, sich zu entscheiden.« Hendriksen sah auf seine Armbanduhr. »Die Zeit läuft – neun – acht – sieben …« Er zählte die Sekunden bis null herunter. »Die Zeit ist um. Wie haben Sie sich entschieden?«

Wedeking hatte die Lippen zusammengepresst und schwieg.

»Ihr Schweigen ist auch eine Antwort.«

Hendriksen zog sein Smartphone aus der Tasche und

tippte eine Telefonnummer ein. Er wartete einige Sekunden, dann sagte er: »Hier Hendriksen, Herr Nordström, schicken Sie ein Boot zum Kümo. Ich habe hier Ihren …«

»Halt!«, unterbrach ihn Wedeking schreiend. »Wenn ich gestehe, übergeben Sie mich nicht der Besatzung?«

»Wenn Sie gestehen, übergebe ich Sie der Polizei.«

Erst stockend, dann flüssiger erzählte er, wie er entdeckt hatte, dass jemand zum Kümo gefahren war. Da der Kerl dort nichts zu suchen hatte, war er ebenfalls übergesetzt und hatte Dunkerts dabei beobachtet, wie er den Rucksack versteckte. Bis auf kleine Abweichungen wiederholte er, was Hendriksen ihm vorgehalten hatte.

Als er fertig war, schaltete Tina die Aufnahmefunktion ihres Handys ab.

Hendriksen hatte inzwischen die Polizei in Hamburg von ihrem Fang unterrichtet.

Tim Wedeking widerrief sein Geständnis, sobald er in Polizeigewahrsam war. Das nützte ihm jedoch nichts, denn DNA-verwertbares Material, das an der Kleidung des Opfers und an der Innenseite der Plane sichergestellt worden war, bestätigte, dass er mit beidem in Kontakt gewesen war. Auch seine Fingerabdrücke auf einzelnen Schmuckstücken überführten ihn. Die Ironie seines Schicksals war, dass er sich auch als freier Mann nicht an dem Raub hätte erfreuen können. Im Gefängnis diagnostizierten Ärzte, dass er an fortgeschrittenem Lungenkrebs litt. Noch vor der Verhandlung seines Falls starb er.

Lizzi und Petra waren nach Lizzis Entlassung aus dem Krankenhaus zu Petras Schloss, das zu einem Freizeitparadies umgebaut worden war, nach Bolkow an die polnische Grenze gefahren. Zwei Monate später feierten sie in einem kleinen Kreis Hochzeit. Hendriksen, Dörte und auch Tina nahmen als Gäste daran teil. Hendriksen musste fortan auf Lizzi verzichten, denn sie blieb bei ihrer Ehepartnerin.

Auch Tina war nach Ablauf ihres Urlaubs nach Görlitz zurückgekehrt, ohne sich entschlossen zu haben, wie ihre berufliche Zukunft aussehen sollte.

Die Erfahrungen, die sie als Leiterin der Kriminalpolizei in Görlitz machte, wo Mobbing seitens männlicher Vorgesetzter und Untergebener ihre Arbeit erschwerte, führten dazu, dass sie zwei Monate später wieder in Hendriksens Agentur erschien. Sie hatte sich für ein Jahr ohne Geld und Sachbezüge beurlauben lassen. Vor dem endgültigen Schritt, ihre Stellung bei der Polizei zu kündigen und damit Beamtenstatus und Pensionsanspruch zu verlieren, scheute sie noch immer zurück.

Gute Unterhaltung hat viele Seiten

Sie lieben Krimis und Thriller,
große Liebesgeschichten,
schwungvolle Komödien
und historische Romane?

dotbooks hat für jede Lesestimmung
das richtige eBook für Sie:
auf www.dotbooks.de und
überall, wo es gute eBooks gibt.

Einen ausgewählten Teil
unseres Programms gibt es auch
als Print-on-Demand-Ausgabe.
Mehr Informationen finden Sie hier:

www.dotbooks.de/print